LAS COLONIAS DEL SISTEMA SOLAR

Theia

LUIS ÁNGEL FERNÁNDEZ DE BETOÑO

LAS COLONIAS DEL SISTEMA SOLAR. THEIA

Autor: Luis Ángel Fernández de Betoño Hernández
Maquetación: Ariadna Calderón
Corrección: José Pimat
Diseño portada: Alexia Jorques
ISBN:978-84-608-4106-7

Nota del autor:

Antes de nada, quiero decir que este libro es una novela de ficción y que como tal hay que leerla. Me he tomado las licencias científicas que me han parecido oportunas para la coherencia del argumento, a sabiendas de que cualquier experto en Física o Astronomía se llevará las manos a la cabeza con algunas de las cosas que escribo. Pero por otro lado sí que me gustaría provocar que el lector especule sobre cómo sería una colonización del Sistema Solar, algo que creo que ocurrirá tarde o temprano.

En segundo lugar, quiero decir que muchas veces, más de las deseables, escucho argumentos en contra de la exploración espacial, aduciendo en la mayoría de los casos que es un gasto inútil. Yo opino exactamente lo contrario, estoy convencido de que, debido a nuestro espectacular aumento demográfico, en algún momento de la historia alcanzaremos nuestro techo y agotaremos los recursos del planeta, entrando de nuevo en la «*trampa malthusiana*».

Puede que pasen cien, quinientos o mil años, pero irremediablemente un día la Tierra no podrá mantenernos a todos. Así que la única opción que nos queda es la de colonizar otros mundos, empezando lógicamente por lo que tenemos más cerca, el Sistema Solar.

Además, tengo la sensación (me refiero sobre todo a los occidentales) de que vivimos en un mundo demasiado seguro, donde todo está controlado y que hemos caído en el «nihilismo» más absoluto, tal como predijo Nietszche. Sin embargo, intuyo que dentro de cada uno de nosotros aún nos queda ese poso de cazador prehistórico que se enfrentaba a gigantescos animales con la única ayuda de armas rudimentarias, o que miraba tras la siguiente colina preguntándose qué había detrás.

Es como si extrañáramos el peligro y la exploración, de alguna forma necesitamos aventura, si no, ¿por qué cometemos actos estúpidos que nos ponen en riesgo? Pisar el acelerador más de la cuenta, no pagar el autobús, descender por el monte con una bici, *puenting, rafting*, parapente, etc... También nos gustan las historias de personajes que realizan actos heroicos en las que, por un fin noble, lo arriesgan todo, incluyendo su vida. ¿Acaso no subimos el volumen del televisor cuando escuchamos que han descubierto un calamar gigante en alguna fosa marina? ¿O que la Nasa ha detectado un planeta que podría albergar vida? ¿Existe alguien que mirando a las estrellas no se haya preguntado si estamos solos en el universo?

En definitiva, lo que me gustaría transmitir es que la exploración espacial es la única salida que nos queda. No solo por pura supervivencia como especie sino por una necesidad que tenemos como exploradores. No estamos hechos para saberlo todo; en realidad necesitamos hacernos preguntas, descubrir, traspasar nuevas fronteras, en una búsqueda infinita, tal y como es el universo...

...

Agradecimientos:
A Carla y a Maica, gracias por vuestras opiniones y consejos.
A mis lectores, deseo sinceramente que les guste.

Índice

1

Lo primero que escuchó fue el rumor del agua cayendo por la cascada, pero lo que realmente le despertó fue la música instrumental que subía poco a poco de intensidad hasta superar en decibelios al sonido provocado por el líquido elemento. Al tratar de comprender lo que ocurría, Gael Paulsen se percató de que no podía existir ninguna cascada; de hecho, ni siquiera había visto una real, solo en películas y hologramas. Lo mismo ocurría con el aroma a hierba mojada por el rocío y con ese color anaranjado que ahora inundaba su camarote y que simulaba el alba terrícola.

Su mente divagaba en cuestiones intrascendentes mientras abandonaba los dominios de Morfeo, para incorporarse al mundo supuestamente real. Sinceramente, le daba igual como fuera un amanecer en la Tierra. Él era un colono de tercera generación. Nunca había pisado ese planeta enfermo y contaminado, origen de la humanidad. No es que descartara la posibilidad de visitarlo algún día, pero de momento no tenía prisa alguna.

La sensual voz de Atenea, programada para ser más dulce y cariñosa en estos momentos, dijo:

—Buenos días, capitán, son las 7 de la mañana hora GTM del nueve de julio de 2373. Todos los sistemas funcionan correctamente. Nos aproximamos a Titán según lo previsto; tiempo estimado de llegada, 78 horas.

—Buenos días, cariño —contestó Gael—. Por favor, dile a Perkins que me prepare el desayuno.

—Eso está hecho, capitán. Según el análisis biomédico debes desayunar 300 g de hidratos de carbono, 100 g de…

—¡De acuerdo, de acuerdo! —interrumpió Gael—. ¡Prepara lo que quieras, me lo comeré!

—De todas formas, capitán, me veo en la obligación de preguntarte si hoy vas a realizar ejercicio, y en el caso de que la respuesta sea afirmativa, me indiques qué tipo de ejercicio para poder elaborar con mejor...

—¡Bicicleta, Atenea! ¡Una hora y media! Pienso subir un puerto, uno de los duros, en los Pirineos.

En estos momentos era cuando Gael pensaba que los sacrificios que los colonos espaciales tenían que hacer para conseguir su longevidad eran demasiados: ser tratados como niños por computadoras estúpidas, un riguroso control de la dieta basado en las necesidades del individuo, ejercicio diario y cada dos años someterse a un tratamiento renovador de células en una cabina regeneradora.

Comenzó a vestirse con el nanotraje del día anterior. No lo había lavado, pero daba igual, en este viaje no llevaba pasajeros, así que estaba solo en la nave. Consistía en un mono completo que se ponía de los pies al cuello y se ajustaba por delante con un cierre invisible al ojo humano compuesto por nanobots. En realidad, todo el traje estaba hecho con estas diminutas máquinas.

Sintió cómo su cuerpo aumentaba de peso. Su nave de 50 metros de diámetro solo conseguía simular la gravedad terrestre en un 75%, así que los gravitones del nanotraje ajustaban automáticamente la gravedad. La falta de ella era uno de los mayores enemigos de los viajeros espaciales, por la pérdida de masa muscular que provocaba. Después de colocarse la diadema mental y su UA (Unidad de Antebrazo), se dirigió al piso inferior, al comedor. Allí vio a Perkins con el desayuno, le saludó con una palmadita en la espalda metálica y se sentó a comer.

—Espero que el desayuno sea de tu agrado —se escuchó la voz de Atenea a través de los altavoces.

—Muy rico, cariño. ¿Puedes llevarte a Perkins a la cocina o donde quieras? Ya sabes que no me gusta cómo me mira.

El avaboot se retiró y desapareció tras la puerta del comedor, que se abrió y cerró automáticamente. No sabía muy bien por qué ese aparato le caía mal. Era un avaboot de última generación y le había costado un dineral. Se podía manejar a distancia por una computadora compleja o por un ser humano que utilizara una diadema mental y unos nanoguantes. Eran usados para los paseos espaciales por los pilotos. Así evitaban salir de la nave y quedar expuestos a los peligros del espacio. Los ordenadores navegante (como Atenea) lo manipulaban para el mantenimiento sencillo: limpieza, preparación de comidas, etc.

—¿Sabes, mi amor?

—Dime, capitán —contestó Atenea.

—Te falta poco para ser la mujer perfecta.

Le gustaba poner a prueba el complicado software de Atenea. Todo el mundo sabía que por muy complicadas y resolutivas que fueran las computadoras, no eran realmente inteligentes, puesto que nunca podrían tener conciencia de sí mismas. En el año 2098 se llegó a esa conclusión, gracias a una nueva rama de la ciencia llamada Biofísica. Se descubrió que la materia orgánica, cuando se une para formar organismos complejos, genera una energía que circula por todo el cuerpo, creando eso que llamamos conciencia. Algunos dijeron que la ciencia había descubierto el alma (y tal vez tuvieran razón). Esto provocó una ampliación de las creencias místicas, con el consiguiente aumento del poder de las grandes religiones y la proliferación de sectas, algo que resultó nefasto para el planeta.

—¿Cómo podría mejorar, capitán? —preguntó Atenea sacándolo de sus recuerdos de las clases de historia del instituto.

—¿Puedes practicar sexo conmigo? Llevo un mes de abstinencia.

La máquina se demoró casi un segundo en contestar, prueba de que su programación buscaba soluciones a algo que le era imposible realizar.

—Lo siento, capitán, pero no puedo. Sin embargo, puedo sugerirte el visionado de estos hologramas —dijo Atenea mientras proyectaba sobre el comedor las imágenes de tres impresionantes mujeres bailando con ropa sugerente.

Gael contempló la escena divertido mientras terminaba el desayuno. Luego se dirigió de nuevo a la parte superior donde se encontraba la cabina de mando.

Sentado en el asiento del capitán, contempló el espacio. Se trataba del único lugar de la nave donde había una ventana. Los cinco metros de largo por dos de alto eran suficientes para admirar la grandeza del espacio exterior. Sintió un escalofrío al darse cuenta de lo diminuto de su tamaño y del de su nave. Era muy poco lo que le separaba del frío espacial y de una muerte instantánea. No obstante, estaba convencido de que no existía ningún problema, Atenea revisaba cada segundo el funcionamiento de cada componente de la astronave, solo que las rutinas adquiridas en el ejército le empujaban a realizar él mismo una revisión general.

Empezó por los discos gravitacionales. El de gravedad positiva giraba en sentido contrario al de gravedad negativa, que se colocaba debajo. Esto inducía la gravedad artificial de la que disfrutaban los viajeros espaciales y los habitantes de las gigantescas estaciones, donde vivían los colonos. También se generaban dos fuerzas residuales (que eran de suma importancia en el espacio): la antigravedad y un campo magnético. Estas fuerzas, dirigidas por superconductores, generaban un escudo alrededor de la nave, capaz de repeler tanto a pequeños meteoritos como a la peligrosa radiación cósmica.

Los paneles solares absorbían la energía de la estrella y era más que suficiente para alimentar todos los instrumentos. Ese era uno de los motivos del éxito de las colonias espaciales: energía gratis e ilimitada. Los motores, en cambio, funcionaban con helio 3, que al principio se extraía de la Luna. Pero era muy costoso, había que remover y triturar el regolito lunar. Después, con la mejora de los viajes espaciales, comenzó a extraerse de la atmósfera de Saturno, de forma mucho más barata y eficiente. Ese había sido el motivo del éxito de la Estación Titán, la gran colonia espacial anclada gravitacionalmente al satélite.

Los recuerdos se apoderaron de él... hijo de una madre soltera a la que le habían dado permiso para inseminarse (algo nada extraño en los tiempos que corrían). Pasó su infancia en la Estación Titán. Allí le enseñaron el orgullo de ser colono espacial y la suerte que había tenido de que sus antepasados abandonaran el planeta madre para conquistar el Sistema Solar. Justamente aquellos colonos iniciales a los que sus contemporáneos llamaron locos y que sufrieron incontables pérdidas provocadas por accidentes y enfermedades derivadas de la falta de gravedad y de la radiación cósmica. Sin embargo, en una demostración práctica de que el ingenio y la voluntad humana no tienen límites, conquistaron primero la Luna, en busca del helio 3, después las lunas de Saturno y más tarde los satélites Ganimedes y Europa de Júpiter.

Los grandes beneficios que generó la extracción de helio 3 y la urgencia de conquistar un espacio habitable en la negrura del universo, así como la necesidad del transporte de combustible y alimentos para los trabajadores de las estaciones, se tradujo en un desarrollo tecnológico sin precedentes. Entre los años 2090 y 2200 la física y la ingeniería trabajaron de la mano, llegando a inventarse el motor de plasma de helio 3. El descubrimiento de los gravitones dio paso al motor antigravitacional y a la gravedad artificial.

También aprendieron a fabricar en gravedad cero y se dieron cuenta de que en el espacio no existen los problemas del peso de las estructuras ni los de almacenamiento. Con el uso de los avaboots manejados a distancia por los obreros desde la estación y ayudados de gigantescas impresoras 3D, la construcción de naves espaciales y gigantescas estructuras circulares (que sirven para crear las estaciones espaciales a modo de panel de abejas, hogar de la mayoría de los colonos), es relativamente sencilla. La «fabricación en vacío» (como se denominó en su momento), impulsó la aparición de gigantescos consorcios industriales, que proporcionaron empleo de gran calidad a millones de personas.

En los primeros tiempos la falta de mano de obra (la idea de irse a vivir al espacio no resultaba demasiado sugerente al principio) obligó a las empresas a ofrecer unas condiciones laborales extremadamente ventajosas: excelentes salarios, dos meses de vacaciones, jornadas de seis horas cinco días a la semana... por no hablar de los seguros médicos y de diversos planes de pensiones. Todo ello derivó en que los colonos terminaran disfrutando de un excelente nivel de vida, con un índice de longevidad superior a los 150 años, lo que indujo a un férreo control de la natalidad y a una política migratoria extremadamente restrictiva, que no hizo más que aumentar las tensiones con la Tierra.

Todo eso no hubiera sido posible sin el descubrimiento de materiales exóticos en los nuevos mundos y en el Cinturón de Asteroides. Las cooperativas mineras se instalaron en el planetoide Ceres. Sin embargo, fueron una fuente permanente de conflictos; tras la construcción del puerto espacial de Ceres, los mineros se agruparon en hermandades que buscaban en los asteroides los metales raros. Las grandes empresas mineras se enfurecieron y reclamaron derechos de explotación ante las autoridades terrícolas y de las colonias.

El carácter cooperativo y sindical de los mineros provocó que, entre los colonos, se forjara un ambiente de simpatía hacia ellos. Lograron la independencia del planetoide pese a la gran anarquía que reinó en aquellos tiempos y que ellos se autogestionaran. Esto creó un desgobierno en el cinturón que comenzó con mineros armados para defender sus propiedades y derivó en una terrible inseguridad. Nacieron entonces los piratas espaciales, que empezaron realizando tímidos asaltos a las naves de carga de las empresas mineras. La respuesta de estas no se hizo esperar, armando sus vehículos y contratando mercenarios, así que en algunos momentos llegó a parecer una guerra abierta entre compañías y hermandades. Esto puso en peligro el comercio en el Sistema Solar pero los colonos, acostumbrados a hacer de la necesidad virtud, crearon la Federación, liderada por Titán. Y lo más importante, una Flota Estelar con el mandato de defender las rutas comerciales, que creció y se fortaleció, manteniendo a los piratas a raya dentro del cinturón.

Luego comenzaron los conflictos con los países que lideraban la Tierra que cada vez exigían más impuestos a través de la ONU. Cuando el 9 de noviembre de 2205, la Federación, junto con Marte, se declaró soberana y se independizó de la Tierra, a los terrícolas no les quedó más que el derecho al pataleo (salvo alguna escaramuza aislada en la Luna, que dejó una zona terrícola y otra colonial). Ya que nada podían hacer contra el poderío de la Flota Estelar, ese fue el comienzo oficial de la decadencia del contaminado y superpoblado planeta.

Marte, en cambio, fue un caso aparte. Aunque se unió en la lucha contra la Tierra por la independencia de la Federación de Colonias Espaciales, nunca quiso formar parte de la Confederación. Mantuvieron sus habitantes que habían dejado de pertenecer a la especie humana hacía mucho tiempo, ahora eran marcianos.

Las primeras personas que llegaron al planeta rojo lo hicieron en el 2031, para quedarse. No había vuelta atrás, no era una expedición científica sino un «reality» de televisión. Lo que en un principio parecía una locura mantuvo durante años a millones de personas pegadas al televisor. Cada dos años mandaban nuevos participantes a Marte. A los seis meses de que la primera mujer pisara el planeta rojo, los cuatro pioneros descubrieron la primera prueba de vida extraterrestre en forma de fósiles. Los organismos complejos petrificados durante millones de años no dejaban lugar a dudas. Marte, en un pasado remoto, había sido un planeta similar a la Tierra. Unos meses después, en los tanques de agua marciana que extraían del subsuelo y del leve rocío, aparecieron los primeros microorganismos vivos. Aunque la élite científica terrícola (en gran parte porque los pioneros eran, como mucho, científicos aficionados) se negó a admitir que fueran originarios de Marte, argumentando que tenía que ser contaminación terrícola.

El gran descubrimiento marciano se demoró seis años más, cuando dos de los diez individuos que a duras penas sobrevivían en la superficie del planeta, hallaron una de las cavernas. Eso fue después de la muerte de dos de sus componentes, debido a las durísimas condiciones de vida. Más tarde se descubrieron cientos de ellas. Millones de personas contemplaron, casi en directo —debido a la diferencia que tarda la luz en recorrer la distancia que separa los planetas—, cómo aquellos dos pioneros, la primera mujer en pisar el planeta (Ágata, la gran heroína marciana) y su pareja, tras introducirse casi dos kilómetros en el interior de la corteza rocosa, encontraron el primer lago alienígena.

Estaba rodeado de vegetación luminiscente, lo mismo que las paredes de la gruta, impregnada con hongos que emitían esa extraña luz típica de las cuevas marcianas. También filmaron los primeros peces extraterrestres, que días después pescaron y saborearon. El grupo se trasladó al interior de la gruta y sus condiciones de vida mejoraron sustancialmente. Los ingresos de la cadena de televisión se dispararon, así como el interés de los terrícolas por visitar su planeta vecino. Las grandes superpotencias comenzaron a enviar expediciones, incluso se comenzó a desarrollar de verdad el turismo espacial. Pero fue la cadena de televisión la primera que llegó, tenía el «know who», que se negó a compartir, especialmente porque los pioneros descubrieron el oro marciano

—que después pasó a llamarse «oro rojo»—y se puso de moda entre las élites terrícolas, que pagaban auténticas fortunas por él.

Se iniciaron los viajes de ida y vuelta entre los dos planetas. Debido al desarrollo de una floreciente industria minera en Marte, que comenzó con el oro rojo, pero al que rápidamente siguieron otros muchos metales y minerales inexistentes en la Tierra (destacó el hierro marciano). Aunque esto no impidió que el espíritu de los viajeros fuera el de ir para quedarse. Las cavernas del planeta comenzaron a poblarse antes de la aparición de los nanotrajes y de la gravedad artificial. Los recién llegados sufrieron los efectos de la menor gravedad y de la radiación cósmica, debido a que el campo magnético de Marte es demasiado débil. Los cuerpos de los pioneros comenzaron a adaptarse al nuevo medio, a una velocidad que sorprendió a los científicos, perdiendo masa muscular y desarrollando resistencia a la radiación. La mayoría de los llegados murieron muy jóvenes, pero en los primeros bebés nacidos en el nuevo mundo ya comenzaron a verse las primeras mutaciones adaptativas.

Trescientos años después parecen una especie diferente. Ninguno sobrepasa el metro sesenta de altura, su piel es de una tonalidad rojiza; la vida en el subsuelo les ha hecho desarrollar unos ojos enormes de unas extrañas tonalidades. En general, tienen un cuerpo ligero y estilizado, a pesar de su baja estatura. Su carácter suele ser difícil. Son extremadamente nacionalistas y se sienten orgullosos de ser marcianos; siempre mantuvieron una relación complicada con la Federación, lo que se tradujo en la primera gran crisis del Sistema Solar, que derivó en una gran batalla espacial a las puertas de Titán.

Gael pensó en las marcianas, le parecían tremendamente atractivas y había mantenido relaciones con alguna de ellas, aunque para qué iba a engañarse, sobre todo pensaba en Sonja…

—¿Por qué tuvo que terminar todo tan mal? —pensó.

—Mal es poco —dijo en voz alta—, rematadamente mal.

—No es nada, Atenea—dijo antes de que la computadora pudiera preguntar.

Reprimiendo un nudo en la garganta, se sentó encima de la bicicleta magnética. Tras colocarse las gafas de realidad virtual, programó mentalmente la bici utilizando la diadema y se dispuso a subir uno de los puertos más duros de los Pirineos terrícolas. Comenzó a pedalear huyendo de un pasado de gloria y tristeza…

2

Owen Jeringan estaba exultante de júbilo. Se contempló en el espejo: delgado, anguloso, de movimientos rápidos y nerviosos, a sus 72 años aparentaba ser un hombre que rondaba los 45. Estaba a punto de cumplir el sueño de su padre, puesto que era fácil que viviera 80 años más, así que con suerte vería el resultado final de lo que iba a suceder.

Desde su despacho contempló Ganimedes, el mayor satélite de Júpiter, y justo detrás, el gigante gaseoso. La estación Ganimedes era la segunda más grande del Sistema Solar, después de la de Titán. Desde ahí le gustaba dirigir el imperio corporativo que heredó de su progenitor: Helio Génesis, la empresa que prosperó con la extracción de helio 3 en Saturno. Owen se había empeñado en diversificar los recursos, creando una compañía con muchas ramificaciones, en sectores tan diversos como medicina, biología, industria, alimentación, servicios…

En Ganimedes, aprovechando el mar interno que se encuentra bajo la gruesa capa de hielo, creó la primera piscifactoría espacial de la historia, utilizando ingeniería genética para diseñar peces que pudieran vivir en esas condiciones. También impulsó los cultivos de algas, ahora muy importantes en la dieta de los colonos espaciales. Habían pasado menos de cinco años desde que comenzaron a vender los primeros vegetales y cereales. Sembrados en grutas artificiales, dentro de la corteza congelada de la luna que ahora contemplaba.

La agricultura y la ganadería espaciales nacieron de la necesidad de los colonos de cortar el cordón umbilical que les unía con la Tierra; la idea de ser independientes no podía ser posible si no se procuraban su propio sustento. Las primeras explotaciones se hicieron en el espacio, pero el nivel de productividad era muy bajo; los cultivos agotaban rápidamente los recursos del sustrato, que además al principio tenía que ser importado de Marte o de la Tierra.

Por otro lado, los animales tenían muchas dificultades para reproducirse. Ni tan siquiera la inseminación artificial funcionaba, ya que el índice de aborto de las hembras superaba el 60%. Era como si de alguna manera los animales supieran que estaban en un lugar que no les correspondía. Entonces los agricultores pusieron sus ojos en Titán. La luna de Saturno poseía agua, sustrato en abundancia y nitrógeno. Todo lo necesario para poder desarrollar un sector primario.

También había que tener en cuenta la industria plástica, que llevaba unos años instalada en Titán. En este mundo abundaban (además en grandes cantidades y de muy fácil extracción) todos los compuestos necesarios para este tipo de actividad. Teniendo un suministro fácil y garantizado de plásticos de alta calidad para los invernaderos, el éxito estaba garantizado. El problema es que ya existía vida, distinta a la de la Tierra o Marte, basada en el hidrógeno y el metano. Eran organismos unicelulares que convertían el metano en hidrógeno, una joya biológica según algunos y una curiosa nimiedad para otros.

¡Progreso contra ecología! La batalla se produjo en todos los frentes; en el parlamento Titániano (todavía no existía la Federación); en los medios de todos los mundos habitables, incluso en los marcianos (cuando ni siquiera mostraban el más leve respeto por la ecología original de su planeta). La opinión pública de la Tierra estaba claramente en contra, aunque tal vez pesaran más los intereses económicos que los ecológicos. El asunto se saldó con un referéndum en todas las estaciones de las lunas de Saturno y en el cual la opción «sí a la explotación» ganó por una abrumadora mayoría.

Ante el malestar de los terrícolas, el parlamento de Titánia (que gobernaba todas las lunas de Saturno) declaró una serie de zonas protegidas en Titán, para salvaguardar la ecología del satélite. Sin embargo, esa medida, algunos años después, se demostró claramente insuficiente. Ya en la actualidad los organismos terrestres están colonizando el mundo y terranizando Titán.

La implantación de la actividad agraria fue todo un éxito. La ausencia de vientos fuertes permitió los gigantescos invernaderos, que ahora ocupan cientos de kilómetros cuadrados en la superficie. La tierra del satélite resultó ser más fértil de lo que se pensaba. El oxígeno para los animales lo generaban las mismas plantas de los cultivos, genéticamente modificadas, que se adaptaron sin problemas a ese mundo extraño.

Algunos latifundistas se dieron cuenta de lo placentero que resultaba pasear por sus plantaciones y respirar un aire tan purificado por vegetales y no por las filtradoras artificiales de las estaciones. Así que decidieron ampliar el negocio cultivando jardines por donde los colonos pudieran pasear. Esto convirtió a Titán en el lugar favorito para el turismo. Rápidamente se crearon nuevos invernaderos ajardinados, en los cuales se comenzaron a construir viviendas residenciales, que los ciudadanos espaciales de toda la Federación compraban como segunda morada. Era un lugar idóneo donde poder disfrutar de las jugosas jubilaciones que les correspondían. Aprovechando la baja gravedad los ancianos solían olvidarse del traje gravitacional, ya que así se reducían los dolores reumáticos y musculares propios de la edad.

El turismo encontró multitud de recursos gracias a la densa atmósfera que poseía. Con un simple nanotraje térmico y un sencillo aparato de respiración, los humanos podían caminar por la superficie, navegar por sus lagos de metano, sentir la lluvia del mismo elemento y practicar deportes de aventura como parapente, submarinismo, descenso de barrancos… Todo esto introdujo de forma involuntaria cientos de invasores biológicos del planeta azul, que poco a poco se fueron adaptando y haciendo retroceder a las débiles formas de vida autóctonas. Incluso comienzan a oírse opiniones a favor de terranizar Titán y convertirlo en un mundo totalmente habitable.

Anclada gravitacionalmente a Europa, una luna de Júpiter, se encontraba la más importante estación industrial de Helio Génesis. Era donde construían, entre otras cosas, la mayor astronave que se hubiera hecho jamás, pero también el dolor de cabeza de los consejeros y contables de la empresa. Ellos no tenían la visión de futuro de él o de su padre. Era una inversión a largo plazo; las investigaciones para poder realizar un viaje interestelar comenzaban a dar beneficios en forma de jugosas patentes. Como las cápsulas de hibernación que, tras años de intentos fallidos, habían conseguido fabricar. Le habían informado en días pasados de que las pruebas con humanos habían sido un éxito.

En la última llamada recibida desde la Luna, donde tenía investigando a sus dos físicos más prometedores, le habían confirmado que era posible fabricar un motor que alcanzase el 75% de la velocidad de la luz. Theia, el sueño de su padre, estaba al alcance de la humanidad… Sin embargo, tenía que ser muy cauteloso y mantener el secreto el mayor tiempo posible. Intentarían pararle, sintió que el futuro del ser humano y su mandato divino, «creced y multiplicaos», estaba en sus manos.

Debía viajar a Encélado (otro de los satélites de Saturno), puesto que desde allí sería más fácil coordinarlo todo. Llamó a su secretario y le pidió que ordenase disponer su *jet* espacial lo antes posible. Utilizó su unidad de antebrazo para calcular cuántos días iban a tardar en llegar. Había que tener en cuenta que los planetas orbitaban y no siempre estaban a la misma distancia. *Cinco días y cuatro horas*, pensó. *Bien, pues vámonos cuanto antes.*

Seis horas después, tras despedirse de su mujer, Owen abandonaba el edificio de viviendas de lujo donde residía, seguido de dos guardaespaldas. Los tres arrastraban sus maletas que levitaban a unos cinco centímetros del suelo. El transporte privado estaba prohibido debido a las restricciones de espacio, así que se dirigieron a la estación más cercana de magnetotren, utilizando las cintas transportadoras.

La Estación Ganimedes estaba compuesta por doce secciones circulares de 10 Km. de diámetro en su base. Dispuestas en cuatro filas de tres. Cada una de ellas estaba unida al resto por medio de túneles de 5 km de largo, 200 m de ancho y 50 m de altura. Cada círculo era independiente, poseía su propio sistema de soporte vital y discos gravitacionales. La antigravedad y el magnetismo residual eran convenientemente dirigidos por superconductores, para coordinarse con las otras secciones y así conseguir un poderoso escudo antigravitacional (que además anclaba las estaciones para mantenerse en un punto fijo alrededor de su luna). Y una magnetosfera que, combinada con el hormigón marciano que recubría toda la estación, protegía a sus casi doce millones de habitantes de la peligrosa radiación cósmica.

Diez paradas después, Owen Jeringan pudo sentarse. Sin mirar el plano sabía que solo quedaban dos para llegar al espaciopuerto norte. Supo que entraban en el último túnel por el cambio de gravedad y por la sensación extraña que producía el ajuste gravitacional del nanotraje. Ahora estaba más cerca del espacio exterior, algo que le ponía nervioso. No podía evitar pensar que estaría metido en una lata de sardinas que se desplazaba por el vacío. Intentó concentrarse en la misión, activó su unidad de antebrazo y comenzó a escribir mentalmente, utilizando la diadema mental, el mensaje que tenía que enviar a Gastón Garret, su jefe de seguridad, que se encontraba en la planta de procesamiento y almacenamiento de helio 3 que orbitaba Encélado.

En la puerta de su astrojet les esperaban el capitán Hernández, piloto de la nave, y Selena, asistenta personal del Sr. Jeringan, que también solía ejercer labores de azafata. La joven, ligeramente contrariada, sonrió a los tres recién llegados, especialmente a Owen.

Tras los saludos de rigor, los cinco entraron en el *jet*. Selena Lotti, una impresionante morena de ojos negros, nariz respingona y un cuerpo esculpido en el gimnasio, enfundada en su nanotraje blanco nacarado (que para ella era como una segunda piel), entró la primera, caminando con asombrosa soltura, sobre unos kilométricos tacones. Su cuerpo se contorneaba siguiendo el ritmo de sus pasos. El falso cinturón que llevaba se movía con el baile de sus caderas, resaltando aún más su hermoso trasero. Sonrió para sus adentros y su enfado se fue disipando al percibir las miradas de los hombres que la seguían. Era evidente que no se habían dado cuenta de que tenía el pelo ligeramente rizado; además, el nanotraje que ella misma había diseñado resultaba, por las caras de los cuatro, todo un éxito.

¡Pero qué esperaban! —pensó. Me avisan con solo cuatro horas, no he podido arreglarme mejor.

3

Horas después, ya en el espacio, tras la cena, Selena dominaba la situación, a horcajadas sobre Jeringan. Al ritmo de sus caderas sentía dentro de ella al hombre. Cerró los ojos y aspiró el aroma a perfume caro y masculino que emanaba del cuerpo de su amante. Se sentía especialmente excitada, tal vez porque llevaba casi dos semanas sin verlo y lo extrañaba, o quizás por el comportamiento de él desde que despegó la nave.

Las furtivas caricias al cruzarse con ella, seguidas de cómplices miradas libidinosas. Además, al final de la cena y delante de todos, el Sr. Jeringan había explicado que se retiraba a su camarote y que, por favor, que lo acompañara ella para ayudarle en unos asuntos. Era la primera vez que se comportaba con tanto descaro delante de otros empleados: eso a Selena le encantó. Al entrar en la habitación se había abalanzado y la había besado con fuerza y al quitarle el traje, casi se lo rompe.

La joven, a medida que el placer iba en aumento, fue perdiendo el control de su cuerpo. Hasta que el éxtasis la atrapó por completo y se dejó caer sobre él. Owen la tumbó con dulzura sobre las sábanas y comenzó a besar todo su cuerpo. Ella se dejó hacer y le susurró que volviese a entrar en su interior... Selena sintió como le separaba las piernas y cumplía su deseo.

—¡Qué bien, Owen! Me gusta, no pares, ¡sigue, por favor!

Esto excitó más al hombre que aumentó su ritmo, provocándole otro orgasmo más, casi seguido, cuando él explotó en su interior.

Agotados sobre la alcoba, relajados, disfrutaron en silencio de las suaves caricias y del romántico programa de iluminación que simulaba una intensa fogata sobre la pared.

—Me gustaría que te quedaras a dormir —dijo Owen.

—Te haré el favor —contestó la joven.

Halagada por el ofrecimiento, se acurrucó junto a su amante dispuesta a dormirse, pensó en lo bueno que era Owen con ella y en la suerte que había tenido al conocerlo.

Selena, hija única de un matrimonio normal de clase media, había nacido en la Estación Ganimedes veintiocho años atrás. Desde muy pequeña se había sentido atraída por el mundo de la moda y la belleza y aún fantaseaba con la idea de ser una princesa. Una estudiante mediocre que terminó el bachillerato a los veinte años tras repetir dos cursos. A pesar de eso, guardaba muy buenos recuerdos de su paso por el instituto: los primeros novios, amigas, fiestas…

Fue en esa época cuando descubrió su habilidad para manipular y aprovecharse de los hombres. Le gustaba que la miraran, así que ensayaba las miradas, gestos y movimientos que servían para mantener su atención. ¿Qué había de malo en ello? —se decía a sí misma. No era inteligente, pero a cambio era hermosa, simpática y poseía una excelente memoria capaz de recordar las cosas de forma literal, aunque no entendiese nada.

Esto era un arma excelente en el arte del reproche y la manipulación, recordar una frase fuera de contexto, junto con una carita desvalida (ensayada durante horas en el espejo). Si esto no funcionaba, siempre se podía apoyar en una lagrimita acompañada de frases como «eres un insensible», «¿no ves cómo sufro?» Los generosos escotes con los que solía vestir ayudaban mucho. Bastaba escuchar atentamente, moviendo las pestañas, ni siquiera era necesario comprender lo que decían, bastaba con repetir alguna de sus frases, y fijarse que los ojos del interlocutor no perdieran de vista sus protuberantes pechos. De ese modo conseguía que los hombres se sintieran predispuestos a favorecer sus deseos y caprichos.

El peor año de su vida fue el que pasó en el estúpido servicio militar obligatorio, en la maldita Flota Estelar, con aquellos horribles uniformes, durmiendo en una litera con otras cincuenta chicas. El hangar olía fatal y había llorado casi todos los días. Los mandos, en su mayoría mujeres, no tuvieron ninguna consideración con ella. Incluso hubo días que no había sacado tiempo ni siquiera para arreglarse las uñas.

Cuando se licenció, sus padres insistieron en que estudiara para ejercer de auxiliar administrativo, otro curso perdido. Al año siguiente se matriculó en Belleza y Estética. Logró terminar tres años después, a pesar de haber estudiado más que nunca.

Fue entonces cuando conoció a Owen Jeringan. Ella trabajaba de azafata de congresos para una agencia. Aquel día le tocó atenderle. Cuando lo vio, su cara le resultó conocida por las revistas digitales. Siempre le habían gustado los hombres seguros, inteligentes y poderosos. Por otro lado, el Sr. Jeringan había sido muy atento, educado y amable con ella. Ese día lo atendió y coqueteó con él lo mejor que supo.

Al final de esa tarde, como Jeringan charlaba con ella de forma esporádica, se decidió y le dijo que buscaba trabajo, que si podía mandarle el currículo a alguna dirección. Entonces él le contestó:

—Mañana tengo un hueco por la tarde, señorita. Podríamos quedar en el hotel Ritz y me lo entrega personalmente mientras cenamos, si no tiene inconveniente.

Al oírle estuvo a punto de dar un salto de alegría. *Cenar en el Ritz* —pensó. Contestó rápido que sí, olvidando de inmediato el compromiso que tenía con la agencia para un acto publicitario, al que por supuesto no acudió.

Selena consiguió no llegar tarde, a pesar de las seis horas que invirtió en prepararse para la cita. Tras varias pruebas se decidió por un vestido de una cambiante tonalidad celeste, ligeramente por encima de las rodillas. No quería parecer demasiado atrevida, aunque lo cierto era que resaltaba sus generosos encantos. Nerviosa, entró en la recepción del hotel. El lujo era discreto, nada ostentoso. A los colonos no les gustaba eso. Un empleado del hotel, impecablemente vestido, se le acercó con una estudiada sonrisa.

—¿Señorita Lotti? —preguntó.

—Sí, soy yo.

—Sígame por favor, el señor Jeringan la está esperando en el comedor Neptuno.

El empleado la condujo hasta uno de los salones privados y le abrió la puerta. Jeringan la recibió con una espléndida sonrisa y la ayudó a sentarse. Selena, tremendamente halagada por la caballerosidad que mostraba su interlocutor, observó la habitación con calma. Tanto la mesa como el sofá eran semicirculares, el tacto al sentarse era fantástico, el material envolvía ligeramente al comensal dándole una asombrosa sensación de firmeza y comodidad. La combinación de colores era perfecta para la tenue iluminación. Detrás de ellos, siguiendo el semicírculo del sofá, había un precioso acuario en el que nadaban unas exóticas criaturas luminiscentes. El señor Jeringan le explicó que eran peces marcianos y le indicó el nombre y curiosidades de algunos de ellos.

Después de que el camarero les trajera el vino que sugirió Owen, él le preguntó con una sonrisa:

—Entonces… ¿Puedo ver su currículo?

—Por supuesto, señor Jeringan. ¿Le parece que se lo envíe a su UA?

—Es una buena idea.

Selena manipuló su unidad de antebrazo mientras él se colocaba las hologafas. Tardó unos veinte segundos en leerlo; después, mientras se quitaba las gafas dijo:

—Es evidente, señorita Lotti, que debido a su juventud le falta experiencia. Sin embargo, tengo la sensación de que tiene cualidades y probablemente pueda encontrarle un puesto dentro de mi círculo más próximo.

—No se arrepentirá, Sr. Jeringan. Soy muy trabajadora y me gusta implicarme a fondo en lo que hago.

—Bueno, Selena… ¿Puedo llamarla así?

—Por supuesto, señor Jeringan, me encanta que pronuncie mi nombre —dijo esbozando una sonrisa mientras notaba cómo sus mejillas se sonrojaban.

—Owen, por favor, llámeme Owen, lo de señor me hace sentir viejo.

—De acuerdo, Owen, pero sepa que de viejo nada, está usted estupendo —contestó divertida.

La conversación fluyó fácilmente y Selena se sintió muy a gusto. Owen escuchó atentamente todo lo que ella opinaba sobre estilos de vestir, peinados, tratamientos de belleza… incluso se atrevió a sugerir que podía contratarla como «personal shopper».

La cena transcurrió lentamente. Jeringan sugirió un costosísimo menú degustación con mariscos terrícolas. Selena desconocía cómo tratar a esos «extraños bichos» que les iba sirviendo el camarero. Él tuvo mucha paciencia para ayudarla a degustar las delicias del aquel exótico planeta. Conforme disfrutaban de los platos, entre risas e imperceptibles roces de dedos, también desapareció el vino de casi dos botellas. Para cuando terminaron de cenar estaban uno junto al otro, sus hombros y sus manos coincidían en el mismo sitio y en el mismo momento con sospechosa regularidad… Entonces llegó el primer beso, sin forzar, de forma natural.

Selena nunca había estado en una suite. Se sintió una princesa y después de hacer el amor se durmió feliz, como una niña. Despertó al día siguiente, sola. Confusa y con un moderado dolor de cabeza, le entró un ligero pánico. Hasta que encima del escritorio se percató de la nota firmada por Owen Jeringan; en ella se disculpaba por haberse marchado. Le dijo que lo había pasado maravillosamente, que pidiera el desayuno y se lo tomara con calma. Tenía la habitación a su disposición hasta que quisiera. La llamarían esa misma tarde, para formalizar el contrato.

Al día siguiente firmó. El sueldo suponía el triple de lo que ganaba un técnico titulado, disponía de un pequeño despacho propio y de un chip de crédito con cargo a Helio Génesis (para compras de la empresa). Así que un mes más tarde alquiló un pequeño apartamento en una de las zonas más exclusivas de la Estación Ganimedes.

Owen Jeringan contemplaba cómo dormía la joven belleza que estaba a su lado. Sentía su tibieza y le abordó un poderoso sentimiento de cariño, que tiempo atrás habría tratado de reprimir, pero que ahora dejaba fluir y disfrutaba de él. Ya no tenía ningún remordimiento por esta relación extramatrimonial. ¡Qué diferencia con lo que sufrió tres años atrás cuando la conoció! Recordó aquella primera noche con ella; Selena hablaba sin parar, una conversación simple que rayaba la estupidez, pero al mismo tiempo amena y divertida. Su contagiosa y escandalosa risa, su generoso escote que insinuaba unos pechos propios de una diosa… ¡qué otra cosa podía hacer! Su mujer hacía años que no mostraba ningún interés por el sexo. Por otro lado, casi todos los hombres de su posición tenían amantes y a él lo miraban —pese a la amistad—como a un bicho raro cuando confesaba su fidelidad, así que esa noche se dejó llevar y se quitó treinta años de encima…

La contrató con un espléndido sueldo, ignorando su triste currículo y con las tareas a realizar poco definidas. Sin embargo, y eso tenía que reconocerlo, ella se había hecho un hueco en la empresa. La verdad es que ahora la necesitaba. Era una excelente anfitriona, ideal para preparar reuniones, acomodar a los invitados, organizar eventos, diseñar el vestuario del personal uniformado... También era una fiel asistente personal. Además, jamás se quejaba de los horarios. Esto no evitaba que al principio Owen se sintiera mezquino y un viejo verde. Disfrutaba con ella y Selena parecía disfrutar con él, pero luego le entraban las dudas. *¿Fingirá los orgasmos?* —pensaba. *¿Será una espía de la competencia?* De esto último ni hablar, ya que hizo que la siguieran y la investigaran hasta en cuatro ocasiones; los informes relataban una vida rutinaria de trabajo, gimnasio, tratamientos de belleza, amigas... Ni tan siquiera tenía novio, de alguna forma le era fiel (algo de lo que se alegró más de lo que el propio Owen reconocía). Y luego vino aquella estúpida pregunta que le hizo:

—¿Selena, de verdad te gusto? ¿O estás conmigo por mi dinero?

Ella lo fulminó con la mirada (siempre era muy directa y sincera con él).

—¿¡Estarías tú conmigo si no fuese joven y bonita!? —le preguntó sensiblemente enfadada—. ¡Mira, señorito Jeringan! Sé que me pagas un sueldo que no merezco. Pero no me hagas sentir como una puta, yo disfruto de tu compañía y del sexo contigo, tienes una buena carrocería. Si te sientes mal por tu mujer es cosa tuya y si quieres que me vaya lo haré, ¡pero no vuelvas a hacerme sentir así!

Owen se sintió tremendamente imbécil, como un niño al que pillan en una travesura. Se le subieron los colores y le pidió un sentido perdón. Ella, al ver su jefe tan compungido, le dijo agarrándole una mano:

—Mira, Owen, estoy feliz y creo que tú también. No pienses cosas raras, sigamos así, me gusta la vida que me das. No te pido que dejes a tu esposa y si ella no te atiende como es debido, pues que se fastidie... Pero yo quiero seguir gozando de ti.

Owen, gratamente sorprendido por la respuesta, sonrió y se alegró sinceramente de tenerla junto a él. Quiso invitarla a cenar esa misma noche. Pero ella declinó el ofrecimiento y le propuso que fueran a su apartamento (que él todavía no conocía), para que probara algo preparado por ella. Aceptó encantado y pasaron una noche distinta, especial. Ambos percibieron cómo se entrecruzaban y fortalecían esos lazos invisibles que unen a las personas.

4

—*Buenos días, mamá, ¿has podido dormir esta noche?*
—*Hola hijo, dormí bien hasta las cuatro, luego no he podido pegar ojo.*

Víctor comprobó en el reloj de la cocina que eran poco más de la ocho. Apretó el botón adecuado y su desayuno comenzó a prepararse automáticamente. Contempló a su madre, estaba muy envejecida a sus 68 años. En la negrura de sus ojos se intuía una vida desgraciada, con demasiados recuerdos que era mejor olvidar. El pelo descuidado y blanco, junto con las decenas de surcos que recorrían su rostro, además de su delgada y encorvada figura, habían borrado cualquier rastro de la hermosísima mujer que años atrás había enamorado a su padre.

Víctor miró la foto de su progenitor —su héroe, un gran hombre— y una punzada le atravesó la garganta. Cómo le gustaría que pudiera ver el apartamento que había conseguido, con un avaboot doméstico incluido que cuidaba de mamá. No era una persona religiosa, pero a veces fantaseaba con la idea de que su padre lo contemplaba desde algún sitio. Sin embargo, dudaba si aprobaría su trabajo, un oficio que les había permitido salir del infierno donde nacieron. Ahora vivían dentro de la City, entre sus muros, en un buen barrio. También podían costearse la carísima medicina regeneradora. Sus vecinos eran aquellos a los que tanto odiaba, aquellos que pudieron haber salvado al mejor hombre del planeta pero que lo dejaron morir de forma agónica, aquellos de los que un día siendo niño juró vengarse y para los que trabajaba ahora, paradojas de la vida.

Nunca había conseguido librarse del sentimiento de culpa. Como adulto, la parte lógica de su cerebro le decía que cuando ocurrió era solo un niño asustado de nueve años. Sin embargo, la zona irracional, la zona emotiva y sentimental no había dejado de atormentarle. No conseguía perdonarse el no haber salido corriendo…

Esa fatídica tarde, como muchas otras, su padre hacía horas extras en la fábrica. Gracias a eso y a los trabajos que realizaba su madre por las mañanas conseguían vivir con cierta dignidad, incluso fuera de los muros. El apartamento se encontraba en una zona donde aún quedaba algún resto de civilización y donde podía pasearse en las horas diurnas con cierta seguridad. Víctor hacía los deberes que le habían encomendado en el colegio, mientras su madre había salido para comprar la cena. Tras la indicación habitual de que no abriera a nadie, salió cerrando con llave.

Era muy estudioso y nunca dejaba las tareas sin hacer. En la escuela le llamaban empollón y se reían, pero eso no impedía que sacara unas notas excelentes. Además era alto y fuerte, así que no le costaba trabajo hacerse respetar. Para Víctor, lo más importante era que sus padres estuviesen orgullosos. Su padre le solía decir señalando a la City:

—Esfuérzate, hijo, estudia y dentro de unos años conseguirás un trabajo dentro de los muros, entonces serás tú el que se ría cuando los dejes aquí, en esta pocilga.

Víctor adoraba a su padre, no era como el resto; no se emborrachaba por las tardes, jamás les había levantado la mano, era cariñoso, comprensivo, siempre le animaba en sus asuntos.

Esa tarde estaba pasando a limpio una redacción que les habían ordenado hacer a mano. Víctor, siempre pulcro y aplicado, había hecho un borrador. Sospechaba que esa tarde no iba a poder ver a su progenitor. Las jornadas extra se alargaban y cuando llegaba, él ya estaba en la cama. Así que se estaba esmerando más de lo habitual, porque sabía que, aunque su padre llegara tarde, siempre revisaba sus tareas. Lo primero que notó fue un olor a quemado, al principio no le dio importancia.

Después llegaron los gritos y el humo. Asustado, se escondió debajo de la mesa, oculto bajo el mantel que la cubría. Paralizado por el miedo se limitó a sollozar acurrucado. No se atrevió a salir; además, sus padres siempre le insistían en que no debía salir solo de casa. La humareda y el calor aumentaron. Apenas podía respirar y cuando vio las primeras llamas pensó que iba a morir. Curiosamente, lo que más le intimidaba era el crepitar del fuego, que apenas dejaba oír las sirenas de la policía y de los bomberos. Tumbado en suelo, sin lágrimas que llorar, esperaba el desenlace final. Entonces le pareció escuchar el ruido de la puerta al abrirse y después la potente voz de su padre llamándolo. Esto le hizo reaccionar y comenzó a gritar, hasta que su padre separó el mantel y lo cogió en sus brazos. Víctor se aferró a él con todas sus fuerzas, pero las llamas ganaron terreno y les rodearon. Sabía que no había pasado el peligro, pero se sintió seguro rodeado por los brazos de su héroe.

Su padre, en cambio, comprendió que no podía salir por donde había venido y tomó el único camino que les quedaba… La caída desde el tercer piso fue brutal, pero su padre lo protegió cayendo de espaldas. Víctor salió prácticamente ileso. Su progenitor no tuvo tanta suerte, acabó politraumatizado y con graves quemaduras. Lo ingresaron en aquel agujero al que llamaban hospital.

Luego le contaron que la vecina del segundo, una vieja borracha, se había dormido con un cigarro sobre la cama. Los demás vecinos habían salido del edificio. Los bomberos, un grupo de voluntarios sin apenas medios ni formación, trataron sin éxito de apagar el incendio. Cuando su madre llegó comenzó a gritar que su hijo estaba dentro. En ese momento también arribó su padre, había terminado antes de lo previsto por una avería en la fábrica. Le arrebató una chaqueta a uno de los bomberos y entró en el edificio en busca de su hijo… Víctor no dudó de que se fuera a salvar, su héroe era invencible, pero la cruda realidad le abofeteó con saña y sin piedad. Podían haberlo curado, pero no lo hicieron. *Su seguro solo cubría los cuidados simples*, dijeron. Su madre pidió ayuda al ayuntamiento. Uno de los funcionarios de la corrupta institución se apiadó de ella e intentó conseguir fondos para que le trataran. Incluso hubo un periódico de la City que publicó el caso. Pero todo fue en vano, nadie les ayudó.

Después de cinco días de agonía, él y su madre lo vieron morir. A pesar de los calmantes y los dolores, su padre mantuvo una asombrosa lucidez y le hizo prometer que estudiaría hasta convertirse en un hombre de provecho, al otro lado del muro.

Al triste funeral acudieron algunos vecinos. Víctor sintió el odio por primera vez, un sentimiento poderoso, envolvente. Jamás perdonaría a los que, con su indiferencia, habían dejado morir a su padre. Y también comenzó a odiarse a sí mismo por no haber salido corriendo del edificio. Las instituciones del municipio les alojaron en una vivienda similar y en el mismo barrio, con el alquiler pagado durante dos meses.

Su madre buscó trabajo, pero enseguida comprendió que si quería mantener ese apartamento y a su hijo en la escuela, tendría que conseguir más dinero. Solo había una manera, como mujer hermosa que era optó por la única solución posible. Junto al muro existían unos burdeles para que la gente de la City pudiese acudir a ellos sin ser asaltada. Además, pagaban una seguridad privada. Víctor no comprendía al principio por qué su madre llegaba a casa e inmediatamente se metía en la ducha durante media hora, antes incluso de darle un beso. Ahora, como adulto, recordaba cómo ella se había hundido y abandonado al alcohol. Pensó en lo duro que había tenido que ser para ella y en como él mismo perdió la inocencia: dejó de preguntar en qué trabajaba.

Víctor, a pesar de la infelicidad que respiraba, continuó sacando notas ejemplares en el colegio y posteriormente en el instituto, cumpliendo la promesa que le había hecho a su padre. Tampoco se metía en líos, salvo un incidente que ocurrió en el primer año de instituto, al comienzo del último trimestre, con 12 años. Tres matones (dos cursos por encima de él) se interpusieron en su camino y le rodearon. El de rizos, que lideraba el grupo, se plantó delante de él.

—¿Cómo te llamas, cara bobo? —le dijo.

—Víctor.

—Ya sé, eres el empollón de 1° C. ¿Qué tienes para darnos?

—No tengo nada —contestó asustado.

Calculó por encima que debían tener por lo menos 14 años. Además, eran tres contra uno.

—Pues para mañana nos tienes que traer 50 dólares.

—No voy a poder, no los tengo —dijo con un hilo de voz.

—¡No los teeengo! —se burló el más alto imitándole.

Entonces el de rizos le cogió del cuello y le gritó:

—¡Si no nos los traes mañana te vamos a dar una paliza!

—No sé de dónde sacarlos, por favor, dejadme en paz —suplicó, sintiendo cómo le apretaban el cuello.

El de los rizos le acercó la cara a pocos centímetros y le dijo:

—¿El hijo de la puta no va a poder conseguirnos 50 dólares? ¿Cuánto cobra tu mamá por chuparla?

Los tres comenzaron a reírse. Víctor noto cómo la furia se iba apoderando de su ser. Hasta ese momento no lo había querido comprender. Le vinieron a la cabeza imágenes de su madre llorando y bebiendo a solas, de cómo la chispa de su mirada se iba apagando, de la vergüenza que sentía de sí misma…

—¡Con los 50 dólares iré a que tu madre me la chupe! —gritó el ricitos riéndose.

Aquello fue demasiado, como abrir una olla a presión, el miedo desapareció completamente, odiaba ferozmente a aquel tipo. No se metía en líos, pero no era la primera vez que se pegaba. Además, había visto videos de cómo pelear. Con un rápido movimiento de su brazo izquierdo se zafó del agarre del chaval, mientras echaba su mano derecha hacia atrás para coger impulso.

Acompañó con su cadera al puño y golpeó brutalmente la nariz de su adversario, al que sorprendió completamente. El sonido de la nariz rota acalló las risas de los tres y el de rizos se llevó las manos a la cara a la vez que la sangre salía a borbotones. Por un instante pareció que la cosa iba a terminar en ese momento, ya que los cuatro se miraron petrificados...

—¡A por él! —gritó uno de ellos.

Víctor se había olvidado de que estaba rodeado hasta que cuatro puños comenzaron a martillearlo a ambos lados. No sentía dolor, pero sabía que le estaban haciendo daño, así que intentó zafarse cubriéndose con las manos y retrocediendo. Fue un error, ya que uno de ellos aprovechó para hacerle perder el equilibrio, metiendo una pierna entre las suyas. Cuando cayó al suelo continuaron con las patadas, percibía y oía los secos golpes. Empezó a verlo todo a cámara lenta, era como si no le estuviera pasando a él, parecía un mal sueño. Hasta que una bota golpeó con precisión en su mandíbula e hizo que sus dientes inferiores impactaran contra los superiores. Notó como una de sus palas se rompía, más tarde comprobó que no había sido para tanto, una esquina nada más. Pero en ese momento pensó que le habían destrozado el diente entero...

Esto, lejos de amedrentarlo, provocó el efecto contrario: sintió por primera vez esa furia poderosa, tranquila, que conseguía ralentizar el tiempo. Su cerebro se concentró totalmente en la pelea, era como si hubiera entrado en éxtasis. Vio llegar la siguiente patada con increíble lentitud. Supo lo que tenía que hacer, sin prisa la agarró con las dos manos y la retorció sin piedad, utilizando el cuerpo para imprimir más fuerza. El matón cayó al suelo y gritó presa del pánico. El otro continuaba golpeándole, así que Víctor giraba y retorcía el pie de su presa, hasta que notó cómo quebraba. Un alarido desgarrador ahogó el sonido del tobillo roto, tanto que el más alto quedó paralizado, solo entonces lo soltó.

Se levantó con un giro y miró al último de sus adversarios, le superaba en estatura, corpulencia y edad, pero había miedo en sus ojos. Víctor ahora era un felino, buscando el punto débil de una presa más grande y fuerte. Sabía que no podía atacar frontalmente, así que despacio, con calma, lo rodeó esperando una grieta en su víctima. El gigantesco camorrista estaba asustado y trató de huir, un error que Víctor no iba a desperdiciar. Dejó que diera algunos pasos y le hizo una zancadilla. El matón cayó al suelo y se giró mirando a su perseguidor, momento que este aprovechó para clavarle el tacón en boca del estómago, dejándolo sin respiración, indefenso... Saltó sobre él y le sujetó los brazos con las rodillas, entonces comenzó a golpearle la cara dejándose llevar por la rabia: sus puños iban contra los que dejaron morir a su padre, contra los clientes de su madre, contra él mismo por no haber huido del incendio... Solo un grito lo sacó del éxtasis:

—¡Para, para, que lo matas! —escuchó, mientras unos brazos adultos lo elevaban obligándole a soltar a su presa.

Cuando recuperó la conciencia de sí mismo se percató de que su tutor le estaba sujetando. Entonces se relajó y comenzaron los dolores, le habían golpeado todo el cuerpo y sangraba por varios cortes en la cara. Sin embargo, los otros chicos estaban en el suelo: una nariz rota, un tobillo roto y el último yacía inconsciente. Ninguno se chivó, a los tres aprendices de matones no les interesó dar publicidad a lo sucedido, ya que el haber sido apaleados por un niño podía comprometer su «carrera» como camorristas. Por otro lado, el tutor no acusó a Víctor de nada, era su mejor alumno. Para la patrulla que acudió fue una pelea entre niños y como no hubo denuncias se olvidaron del asunto. Desde aquel día nadie se volvió a meter con él, murmuraban a sus espaldas, lo sabía, pero ninguno se atrevió a realizar comentario alguno de la profesión de su madre.

A los 15 años ya medía 1,75 y su aspecto era más el de un joven que el de un niño. Le costaba pasar desapercibido por las conflictivas calles, así que por pura adaptación al medio comenzó a realizar encargos para los cabecillas locales: recoger paquetes, llevarlos, vigilar alguna calle, etc. Muchas veces le tocaba llevar droga a los burdeles del muro, pero afortunadamente jamás se cruzó con su madre. Esto le permitió ganar algún dinero y no impidió que continuara sus estudios hasta terminar el bachillerato, a los 18 años, con matrícula.

Sin embargo, la vida le volvió a golpear con otra dura dosis de realidad; su mayor anhelo, el sueño de su difunto padre, conseguir entrar en la universidad, le fue imposible. Incluso con su excelente expediente académico, le negaron las becas, no iban a permitir que un paria, un habitante de la Zona, atravesara el Muro. Ese día lloró por última vez, abrazado a su alcoholizada madre que trataba de consolarlo. Él se había esforzado y ellos, los que dejaron morir a su padre, volvían a maltratarlo. Su odio crecía y era lo único que le consolaba, pero no se rendiría, conseguiría llevar a su progenitora dentro del Muro, nada podría impedirlo, no doblegarían su voluntad y su padre estaría orgulloso. Al día siguiente se presentó en la oficina de reclutamiento del Ejército, exhibiendo su título de Bachiller. No le sorprendió que le negaran el acceso a la escuela de oficiales, aduciendo que no tenía estudios universitarios, aunque sí lo admitieron en la de suboficiales.

Un mes después se despidió de su madre y lo llevaron a la academia militar en el centro del país. Allí destacó por sus habilidades para el combate: frío, calculador, con un físico excelente, buena puntería y con una voluntad inquebrantable. Se licenció un año y medio después como sargento de las Fuerzas Especiales y lo destinaron a Oriente Medio, en puesto de avanzada. Con su sueldo podía pagar el apartamento de su madre, así que le suplicó que dejara de prostituirse. Participó en numerosas operaciones de combate, en las que no defraudó a sus oficiales. Ascendió rápidamente a subteniente y le dieron el mando de un comando.

Fue en Centroamérica donde entró en contacto con empresas de mercenarios. Tras nueve años en el ejército pidió licenciarse y se convirtió en mercenario, ganando cuatro veces más sueldo. Sobresalía por su eficacia y su falta de escrúpulos. En esa época conoció al agente de la Federación, un asiático con nombre en clave Oskar, que le encargó varios asesinatos de personas a las que llamaba enemigos de los colonos, casi todos traficantes, que contactaban con contrabandistas del planetoide Ceres. Tras varias misiones ejecutadas con éxito, Oskar le propuso trabajar solo para él. Le proporcionó una identidad falsa, con autorización para comerciar con piedras preciosas de las Colonias Federales. Gracias a eso pudo cumplir su sueño, alquilar un apartamento en Nueva York (dentro del Muro) y costearse un carísimo seguro médico, para él y su madre.

Ahora la contemplaba mientras se sentaba a ver la televisión. Siempre con la bata puesta, ya que apenas salía de casa. Hacía años que ya no bebía, pero casi nunca sonreía y daba la sensación de estar siempre ausente. Víctor la había sacado de la prostitución, de la Zona, del alcohol… sin embargo, no conseguía hacerla feliz, ella solo reía cuando hablaban de su padre.

—Mamá, ¿cuándo vas a ir a la revisión médica? Hace un año que debías haber acudido a recibir el tratamiento en la cápsula regeneradora. Ya sabes que lo tenemos cubierto por el seguro —dijo Víctor con un nudo en la garganta.

Su madre, saliendo de su ensimismamiento, lo miró y con sus ojos le dijo que no quería vivir más de lo necesario. Hacía años que entre los dos existía un lenguaje oculto para no tener que pronunciar palabras dolorosas.

—Iré esta semana, si tengo tiempo —mintió—, no tienes por qué gastarte el dinero en esta vieja. Hijo, cuando el Señor quiera llamarme lo hará y lo aceptaré.

A Víctor le irritaba mucho que ella fuera tan creyente. *¿Qué había hecho Dios por ellos? ¡Nada!, ¡Joderlos por todos los lados! Si realmente existía, estaba claro que los había olvidado* —pensó.

—Vale, mamá, mañana tengo que ir a la Luna, ya sabes, negocios, es posible que esté más o menos un mes fuera de casa —dijo mirándola.

—De acuerdo, no te preocupes por mí, estaré bien, ¿quieres que te prepare algo de la maleta?

—No, no te preocupes, lo haré yo. Deberías salir a pasear un rato, mamá.

—Lo haré, no te preocupes.

Después de vestirse se despidió fugazmente de su madre y se montó en el ascensor pulsando el botón del garaje. Mientras bajaba las 75 plantas se terminó de arreglar la ropa mirándose al espejo. Había elegido un vestuario informal, algo pasado de moda y un poco desgastado, perfecto para la reunión que tenía fuera del Muro. Condujo en círculos su moto antigravedad, durante media hora, hasta asegurarse de que no le seguía nadie. Siempre era muy precavido, sobre todo cuando el agente de la Federación le encargaba una misión. Oskar había contactado con él tres noches atrás; en el mensaje le había explicado brevemente la misión, aunque se reuniría con él en la Luna, para darle los detalles, algo extraño en el asiático. Habían pasado varios años desde la última vez que se encontraron cara a cara. Además, iba a ser un trabajo en el espacio, Víctor estaba inquieto, presentía algo extraño…

Cuando tuvo la certeza de que no le seguían, se dirigió a las afueras, en un barrio cerca del Muro, donde habitaban los que estaban en la cuerda floja, a un paso de que la ciudad los expulsara. Aparcó su moto frente al edificio donde vivía ella y consultó la hora, todavía no eran las diez, demasiado pronto para despertarla. Siempre terminaba tarde el turno.

Entró en el supermercado que se encontraba al frente; ya quedaban pocos y casi todos en las afueras. La gente rica no se desplazaba a comprar alimentos, normalmente los pedidos los realizaban automáticamente las cocinas inteligentes. No era su intención inicial pero cuando entraba en el apartamento, con la llave que Olena le había proporcionado, cargaba con dos bolsas grandes.

Al abrir la puerta le recibió la gatita de la joven, con el rabo levantado y ronroneando. A Víctor el animal no le gustaba demasiado, pero la felina parecía encantada con él y cada vez que iba a su casa no se separaba de sus piernas. Sigilosamente guardó la compra en la nevera. En el congelador, al fondo, escondió dos diamantes de Neptuno, valorados en unos 60.000 dólares.

Después preparó la mesa y el desayuno, de tal forma que cuando Olena se despertase, solo tuviese que calentarlo. No deseaba que ella viera que le había llenado el frigorífico, seguro que se enfadaría, era muy orgullosa y nunca aceptaba que él la ayudara. A Víctor le daba miedo que la expulsaran de la ciudad y perdiese el estatus de ciudadana neoyorquina, eso podía ocurrir si no conseguía mantener una vivienda dentro de la City. La admiraba, siempre risueña y muy positiva, a pesar de que trabajaba once horas diarias como camarera y solo libraba cada quince días para, a duras penas, llegar a fin de mes.

Se sentó con la gata entre las piernas y utilizando la diadema mental; comenzó a escribir un mensaje explicándole lo de los diamantes. Programó la fecha de envío para dentro de dos meses y lo colgó en la nube; si él no regresaba le llegaría la nota. También le puso instrucciones para venderlo y se despedía deseándole una buena vida. Ahora estaba más tranquilo, solo hacía unos meses que la conocía, pero no iba a consentir que cayera en desgracia fuera de la City.

Olena lo sorprendió mirando por la ventana de la cocina. Observaba el Muro, de 25 metros de alto y detrás la Zona. Todavía

43

los edificios que colindaban con la muralla mantenían un aspecto de cierta dignidad, a pesar de tener un aspecto antiguo y decadente, mostrando la falta de un mantenimiento adecuado. La pelirroja le sonrió apoyada en el marco de la puerta, mostrando los dientes de su pecosa carita. Solo llevaba puesta una desgastada camiseta, que a duras penas cubría su ropa interior de un color malva, dejando totalmente al descubierto sus largas, blanquecinas y delgadas piernas. Se frotó los ojos con un gesto infantil y se abrazó a Víctor.

—Te extrañaba mi amor, dos días sin verte —susurró mimosa.

—Yo también —replicó abrazándola con fuerza y besando su pelo—. Te he preparado algo para que comas.

Olena no paró de hablar mientras devoraba el desayuno. Cuando terminó, Víctor, ya erguido, le cogió una mano y la hizo levantarse. Después la besó con pasión atrapándola con fuerza y flexionando las piernas para conseguir acercar su sexo al de ella. Unos segundos después comenzó a notar cómo crecía el deseo en ambos cuerpos.

—No me he lavado los dientes —alegó ella separando su rostro y sonriendo con picardía.

—Me da igual —replicó él mientras la alzaba entre sus brazos.

—Tampoco me he duchado, siento que huelo mal.

—Me encanta tu olor —confesó Víctor mientras la llevaba en el aire hacia el dormitorio.

Media hora después, relajados y satisfechos, descansaban sobre la alcoba con sus cuerpos entrelazados. Olena con el rostro apoyado en el pecho de su amante, acariciaba con sus delgados dedos una de las muchas cicatrices que Víctor tenía en su anatomía.

—Nunca había conocido a nadie con tantas heridas, tuvo que ser terrible el dolor.

Él le había contado, que en un viaje de negocios sufrió un atentado en el norte de África y que ahora comerciaba con diamantes del Sistema Solar (en realidad era lo que decía su tapadera oficial).

—Bueno, perdí el conocimiento, tampoco me enteré de mucho. Lo peor... la comida de aquel asqueroso hospital —bromeó.

—¡Ya! No te creo, ¡seguro que llorabas como una nena! —continuó ella en tono jocoso.

—Olena —la miró seriamente incorporándose un poco—, mañana me tengo que ir por un viaje de negocios.

—Ya intuía que me ibas a dar una mala noticia —dijo mientras se apretaba contra él—. ¿Cuánto tiempo estarás fuera?

—No lo tengo muy claro, calculo que como mucho un mes. Cuando vuelva, tal vez podríamos pensar en dar un paso adelante en nuestra relación.

—¿Un paso adelante? —lo miró extrañada.

—Sí, quiero presentarte a mi madre.

Víctor se calló, quiso pedirle que se fueran a vivir juntos, que la amaba, que quería envejecer con ella... Pero de su boca no salió ni una palabra más, quedó paralizado por un miedo que no podía controlar, le costaba expresar sentimientos, a veces incluso dudaba que los tuviera, ni tan siquiera conseguía sentir lástima por aquellos que había asesinado.

—Me encantaría conocerla —Puso cara de decepción mientras se incorporaba—. Y yo que pensaba que me ibas a pedir matrimonio —bromeó.

Unas horas después, a las dos de la tarde, se despedían en la puerta del trabajo de Olena. Víctor aceleró su moto, que levitaba a 25 centímetros del asfalto. El sonido del motor eléctrico hizo que se concentrara en la conducción y su mente se relajó. Aparcó a unas diez manzanas de su destino y entró en el metro. Unas paradas después y tras asegurarse que no le seguían, entró en un edificio comercial en el que una empresa alquilaba pequeños trasteros. El asiático le había proporcionado la llave de uno de ellos años atrás. Siempre usaban este método para intercambiar lo que fuera necesario, incluido dinero. Con sumo cuidado rajó la bolsa por un costado y con la linterna se aseguró de que no existía ninguna trampa explosiva. Dentro estaban los tres pasaportes que le había pedido a Oskar, dinero y diamantes. Metió todo en su mochila y salió del inmueble.

Cuando la tarde comenzaba a ceder terreno ante la noche, atravesó el control del Muro. Ahora volvía a estar en la Zona, su antiguo hogar, pero ya no reinaba la anarquía. Los ciudadanos de la City podían pasear tranquilos y acceder a los burdeles, siempre y cuando no se alejaran de las calles controladas por los proxenetas y traficantes que hacían negocio con ellos. Se encargaban de la seguridad, no consentían que nadie pudiera asaltar a sus clientes. Se dirigió con paso firme al lugar acordado, uno de los muchos burdeles existentes. Lo bueno de un lugar así es que los asistentes apenas se miran entre ellos, reina la discreción. Al entrar notó el olor tan característico de los prostíbulos, una mezcla entre perfumes y desinfectante. Paseó entre las mesas y las tarimas donde bailaban y se desnudaban las chicas, hasta que vio a los dos mercenarios charlando animadamente.

Los observó; Rudolf, apodado Martillo, era un tipo que no pasaba desapercibido; la cuadrada cabeza rapada junto con su grueso cuello, sumado a un talle corto y fuerte, daba a su metro setenta y cinco la impresión de ser un bloque de piedra; además, los modales y la gravedad de su vo, no desentonaban con el conjunto; el otro en cambio, llamado Yuri, era delgado y no llegaría a los setenta kilos, algo más bajo que su compañero, de modales refinados, con unos fríos ojos azules; le decían Anguila y el mote no desentonaba con su carácter: duro, escurridizo, muy ágil, diestro con el cuchillo, excelente tirador y un auténtico sádico. Víctor lo había escogido por si tenían que torturar a alguien, era algo que prefería no hacer personalmente. Además, mientras Rudolf impresionaba y absorbía todas las miradas, Yuri poseía la habilidad de escabullirse y mezclarse en el tumulto. Cuando lo vieron acercarse se levantaron y lo saludaron con sendos apretones de manos.

—Caballeros... —comenzó a decir Víctor, tras los saludos iniciales, mientras se sentaba—. Tengo un trabajo que creo que os puede interesar. Estamos hablando de 70.000 dólares por cabeza, como de costumbre la mitad ahora y el resto al terminar.

Víctor miró a sus interlocutores con un estudiado silencio.

—¡Guau! —exclamó Yuri con una enorme sonrisa—. ¿Qué tenemos que hacer? Por esa pasta me apunto a lo que sea.

—Se trata de un trabajito en el espacio —continuó Víctor.

—Me lo temía —ahora era Rudolf el que hablaba con una extraña mueca en sus pétreas facciones.

—Aún no tengo los detalles, pero a grandes rasgos se trata de subir a la Luna, allí embarcaremos como trabajadores temporales de una minera, para ir a extraer diamantes de las lunas de Neptuno. Una simulada avería nos dejará en Ceres, donde nos introduciremos en una nave de contrabandistas cerianos. Posteriormente nos dirigiremos al Cinturón de Asteroides para interceptar un carguero, abordarlo y llevarnos algo. De todas formas, mi contacto me dará más detalles en la Luna, cuando me reúna con él.

—Y... una vez que hayamos obtenido ese algo, ¿cómo regresamos? —intervino Yuri.

—Esperaremos en la nave ceriana, custodiando ese algo hasta que un carguero de la misma empresa nos recoja y nos devuelva a la Luna con alguna excusa —explicó Víctor.

—¿Custodiando? ¿Tu contacto no se fía de los cerianos? —preguntó Rudolf.

—Mi bruto amigo —bromeó Yuri—, ¡nadie confía en los cerianos!

El Martillo pareció enfadarse, pero al fin en su rocosa cara apareció algo parecido una sonrisa.

—Estaremos más o menos un mes fuera, así que si aceptáis avisad a vuestras putitas o lo que tengáis y mentalizaos de que estaremos encerrados la mayor parte del tiempo —dijo Víctor.

—Por mí está bien, acepto.

—Y yo también, todo sea por la pasta.

—Vale, aquí tenéis un sobre cada uno con la mitad de la paga, la documentación falsa y el pasaje a la Luna. Es dentro de dos días, no lleguéis tarde. ¡Ah! Y nada de tonterías, ni de tratar de embarcar armas, de eso ya me encargo yo.

—De acuerdo, jefe —intervino Yuri—, entonces... ¿podemos dejar ya los negocios y divertirnos? Estoy viendo a una rubia que me está poniendo a cien.

—Está bien, yo pago la botella —dijo Víctor llamando a la camarera.

Al tercer trago de ron Víctor se relajó y comenzó a reír con las ocurrencias de Yuri. La rubia también parecía disfrutar de la compañía del Anguila. *Pobrecita* —pensó—, no sabe lo que le espera, no quiero pensar lo que le hará cuando vayan a la habitación. Empezó a meditar sobre su madre, las veces que llegaba llorando, la cantidad de Yuris que habría tenido que soportar... pero al fin desechó esos pensamientos, quería desconectar.

Rudolf, entre dos jovencitas asiáticas que parecían hermanas, reía a carcajadas; Víctor hacía rato que se había fijado en una neumática mulata y decidió llamarla. Le apetecía algo distinto de Olena. La muchacha le dedicó una enorme sonrisa conforme se acercaba y el mercenario decidió olvidarse de todo y pasar un buen rato...

5

El antiguo teniente coronel Gastón Garrett releyó por ter-
cera vez el mensaje de su jefe y amigo Owen Jeringan. Levantó
sus casi dos metros de estatura y comenzó a caminar inquieto por
su despacho. A sus noventa y cinco años todavía conservaba una
impresionante presencia, con sus casi cien kilos de músculo, la
cabeza cuadrada ligeramente poblada con algo de pelo blanco rapado y porte militar unido a vigorosos movimientos. Nadie podía
dudar de su puesto como jefe de seguridad de Helio Génesis,
cargo que ocupaba desde que se había retirado del ejército, hacía
ya diez años. Cuando comentó a Jeringan su anhelo de abandonar
la Flota Estelar, este lo convenció para que siguiera adelante con
la idea y se ocupara de la seguridad de la empresa durante los
quince años que le quedaban para jubilarse.

Gastón había sido amigo también del Sr. Jeringan padre, los
dos eran socios fundadores del movimiento *Los 10.000.* La asociación había surgido cuarenta años atrás, cuando se confirmó
que uno de los planetas que orbitaban la estrella Gilese 581 estaba
en el centro de la zona de habitabilidad de la enana roja y tenía
un tamaño similar a la Tierra (1,3 veces su masa). Además, poseía todo lo que necesita el homo sapiens para vivir: atmósfera
respirable, vegetación, agua, animales…

No pudieron confirmarse esos extremos hasta que llegaron
los primeros datos de las tres sondas robóticas que fueron enviadas ciento veintidós años antes. En un vehículo interestelar, la
máxima velocidad que se podía desarrollar en aquella época era
el 20% de la velocidad de la luz (ahora como mucho podía con-
seguirse un 28%, así que no habían avanzado mucho en ese sentido). Eso suponía un viaje de cien años, ya que el planeta se encontraba a 20,5 años luz, a todo esto, le sumamos que los archivos

enviados por las sondas tardaron veinte años en llegar a la Luna (que es donde se encontraba el centro de control de Investigaciones Interestelares).

El planeta lo descubrieron a principios del siglo XXI. Con los instrumentos de aquella época erraron en algunos datos: en el tamaño y en que no rotaba. Algunos astrónomos pusieron en duda su existencia alegando que las mediciones eran incorrectas y que se debían a perturbaciones magnéticas de la estrella. Sin embargo, esto no impidió que los contemporáneos enviaran algunas señales láser, esperando respuesta de alguna civilización (que nunca llegó). También florecieron algunas leyendas que afirmaban haber detectado señales enviadas desde ese sistema estelar, extremo que nunca se confirmó.

En el año 2107, su existencia, tamaño, composición y posición en la zona habitable quedó plenamente confirmada. También estaban seguros al ochenta por ciento de la existencia de agua y procesos químicos complejos similares a los de la Tierra. Se enviaron algunas naves no tripuladas en varias ocasiones, pero todas desaparecieron en el espacio profundo. Esto alimentó las sospechas de algunos que decían que eran los theianos los que destruían las naves. Fueron estos grupos *conspiranoicos* los que comenzaron a llamarle Theia al planeta. Se inventaron todo tipo de teorías, incluso una que tuvo mucho éxito (con la publicación de varios libros) que sostenía que el planeta estaba habitado por los mayas huidos de la Tierra siglos atrás.

En el 2333 llegaron las primeras imágenes del nuevo mundo. Enviadas por la sonda Theia 5, que colocó un avaboot en la superficie. No descubrió alienígenas asesinos, pero sí un mundo con vida similar a la de la Tierra. Al principio causó un gran impacto en la opinión pública de toda la humanidad, pero la imposibilidad de llegar hasta él hizo que se perdiera interés en escasos meses.

Excepto por *Los 10.000*, el grupo liderado por el Sr. Jeringan padre (Kenneth), que ideó un plan para colonizarlo. Mantuvieron largas discusiones sobre la forma de hacerlo y llegaron a ciertas conclusiones. Era necesario enviar 9.000 terrícolas y 1.000 colonos espaciales; un 60% de mujeres capaces de tener dos hijos como mínimo y comprometidas a ello, 40% de hombres, esperma para inseminar a las mujeres y asegurar la variedad genética, así como que los varones deberían renunciar, en principio, a tener hijos biológicos y esperar al tercero de su compañera.

La única forma de hacerlos llegar hasta allí sería en estado de hibernación y necesitarían una astronave gigantesca, que además generase su propia energía (ya que no iban a tener disponible la energía solar). Kenneth Jeringan se comprometió a poner todos los recursos de su empresa en desarrollar la tecnología necesaria. El grupo inicial estaba compuesto por periodistas, científicos, empresarios, políticos…

Algunos de ellos no estaban en absoluto de acuerdo con la idea de enviar terrícolas, y mucho menos que fuesen el 90% de la expedición. Abandonaron el grupo y se dedicaron a criticar la idea, generando un intenso debate en las redes sociales y en los medios de comunicación. Los opositores trataron de llevarlo al parlamento de la Federación, pero este se declaró incompetente, aduciendo que el caso estaba fuera de su jurisdicción, ya que se trataba de un planeta extrasolar y los posibles viajeros serían voluntarios que al abandonar el sistema renunciarían a las leyes y la protección de la Federación. A los políticos les resultaba más cómodo mantenerse al margen, ya que la sociedad estaba dividida y sería un viaje privado.

De todas formas, la posible colonización no era técnicamente posible. Así que tras algunos meses el asunto quedó olvidado. Excepto para Kenneth Jeringan y su grupo, seguidos silenciosamente por decenas de miles de entusiastas que se ofrecieron voluntarios para la aventura.

El movimiento tuvo más éxito en la Tierra, consecuencia lógica de las precarias condiciones de vida de sus habitantes. Se creó la sociedad de *Los 10.000* que recaudaba fondos para el proyecto; una de las condiciones para ser uno de los elegidos en viajar a Theia sería estar dentro de la citada sociedad. También podían ser donantes de esperma o de óvulos, esto ofrecía la posibilidad de enviar sus genes al mundo por conquistar. Curiosamente, esta iniciativa cosechó un éxito importantísimo entre los terrícolas (generando una fortísima fuente de ingresos), que vieron la posibilidad de que algo de ellos sobreviviera al colapso planetario, que muchas personas consideraban que ocurriría más pronto que tarde.

Los detractores les acusaron de secta y de engañar a las personas. Ser miembro de *Los 10.000* se convirtió (especialmente en las colonias espaciales) en motivo de burla y sospecha de fanático sectarismo. Esto influyó en que los asociados comenzaran a mantener sus actividades para el proyecto en secreto, o por lo menos con discreción. Así que se generó un sentimiento de hermandad y surgió un poderoso *lobby* bajo el paraguas de Helio Génesis, motivo por el cual la mayoría de los cargos importantes de la empresa eran afines al grupo.

Gastón Garrett comenzó a pensar como un militar. Owen tenía razón, era preciso un grupo pequeño que llevase a la Dra. Méndez y al Dr. Arser dentro del Cinturón de Asteroides para la extracción de la Singularidad. Se necesitaba una nave privada que no fuera de la empresa, con un piloto competente que conociese el cinturón de asteroides… El hilo de sus pensamientos se detuvo en ese instante.

—Gael Paulsen —el nombre vino de improviso a su mente— es el hombre perfecto —dijo en voz alta.

Ahora Gael era un transportista espacial. Tenía su propio vehículo, confiaba en él, había combatido a los piratas del cinturón años atrás y además lo consideraba un amigo. Era habitual que el capitán Paulsen realizara portes para Helio Génesis y tuvo que esforzarse para reprimir el grito de júbilo cuando, tras comprobar los registros de la empresa, descubrió que se dirigía a la Estación Titán con un cargamento de algas y pescado congelado procedente de las explotaciones que la compañía tenía en Ganimedes. *Tengo que hablar con él, lo necesitamos* —pensó.

Gael era el mejor piloto que había conocido, poseía un asombroso registro de astronaves pirata derribadas y además volvió a demostrar su gran valía en la defensa de la Estación Titán cuando aquellos locos dirigentes del planeta rojo ordenaron a La Flota Marciana atacarla.

El único problema era que alguien podía reconocerlo en Ceres. Su nombre se hizo famoso después de aquella batalla, por su heroica defensa y por haberse enfrentado a sus antiguos colegas marcianos, que habían luchado junto a él contra los corsarios del Cinturón de Asteroides. Gael solicitó a los medios que no enseñaran su rostro, no quería perder su privacidad. Para los colonos espaciales era muy importante ya que, al vivir encerrados en las estaciones, ser famoso significaba que no se podía escapar de las miradas curiosas. Gastón decidió que era un problema menor; además, Gael evitaba usar su apellido y le gustaba identificarse como capitán del Atenea.

Los recuerdos de diecisiete años atrás vinieron a su mente. Como máximo oficial al mando comprobó que lo que le indicaban sus oficiales de vigilancia y rastreo desde el centro de control era cierto, un ataque masivo y por sorpresa a la Estación Titán. Primero incredulidad, seguido de miedo… el sentido de la responsabilidad le pesó como una losa. Se recordó a sí mismo observando el desarrollo de la batalla, colocando a sus unidades de forma estratégica, decidiendo qué salvar y qué unidades sacrificar. En la escuela de oficiales insistían en que no pensaran en los que enviaran a la muerte, sino en los que protegían... pero eso era muy fácil de exponer sentado en una mesa o mientras realizabas un ejercicio simulado. Cuando ordenabas a tus soldados dirigirse a una muerte casi segura, un puño terrible de dudas y angustia te estrujaba el alma. *¿Y si me equivoco?, ¿realmente estoy salvando vidas?*

Al destructor espacial Osiris lo envió al centro de la formación enemiga, era el que estaba más próximo, la situación le obligó. Necesitaba contener la primera embestida y dar tiempo al resto de sus unidades a flanquear a un enemigo que les superaba en dos a uno. Uno de los cuatro escuadrones de cazas del Osiris lo lideraba su amigo, el capitán Gael Paulsen, que asumió el mando de los batallones. Con una demostración increíble de habilidad y estrategia de combate en situaciones límite, logró retrasar el avance de los destructores marcianos el tiempo suficiente para que el resto de su flota lograse encerrar al enemigo y destruirlo.

Gael fue uno de los pocos supervivientes. Sin embargo, el Osiris cayó. Muy pocos soldados consiguieron llegar a las cápsulas de salvamento y los que lo lograron se encontraron vagando en el espacio en medio de una encarnizada batalla. El teniente coronel Gastón Garret escuchó impotente sus llamadas de auxilio en el centro de mando. Pero su prioridad era otra, derrotar al enemigo y salvar la estación. Tuvo que ignorar esas llamadas hasta el final de la lucha y para algunos fue demasiado tarde...

El pitido de un mensaje entrante en su UA lo sacó de sus recuerdos. Se sentó en el escritorio frente a su computador, al que ordenó una identificación nivel 1. Acercó su rostro a la pantalla para la identificación facial y ocular. Sonrió levemente; la jefa de logística, con la que había coincidido alguna vez, no le caía demasiado bien y sabía que probablemente, le amargaría la existencia durante las siguientes horas. Su secretario tardó unos dos minutos en responder. Se imaginó su llamada viajando por los satélites de comunicaciones que rodeaban Saturno, desde Encélado, hasta llegar a la Estación Titán.

—Dígame, señor —contestó el secretario visiblemente sorprendido.

Era evidente que no estaba acostumbrado a recibir comunicaciones de nivel 1.

—Buenos días. Póngame, por favor, con la sra. Hamilton.

El secretario hizo el amago de poner alguna objeción, pero con el rostro firme de Garret en la pantalla y la autoridad que le impuso a la frase, solo pudo decir:

—Ahora mismo, señor.

El rechoncho rostro de la jefa de logística apareció en el ordenador del ex militar.

—¿En qué puedo ayudarle, Sr. Garret? ¿Tan grave es? Nunca había tenido el honor de recibir una llamada de nivel 1. ¿Alguna crisis intergaláctica? —Su voz denotaba un ligero sarcasmo.

El pequeño sentimiento de culpa que le había surgido por alegrarse de tener que desbaratar los planes logísticos de su compañera, desapareció al instante.

—Buenos días, sra. Hamilton —dijo mientras le dedicaba una sonrisa a su interlocutora—. Necesito que desvíe uno de sus transportes que se dirige a la Estación Titán y le ordene haga la entrega aquí, en la planta concentradora de helio 3 de Encélado.

—¿Supongo que tendrá que ser uno en concreto? O… ¿puedo ser yo la que decida entre las decenas de naves que viajan a Titán? —contestó visiblemente irritada.

—No, señora, tiene que ser una en concreto, la Atenea, al mando del capitán Paulsen.

—¡Ah! Cosas de soldaditos, supongo —añadió la encargada de la logística, mientras tecleaba en su computadora. —Aquí la tengo, nos trae un cargamento de alimentos desde Ganimedes… —dejó la frase a medias mientras consultaba los datos—. Sin embarbo, Sr. Garret, me temo que tendrá que esperar a que descargue, es un cargamento que no podemos retrasar, la fecha límite de entrega es para el sábado.

—Sra. Hamilton, no es una petición, es una orden y no tengo que darle más explicaciones —dijo imprimiendo a su voz la máxima autoridad.

—Pero… ¿¡y que le digo al cliente!? —respondió sin disimular el enfado—. No me puede hacer esto, Sr. Garret —musitó con un tono de súplica.

—Por supuesto que puedo. Siento causarle molestias. No se preocupe, yo asumo toda la responsabilidad. Recuerde que la conversación está siendo grabada. Le autorizo a utilizar cualquier medio para subsanar el desajuste logístico que se produzca. Así que envíe la orden inmediatamente, por favor.

—Pero, señor…—titubeó la sra. Hamilton—que sepa que voy a escribir un informe, diciendo…

—Haga lo que quiera, señora, pero después de desviar el transporte —contestó Garret y colgó la comunicación, no podía perder más tiempo.

Se levantó de la mesa y siguió pensando en el equipo. El músculo lo aportaría uno de sus guardias (Omar Thiam), el nombre le vino rápido a la cabeza. Antiguo miembro de las fuerzas especiales, con varias condecoraciones, experiencia en combate, incluso sabía (extraoficialmente) que había intervenido en alguna operación secreta en la Tierra. Un hombre leal, no preguntaba más de lo necesario. Le darían una buena prima y con eso sería suficiente. Le faltaba una quinta persona, alguien de máxima confianza, dentro de *Los 10.000*, y que estuviera dentro de su red de espionaje. Además, tenía que ser una mujer, hasta ahora eran tres hombres y una fémina, aunque a los dos físicos no los había elegido él y no podía prescindir de ellos. En las clases de psicología militar le habían enseñado que los grupos mixtos funcionaban mejor en todas las situaciones, especialmente en las de máximo estrés. Incluso en los comandos de las fuerzas especiales incluían siempre a una mujer, ya que la pequeña pérdida de fuerza bruta que suponía era claramente compensada por un mejor funcionamiento de la tropa. Solo podía ser Alexia Lombard, era perfecta. Antigua médica militar, una de sus informadoras, entusiasta de la colonización de Theia, y además una firme candidata a viajar en el Arca.

Gastón Garret empezaba a sospechar que el destino o alguna clase de intervención divina estaba confabulando para crear el equipo; Gael Paulsen se acercaba, los doctores Arser y Méndez en la Luna y Alexia a tan solo 300.000 km, en la Tierra. Siempre se había considerado un ateo convencido, pero a medida que cumplía años notaba como aparecían fisuras en sus convicciones antirreligiosas. *Será la edad* —pensó.

6

La noche se cernía en la Estación Titán. El crepúsculo simulado conseguía que los biorritmos humanos funcionasen correctamente: diez horas y media de noche y el resto de luz. El sistema computarizado también regulaba la temperatura en función de la hora del día, así como el nivel de rayos ultravioleta que bañaban la estación durante las falsas horas diurnas. Todo estaba pensado para ser lo más beneficioso para la salud humana. Muchos colonos desconocían las sensaciones extremas de temperatura, algo que algunos sociólogos desaconsejaban, alegando que producían seres demasiado comodones y débiles.

Dentro del hotel Neptuno, uno de los más lujosos, se estaba produciendo una extraña reunión. Los asistentes habían llegado por separado, furtivamente, entrando por alguna de las cinco puertas discretas que poseía el establecimiento. En una mesa ovalada, sentados a su alrededor, cinco individuos escuchaban atentamente a Wang Li, subdirector del CEIF (Centro Espacial de Inteligencia Federal). Wang miró a los presentes; tenía a su izquierda a Rebeca Tyler, lideresa del Partido Nacionalista Colono, la segunda fuerza del parlamento; Nicolau Enci, dueño de la importante compañía minera Solar Extraction; Lamberta Bruni, la hermana mayor del clan que poseía Infinity Energy, empresa extractora de helio 3. A su derecha a Carlos Fernández, presidente de Minerías Universales, un conglomerado de sociedades mineras y de reciclaje y a David Tabora, dueño de Espacial Enginery Sistems, industria fabricante de astronaves y armamento.

Wang Li comenzó a hablar:

—Buenas noches a todos, les agradezco su presencia. Sé que son personas muy ocupadas y que han realizado un gran esfuerzo, buscando un hueco en su agenda. Se pueden imaginar que no les hubiera citado si no fuese por algo de suma importancia; se trata de nuestro querido Sr. Jeringan y su grupo de amiguitos de los terrícolas, Los 10.000.

Hizo una pausa para observar a sus oyentes, todos escuchaban atentamente y algunos rostros comenzaron a reflejar signos de preocupación.

—Mis informadores —prosiguió—han descubierto que están a punto de patentar la cápsula de hibernación. Las pruebas que han realizado con los voluntarios han sido un éxito.

—¿Pueden mantener a un ser humano congelado más de cien años? —interrumpió Rebeca Tyler.

—No estoy muy seguro de cómo funciona, ni si es una congelación, ni el tiempo que pueden aguantar...

—¿Quién iba a estar tan loco de querer pasarse un siglo congelado? —intervino Nicolau Enci, con una irónica sonrisa.

—¡De los terrícolas puede esperarse cualquier cosa! ¡Antes que vivir en ese asqueroso planeta! Pero dudo mucho que encuentre voluntarios entre los colonos —dijo Lamberta Bruni con un aire de superioridad.

Wang dejó que los presentes intercambiaran frases entre ellos. Casi todas iban contra la Tierra o dirigidas a ese maldito grupo de traidores que querían entregar un planeta habitable, el primero descubierto por la humanidad, a los sucios y despreciables terrícolas, que se reproducían como ratas, sin ningún control demográfico...

—¡No necesitan cien años! —Li recuperó el control de la reunión—. Están a un paso de lograr un motor diferente, capaz de impulsar una astronave al 75% de la velocidad de la luz.

Hizo una pausa...

—¡El 75%! ¿Veinticinco años de viaje? —apuntó Fernández.

—¡Exactamente!, un cuarto de siglo es lo que les separa de Theia —contestó Wang—, algo perfectamente asumible por esos fanáticos.

—Pero… eso, ¡eso es imposible! —titubeó David Tabora—, nuestras empresas compiten con las de Helio Génesis. No nos llevan tanta ventaja, mis ingenieros dicen que estamos a punto de llegar al límite del motor de helio 3, en torno al 30% de la velocidad luz. ¿Acaso tienen algo radicalmente diferente?, ¿cómo lo han podido mantener en secreto? ¿Seguro que está en lo cierto Sr. Wang?

—Mis informaciones son correctas, Sr. Tabora, no dude de mí —la mirada de Wang se clavó en la del dueño de Espacial Enginery Sistems—. Aunque el mérito no es de ellos. Permítanme que les cuente. Hace unos meses, alguien, desconozco quién y cómo, le entregó al Sr. Jeringan un grano, una pequeña porción, mejor dicho —hizo una pausa tratando de ordenar sus pensamientos—. Se trata de un material de gran densidad, que posee una gravedad 1.000.000 veces superior a lo que corresponde por su tamaño.

«El grano, vamos a llamarlo así, es parte de otro objeto que tiene el tamaño de una pelota de baloncesto, pero tiene una gravedad que se corresponde con la de un planetoide como Ceres. Según mi informador, que es de plena confianza —recalcó Wang mientras miraba a su público—, el equipo de investigación que Helio Génesis posee en la Luna ha conseguido desarrollar un motor que descompone este objeto, al que llaman Singularidad. Esto produce un chorro de energía que teóricamente es capaz de impulsar una nave hasta el 75% de la velocidad de la luz. La buena noticia es que la Singularidad todavía no está en manos de Owen Jeringan.

—¿Y dónde se encuentra ese objeto? —intervino, por segunda vez, Lamberta Bruni.

—Lo desconozco, señora, pero estoy en ello.

—Pero, aunque lo consigan tardarían más de veinticinco años en llegar —apuntó Nicolau Enci.

—¡Da igual! Llegarían antes de que podamos crear un agujero de gusano. Se dedicarían a poblar el planeta de terrícolas. No podemos permitirlo, se harán con el planeta. Lamberta, es usted física… ¿cuánto cree que tardaremos en desarrollar el agujero? —preguntó Rebeca Tayler.

—Obtuve una licenciatura en física hace muchos años, pero no me considero una experta en el tema —apostilló humildemente Lamberta—. Puede que sepa algo más que ustedes, así que me limitaré a repetir lo que aseguran nuestros investigadores, que sinceramente no es mucho: como todos sabemos, un teórico agujero de gusano plegaría el espacio-tiempo de tal forma que podríamos viajar de un punto a otro del universo en un instante. Los más optimistas auguran la creación del mismo dentro de cien o ciento cincuenta años; sin embargo, otros sostienen que no lo lograremos nunca —Lamberta Bruni abrió los brazos y con cara de impotencia prosiguió—. No podemos esperar, ni quedarnos de brazos cruzados, mientras el Sr. Jeringan y su grupo se apropian del planeta.

—Rebeca, usted representa a la segunda fuerza del parlamento, ¿no pueden impedirlo? —intervino Carlos Fernández.

—¿Cómo? Necesitaríamos aprobar alguna ley especial en contra. Aun en el improbable caso de tener el apoyo de los demás grupos, una ley así necesitaría ser aprobada por toda la población, con el voto de la democracia instantánea. Sinceramente, dudo mucho de que lo lográramos —concluyó Rebeca claramente desolada.

Los contertulios comenzaron a exponer quejas e ideas sin respetar los turnos de palabra, visiblemente preocupados. «¡Tenemos que impedirlo!, ¡No podemos permitirlo!» eran las frases que más se repetían, las que generaban consenso y las que recibían miradas y gestos de aprobación.

—¡Señoras y señores, por favor! No se preocupen, tengo al hombre indicado para impedirlo y mi red de espionaje funciona perfectamente —alzó la voz Wang Li—. Si todos estamos de acuerdo, podemos detener a *Los 10.000*. Solo necesito financiación...

Al oír esto último, se hizo el silencio y las miradas se posaron en el asiático.

—¿De cuánto estamos hablando? —preguntó Carlos Fernández.

—Muy poco, si lo comparamos con lo que perdería su empresa en derechos de explotación si otros llegan antes —contestó Wang.

Una hora después, Wang Li abandonaba el hotel montado en su patín eléctrico (el vehículo más usado en las estaciones). La reunión había sido un éxito: con la financiación y la ayuda de las poderosas industrias que lo apoyaban, el plan no podía fallar. Era el momento de ponerse en contacto con Víctor.

Un tipo tan siniestro como eficaz, pensó y un pequeño cosquilleo recorrió su ombligo. Para ser sinceros, el mercenario siempre le había puesto un poco nervioso; su oscura mirada, que denotaba una inquietante seguridad, junto con sus movimientos felinos, le daban al sicario un aire de alguien realmente peligroso.

7

Alexia, tumbada en su cama, confusa, absorbida por la penumbra, trataba de comprender lo que ocurría. Escuchaba los suaves gemidos y percibía los sutiles contoneos de placer de las dos mujeres. Ella en el centro, desnuda, al igual que sus compañeras, también era presa de una creciente excitación; la dama de piel azabache se masturbaba a horcajadas sobre el lecho con la almohada entre los dientes; la pelirroja hacía lo propio recostada sobre uno de sus hombros...

No es que no supiera que estaba (simplemente sus ojos no habían reparado en ella), pero allí estaba, sobre sus finos tacones, al pie de la cama, bajita y muy entrada en carnes. Tras el antifaz se intuían unos oscurecidos ojos por el rímel, embutida en un *body*. Completaba su atuendo unas ligas que sujetaban las medias de redecilla. Ni el cuero ni el encaje, completamente negros, conseguían contener la celulitis que envolvía su blanquecino cuerpo. Con sus manos enguantadas sujetaba una fusta roja, dándole un toque de color al conjunto... Sin hablar, les dijo que estaba allí para observarlas y conseguir diseñar el mejor consolador de la historia. Alexia, dispuesta a complacerla, bajó la mano hasta su sexo y lo encontró terriblemente húmedo...

Se despertó sobresaltada; con la mirada se aseguró que estaba en el apartamento que la empresa le había asignado en la pequeña isla, que Helio Génesis había alquilado en una república caribeña. El calor se pegaba a su cuerpo, los colonos no estaban acostumbrados a sufrir las inclemencias del tiempo. En las estaciones la temperatura estaba controlada, así como la humedad y las corrientes de aire. Aunque su vivienda terrícola tenía climatizador, Alexia se negaba a usarlo; si alguna vez conseguía viajar a Theia, debía aprender a prescindir de ciertas comodidades.

Volvió a pensar en el perturbador sueño, aún seguía excitada. *¡Será la falta de sexo! Igual he usado mucho mi vibrador* — pensó. Recordó que lo tenía guardado en el cajón; necesitaba relajarse, estiró una mano y lo alcanzó. Era un modelo avanzado. En un mundo donde las personas pasaban solas largas temporadas en el espacio, la industria «onanística» estaba muy desarrollada. Se colocó las hologafas y la diadema mental, las conectó con su juguete y eligió el programa del harén: al instante se vio a sí misma en el centro de un paradisíaco lugar, rodeada de exuberantes mujeres vestidas, al igual que ella, con transparentes vestidos de vivos colores. De la nada aparecía él, con turbante, alto, delgado, de piel tostada y ojos aceitunados. Avanzaba hacia ella rechazando al resto de bellezas que se le ofrecían. Tras tomarla entre sus brazos la colocó sobre un inmenso lecho… Mentalmente cambió al modo primera persona, el ritmo y la vibración se coordinaban con el *software* y los deseos de la usuaria. La mujer se abandonó al placer hasta que quedó agotada y desapareció el ardor.

Alexia salió de la ducha, las gotas de agua parecían haberse llevado el último poso de soledad que le quedaba casi siempre después de masturbarse. Se soltó el tintado pelo rubio que cayó sobre sus morenos hombros. El espejo le devolvió el reflejo de su cuerpo y sonrió satisfecha; habían pasado dos semanas desde el último tratamiento bianual en la cabina regeneradora, que en las dos horas que duraba obligaba a las células a activar sus procesos regenerativos, con una combinación de láseres, ondas magnéticas y nanobots introducidos en el organismo. Así que, a pesar de sus 36 años, parecía una veinteañera; con 1,68 de estatura, sus ojos eran de un color canela indefinido, su rostro insinuaba ligeramente algún rasgo indio; de pechos firmes y medianos, se puso de perfil y acarició fastidiada una discreta tripita con sus delgados dedos, después posó la mirada en sus tostadas y bien torneadas piernas.

Decidió ponerse minifalda e ir a comer las delicias marinas del restaurante terrícola. Aún no había celebrado debidamente que las pruebas con humanos en la cápsula de hibernación habían sido un rotundo éxito. Los ocho sujetos habían despertado cuatro días atrás sin ningún síntoma de envejecimiento, después de seis años hibernando. Todavía con la bata, entró en el comedor y aceptó sin rechistar el desayuno que decidió la computadora, segura de que era lo que su organismo necesitaba esa mañana. Contempló distraída como su automatizada cocina preparaba los alimentos; uno de los brazos robóticos le acercó una humeante taza. Mientras saboreaba el líquido, la impresora 3D terminó de cocinar el panecillo, que representaba la parte sólida del almuerzo.

El pitido de su unidad de antebrazo la hizo regresar a su alcoba, era el sonido distintivo de los mensajes importantes. Resolvió ver el mensaje mientras terminaba el desayuno; lo enviaba Gastón Garret, que era quien la había reclutado para trabajar en Helio Génesis.

Su mente voló años atrás, cuando aún era una niña, en la clase de historia de segundo de bachillerato. Estaba enamorada del aquel profesor, ese amor estúpido de adolescentes. Escuchaba fascinada todo lo que decía; aquel día les habló de Theia y de *Los 10.000*, de los planes para colonizar el planeta. Alexia, que siempre buscaba disculpas para poder conversar con su maestro, buscó esa misma tarde en la web el portal del grupo.

Quedó fascinada por la idea, era evidente que los colonos no eran los más adecuados para conquistar un planeta virgen. Estaban demasiado acostumbrados a vivir en entornos totalmente artificiales, las estaciones espaciales eran demasiado cómodas. En Theia tendrían que estar y trabajar en el exterior. Incluso con la ayuda de los avaboots, la empresa estaría condenada al fracaso. Para los terrícolas, en cambio, la cosa sería muy distinta, ellos ya viven en el exterior. La mayoría no puede ni soñar con las comodidades de las que disfrutan actualmente los ciudadanos del espacio. Subirían de nivel de vida; dejarían de respirar aire contaminado y el hacinamiento que soportan en las ciudades. Además, tendrían objetivos, la esperanza de un futuro mejor. Lucharían y se entregarían a fondo en la domesticación de un planeta salvaje. Los 1.000 colonos que viajarían con ellos se harían cargo de la medicina, los satélites, la tecnología, la ciencia, la dirección política... y de la estación que orbitaría Theia.

Al día siguiente, Alexia buscó a su profesor y le contó entusiasmada lo que había leído de *Los 10.000*. Él le confesó que era parte del grupo. Intercambiaron sus direcciones electrónicas y la invitó a participar en los foros de la asociación. El amor platónico fue desapareciendo, pero el interés por la conquista del gemelo de la Tierra no paró de medrar en el corazón de la joven y se convirtió en una entusiasta activista de la agrupación.

Terminó el bachillerato con una buena nota media. La suficiente para entrar sin problemas en la Facultad de Medicina, lo que le dio la posibilidad de esquivar el servicio militar obligatorio, con la promesa firmada de ejercer durante un mínimo de tres años como oficial médico en la Armada. Al terminar la carrera, con brillantes calificaciones, se incorporó a la Flota Estelar. Descubrió que la vida castrense le gustaba y se quedó hasta cumplir los 32, que fue cuando el jefe de seguridad de Helio Génesis le propuso trabajar en el área de investigación de la compañía.

A Gastón Garret ya lo conocía por su activismo en *Los 10.000*. Habían coincidido en reuniones y acciones del grupo; Gastón le explicó que necesitaban personal brillante y de confianza, así que Alexia Lombard no se lo pensó dos veces y aceptó encantada. Tampoco dudó en ejercer de agente para Garret, cuando este le explicó que estaban muy preocupados por el espionaje industrial.

—Se trata de que estés atenta a comportamientos sospechosos como grabar sesiones, sacar fotos, empleados que hacen muchas preguntas, copias de archivos, alguien que mantenga un nivel de vida superior a su sueldo… cosas así, no te vuelvas loca —le dijo Gastón.

También la aleccionó en la identificación y manejo de aparatos de seguimiento y escucha, así como en diversos trucos de los servicios de inteligencia. A la doctora Alexia Lombard le pareció emocionante, un aliciente más para trabajar en Helio Génesis y estar en la vanguardia de la batalla por llegar a su soñado Theia.

Al tratar de abrir el mensaje descubrió que estaba encriptado. Mentalmente buscó el programa adecuado y después de la identificación ocular introdujo las claves. Inmersa en la realidad virtual de las hologafas, se sorprendió al ver a Jeringan junto al jefe de seguridad. El dueto resultaba extraño, uno tan enjuto y el otro tan grande y musculado. Owen comenzó a hablar:

—Saludos, doctora Lombard. Lo primero decirle que lo que le vamos a pedir no tiene que ver con las tareas que normalmente realiza para la empresa. Es una misión secreta y no puedo asegurarle que esté exenta de riesgos, aunque es totalmente voluntaria. Después de esta exposición ruego se lo piense y si no quiere aceptarla puede estar segura de que no habrá ninguna consecuencia para usted. Jeringan hizo una pausa e intervino Garret.

—Alexia, se trata de Theia. Si esto sale bien podrás viajar en el Arca, se trata de…

Después de ver la grabación se quedó helada, una extraña sensación de miedo y euforia se apoderó de ella.

—Por supuesto que acepto —dijo con tono firme y determinado mientras se cuadraba y saludaba militarmente a la pared.

Repasó el plan; en dos días subir a la Luna para encontrarse con los dos físicos; a la doctora Méndez no la conocía, pero había coincidido en la universidad con el doctor Arser, rubio él, atlético, simpático y brillante. Declarado por las féminas como uno de los guapos oficiales del campus. Dejó a muchas frustradas cuando se supo que no mostraba el mínimo interés por el sexo contrario, y no era precisamente por timidez.

—¡Qué desperdicio de hombre! —pensó Alexia resignada.

Le habían dicho que ella sería la responsable de la misión, que tendría siempre la última palabra. Eso era lo que más la incomodaba. A los dos científicos los podría manejar con facilidad, pero dudaba de cómo iban a asumir su autoridad los otros dos exmilitares. Abrió los expedientes que le habían remitido y los repasó. Uno de ellos, con cara de pocos amigos, de las Fuerzas Especiales, con unas cuantas misiones de combate en su mochila, lo que la hizo sentirse un poco más segura; el piloto, un tal capitán Paulsen, le resultaba conocido, un héroe de guerra en el ataque a la Estación Titán; por alguna razón faltaba su foto.

Habían pasado 17 años desde aquel incidente, ella cursaba primero de medicina en la universidad de la Estación Europa. Los mensajes y las noticias confusas les llegaron en clase de anatomía. En un principio nadie las creía, ¿cómo iban a pensar que los marcianos les atacarían? Siempre habían sido aliados contra la Tierra, pero aquel loco dirigente del planeta rojo que había ganado las elecciones unos años antes, con un discurso ultranacionalista, les declaró la guerra a traición, sin avisar.

Alexia recordaba la angustia que se respiraba en el campus, especialmente entre los que tenían, como ella, familia en Titán. Incluso unos estudiantes de Marte estuvieron a punto de ser linchados por un grupo de exaltados.

Buscó información en la web. Encontró diversas noticias y artículos sobre su jefe, el teniente coronel Gastón Garret, que elogiaban su eficaz defensa de la estación. También encontró publicaciones del capitán Paulsen, pero en todas aparecía su cara difuminada. Estaba claro que había solicitado a los medios intimidad y eso para los colonos espaciales era sagrado.

Ahora comenzaba a recordar… la historia de aquel piloto de combate que se había enfrentado a los corsarios del Cinturón de Asteroides, junto con un grupo de pilotos marcianos. En el marco de los acuerdos entre Marte y la Federación para proteger las rutas comerciales de los piratas de Ceres. La prensa le dio mucha importancia a aquella historia; los antiguos compañeros de armas tuvieron que enfrentarse en la batalla, por culpa de unos dirigentes que no supieron gestionar una crisis comercial. Incluso se rumoreaba que el capitán había derribado a su amante en el fragor de la lucha y que luego arriesgó su propia vida para rescatarla… No lograba recordar si la marciana sobrevivió, pero aquella historia sirvió para reconciliar a los colonos con los habitantes del planeta vecino.

Se le hacía tarde y aún no se había vestido. Reprimió el deseo de seguir investigando. Todavía llevaba la bata puesta, tenía que preparar el viaje y despedirse de la Tierra, tal vez para siempre… Horas después y tras la segunda ducha del día Alexia disfrutaba del atardecer caribeño. Incluso el calor le agradaba. Su minivestido blanco dejaba a la vista la mayor parte de sus hermosas piernas. Caminaba muy despacio por el paseo que conducía a la playa más cercana del complejo de investigación. Se cruzaba con colonos y terrícolas, estos últimos solían lanzar miradas descaradas hacia las mujeres, junto con soplidos y gestos de aprobación. Las colonas se molestaban con este comportamiento y ella misma solía criticarlo, pero hoy no, hoy lo estaba disfrutando, incluso les sonreía. Se dirigía al restaurante construido sobre la arena a pocos metros de la orilla. Allí la esperaban sus compañeros para la cena de despedida. Pediría langosta, incluso se preguntó si en Theia habría marisco, no había comido jamás algo tan rico. Bromeó con la idea de no poder renunciar a la gastronomía caribeña.

La jornada había resultado agotadora y fructífera al mismo tiempo. Completados los informes sobre la salud de los voluntarios, tras el periodo de hibernación, pudo dejar casi todo zanjado para el viaje; sus conclusiones coincidían con las de sus colegas. Todos estaban de acuerdo en que los seres humanos podían aguantar varias décadas en suspensión vital dentro de las cabinas que habían desarrollado. Cuando entró en el establecimiento de madera y paja ya era noche cerrada. En la mesa del centro estaban sus compañeros que hablaban a gritos, algo extraño entre los civilizados habitantes del espacio. Las copas vacías de margaritas explicaban el fenómeno.

—Buenas noches, señorita, está usted más hermosa que de costumbre —le dijo uno de los camareros mostrándole unos blanquecinos dientes.

Alexia sonrió complacida y se preguntó por qué tenía tantos remilgos con los hombres de la isla. Se podía haber ahorrado estos meses de celibato y, viendo que ninguno de sus colegas la atraía lo suficiente, haberse buscado un amante terrícola. Pero por alguna razón su educación se lo impidió.

Al día siguiente, tras dos horas de vuelo y ya en el espaciopuerto de Nueva York, contemplaba la ciudad desde la cristalera. *Un lugar peligroso para una colona* —pensó. Sabía que los habitantes del espacio no eran bien recibidos, aparte de las enfermedades y la delincuencia. Utilizando el *zoom* de las hologafas consiguió ver el final de la megaurbe, allí donde estaba el Muro, esa barrera artificial que separaba la civilización de la barbarie. Un escalofrío recorrió su cuerpo. *¿Cómo sería vivir allí fuera?* La isla era un entorno controlado por Helio Génesis. Los terrícolas que trabajaban allí tenían que seguir unas estrictas normas de seguridad si querían mantener el generoso sueldo que la empresa les pagaba. Pero el resto del mundo, salvo unas pocas ciudades, era un lugar salvaje, donde la vida no valía nada. Se alegró de haber nacido en el espacio, lejos de esta decadente sociedad. Su sueño de viajar a Theia para crear la sociedad perfecta se reforzó. Si la especie humana quería sobrevivir necesitaba otro planeta y… *¿Quién sabe? Tal vez dentro de cientos de años nos habremos expandido por el Cosmos* —reflexionó.

Sentada ya en el transbordador que les iba a llevar a la Luna, mientras por las pantallas daban las instrucciones pertinentes a los pasajeros y un avaboot comprobaba que todo estuviese en orden, volvió a sentir ese ligero dolor de cabeza que le recordaba la resaca de la noche anterior. Los intentos de su aplicación personal de salud por contrarrestar los efectos nocivos del alcohol seguramente durarían varios días. Un mensaje en la pantalla le apremiaba a beber 100 ml de agua junto con la pastilla recomendada, esa era la penitencia por la longevidad. Buscó una botella de agua dentro de la mini cabina que le había correspondido. El asiento podía estirarse hasta convertirse en una cómoda litera. Otro botón envolvía el conjunto dentro de una cúpula, aislando al pasajero del resto de ocupantes. La esperaban diez horas de vuelo.

A la hora y pico de despegar les sirvieron la cena. Alexia, ignorando las quejas de su estómago, no dejó nada en la bandeja, con la intención de recuperarse cuanto antes del incidente etílico de la noche anterior. Después desplegó su habitáculo aislándose del mundo. Su intención era la de dormir todo lo posible. Decidió inducir el sueño viendo un reportaje sobre el planetoide Ceres, le vendría bien la información para la misión. Tumbada en su catre anuló la opción de realidad virtual del programa y se concentró en la pantalla.

8

Gael sentía el dolor en cada pedalada; el km 18 del Tourmalet tenía rampas del 12% y al erguirse sobre la bici disfrutaba de un momentáneo alivio en los cuádriceps, pero el ritmo bajaba y las elevadísimas pulsaciones se disparaban saltando el pitido de aviso. Todavía le quedaban 5.000 metros para la cima y de alguna forma que no podía explicar disfrutaba de esa tortura física a la que estaba sometiéndose. Era en estos momentos cuando su mente se quedaba en blanco, no pensaba en nada que no fuera dar una pedalada más. En la rodilla derecha apareció de nuevo el pinchazo, síntoma de que algo no funcionaba del todo bien, tendría que decirlo en el próximo chequeo médico, dentro de seis meses. Al llegar a la cima desconectó la realidad virtual y comprobó satisfecho que había bajado en 47 segundos su anterior marca. Había adquirido la costumbre de pedalear en la bicicleta estática para matar las largas horas muertas que pasaba en el espacio debido a su trabajo.

—¡No está mal para un tipo de 49 años! ¿Verdad, Atenea?

—Claro que no, capitán —contestó la máquina.

—¿Sabías que este era el puerto más duro de una carrera ciclista que se celebraba antes en la Tierra? —preguntó Gael.

—Sí, según mis archivos era una prueba por etapas, 21 días consecutivos de competición. Resultaba ganador el que la completara en menos tiempo. Hace 127 años que dejó de disputarse por problemas económicos y de seguridad.

Gael lo sabía, era una pena y pensó en que nunca podría subir una montaña de verdad (como las de la Tierra). No es que no hubiera montañas en las lunas de Saturno, de Júpiter o incluso en

Marte, pero la menor gravedad y el tener que llevar traje de supervivencia le quitaban el encanto. Por no hablar de la imposibilidad de usar una bicicleta.

Al dirigirse a su camarote, se desvistió e introdujo el nanotraje en la lavadora magnética, lo limpiaría en unos minutos sin gastar una gota de agua. Una vez en su camarote, después de una gratificante ducha, Atenea le avisó de un mensaje urgente de Helio Génesis.

—Léemelo, por favor.

La computadora le leyó el mensaje que le ordenaba desviarse y entregar la carga en la Estación de Encélado. Esto irritó a Gael, le molestaba que le cambiaran los planes; había planificado atracar la nave en la Estación Titán y descender al satélite del mismo nombre, con la intención de pasar unos días con su madre, que poseía una vivienda en la cual disfrutaba de una merecida jubilación. También pretendía divertirse en los múltiples complejos de ocio del mundo en cuestión.

Tras comprobar la veracidad del comunicado, resignado y extrañado, ordenó al computador el cambio de rumbo. Llevaba 11 años de transportista y no recordaba una situación similar, así que debía comprobar si podía reclamar algún tipo de compensación económica por el asunto. En Encélado estaba su amigo, Gastón Garret; sería una buena ocasión para visitarlo y consultar este asunto con él. Pensó en su vida hasta ese momento, no le iba mal desde que dejó la Armada. Pagaba puntualmente los recibos del préstamo que solicitó para comprar su astronave. El vivir allí mismo le permitía ahorrar, anualmente adelantaba amortizaciones de la deuda: calculaba que en unos doce años el vehículo sería completamente suyo. Entonces podría bajar el ritmo de trabajo mientras esperaba un jugoso retiro; a sus espaldas quedaban otros tiempos de adrenalina y batallas.

Años atrás, al acabar el bachillerato, no tuvo muy claro qué estudiar. El entrar en el servicio militar obligatorio fue un alivio para él, tenía un año por delante para decidirse. En los estudios no había destacado ni para bien ni para mal. Los tutores le reprocharon que no se esforzaba lo suficiente y que no sacaba provecho de su capacidad. En los deportes la cosa era distinta, especialmente en la esgrima. Siempre había notado cómo era capaz de concentrarse hasta tal punto que los movimientos de los demás le parecían lentos, por eso parecía anticiparse al movimiento del contrario. Sin embargo, a pesar del necesario amor por el ejercicio de los colonos, el deporte como espectáculo no figuraba entre las aficiones de la sociedad espacial, así que esta cualidad no parecía servirle de mucho en el mundo real.

Hasta que la Armada descubrió sus habilidades. Al entrar, todos los novatos eran sometidos a una batería de test psicotécnicos, con el fin de ubicarles en el lugar adecuado; el joven recluta Gael Paulsen destacó por sus puntuaciones en reflejos y capacidad de decisión en condiciones de alto estrés, así como por una sobresaliente destreza en el manejo de todo tipo de vehículos. El oficial repasó los resultados con él y le convenció para entrar en la escuela de pilotos de la Flota Estelar.

Desde el principio, Gael sintió que por fin había encontrado su vocación. Totalmente motivado, su expediente en la academia militar sobresalía sobre la media, pero era en los ejercicios prácticos donde llegaba a la excelencia. Recomendado por los instructores para pilotar cazas de combate, no defraudó y cumplió todas las expectativas. Se graduó como el primero de su promoción, en la Academia de Vuelo Espacial de Ganimedes, a los 23 años. El entonces alférez Paulsen fue destinado a proteger las rutas comerciales de los peligrosos corsarios del cinturón.

Meses después tuvo su primer bautismo de guerra: un carguero marciano solicitando ayuda. Su escuadrón despegó del destructor y acudieron al rescate. No fue una batalla épica, las dos

77

naves piratas no eran rivales para los cuatro cazas de la Federación. Gael persiguió e inutilizó los motores de una de ellas, con una ráfaga del cañón de neutrones. Los delincuentes se rindieron y fueron detenidos, ni tan siquiera hubo heridos. Pero no todas las escaramuzas fueron tan fáciles. Las primeras bajas no tardaron en llegar; semanas después, tras acudir a otra llamada de auxilio, se encontraron con un mercante destrozado. El capitán y la tripulación flotaban inertes en el vacío.

Los corsarios enganchaban los contenedores a una de sus naves en ese momento. Viéndose superiores en número, se enfrentaron al escuadrón. Los seis cazas enemigos trataron de rodearlos. Uno de sus compañeros fue alcanzado, afortunadamente pudo saltar y fue rescatado posteriormente por los refuerzos. La batalla duró unos treinta minutos. Ese día Gael derribó a dos enemigos, sus primeras muertes confirmadas; se ganó el respeto de los más veteranos y demostró su valía en situaciones de combate real.

Esa noche le costó conciliar el sueño; aún hoy era capaz de recordar cada instante de esa media hora. En las semanas y meses venideros los incidentes se multiplicaron; sin embargo, Gael solo conseguía recordar con claridad los primeros enfrentamientos, era como si la parte de su cerebro que registra las sensaciones de combate se hubiera comprimido y no pudiese almacenar más.

Los marcianos también combatían la piratería. En un principio los dos ejércitos no actuaban coordinados, pero los oficiales de ambos bandos comenzaron a llamarse y a planificar unidos las defensas. Más tarde llegó el acuerdo entre Marte y la Federación, el ataque conjunto a Ceres y la pacificación del Cinturón de Asteroides. En la base que compartían con los marcianos decidieron crear patrullas mixtas. Allí fue cuando trabaron amistad con sus colegas del planeta rojo.

El ya capitán Gael Paulsen navegó el Cinturón junto a otra piloto excepcional, la teniente marciana Sonja Tharsis, a la que admiraba y respetaba profundamente. Nunca había tenido una compañera tan buena. Los dos formaban un equipo letal y se hicieron famosos entre los corsarios, que llegaron a poner precio a sus cabezas. Años después, por culpa de unos estúpidos políticos, los antiguos compañeros de armas se vieron obligados a enfrentarse entre ellos…

—Capitán, una llamada entrante del Sr. Garret —La voz de Atenea interrumpió sus pensamientos.

Gael se percató de que estaban lo suficientemente cerca para poder mantener una conversación. Se abrochó la bata y mirando a la pantalla de su camarote ordenó a la computadora que estableciese la comunicación. Con alguna interferencia apareció la enorme cabeza del jefe de seguridad.

—Saludos, capitán —dijo sonriendo.

—Saludos, coronel, cuánto tiempo —Comenzaba a sospechar que su amigo había tenido algo que ver con el desvío.

—Lo del cambio de ruta ha sido cosa mía —dijo a bocajarro—, necesito que cuando llegues a Encélado desembarques y vengas a verme lo antes posible. Lo he dispuesto todo para que puedas descargar nada más llegar y no tengas que esperar el turno.

—Me estás asustando —bromeó Gael—. ¿Acaso pasa algo gordo?

La comunicación se cortó durante unos segundos y la voz de Gastón Garrett se distorsionó.

—Es algo que creo que te va a interesar, pero no te puedo adelantar nada por este medio, no es seguro. Solo te digo que el jefe indio estará conmigo, así que preséntate en condiciones.

La transmisión se interrumpió definitivamente. Le quedó la duda de si había sido culpa de las interferencias de Saturno.

¿El jefe indio? Tenía que tratarse de Owen Jeringan; Gastón no había querido decir su nombre, por motivos evidentes de seguridad, supuso. Desechó la tentación de especular sobre el tema,

sería una pérdida de tiempo, pero… ¿qué quería de él el dueño de Helio Génesis?

Horas después, con la Estación Encélado al alcance de la vista, pasó a modo manual y desconectó la gravedad artificial de su nave. Sintió cómo el arnés lo sujetaba a su asiento; no debía entrar en la zona de influencia del escudo antigravitacional de la Estación con el suyo activado, ya que corría el riesgo de ser repelido.

—Buenas tardes, ¡identifíquese, por favor! —La voz del controlador espacial resonó en los altavoces.

—Gael Paulsen, capitán de la nave de carga Atenea, le envío el código del transporte y mi secuencia de identidad.

En menos de un minuto recibió la respuesta.

—Capitán, le acabo de enviar las instrucciones de descarga. Tiene prioridad absoluta, no espere.

Segundos después aparecieron en la pantalla las coordenadas.

—De acuerdo, gracias. Corto y cierro.

Gael colocó a Atenea en el lugar indicado. Las descargas se realizaban en el espacio por medio de drones teledirigidos; de todas formas, a él le gustaba supervisar el trabajo, así que se colocó el casco de piloto y tomó el control del dron auxiliar que poseía su astronave. La operación resultó tremendamente rápida y en menos de una hora atracó dentro del espacio-puerto. La readaptación a la gravedad le llevó menos de un minuto y descendió por la escalerilla.

No era la primera vez que estaba en la pequeña Estación de Encélado. Solo poseía tres discos y decidió que no usaría el transporte público; su patinete eléctrico sería suficiente. Además, la refinería de Helio Génesis estaba cerca de allí. Tras pasar el control de fronteras llegó a la recepción de la empresa en pocos minutos. Allí, charlando con la recepcionista, se encontraba Gastón

Garrett. Después de un efusivo saludo, subieron juntos al despacho del antiguo coronel. Sentado en el asiento principal se encontraba Jeringan, charlando con una impresionante morena; al ver a Paulsen se levantó y le estrechó la mano.

—Capitán Paulsen, supongo, encantado de conocerle, soy Owen Jeringan.

Gael sintió un apretón fuerte y firme, que no se correspondía con el delgado cuerpo de su anfitrión.

—Es un honor Sr. Jeringan.

—Yo soy Selena Lotti —le dijo la mujer con una amplia sonrisa y extendiéndole la mano.

—Encantado de conocerla, señorita —correspondió Gael.

—Bueno, me marcho a realizar unos recados —dijo Selena, abandonando la estancia con gracilidad.

Los tres hombres la observaron marcharse mientras sus cuerpos se relajaban, era como si la presencia de la joven los hubiera mantenido con el abdomen apretado. Owen rompió el hielo:

—Una muchacha excelente —le dijo con una sonrisa.

Los otros dos le devolvieron una mirada de complicidad masculina junto con sutiles gestos de aprobación; sobraban las palabras, todos pensaban lo mismo y lo sabían, aunque ninguno comentó nada. No obstante, el ambiente se relajó y el magnate sugirió que se sentaran en el sofá del despacho que estaba auxiliado por una mesita.

—Supongo que se estará preguntando el porqué de esta reunión —dijo Owen rompiendo el hielo—, pero antes permítame que le haga una pregunta, ¿qué opina sobre el movimiento de Los 10.000, Sr. Paulsen?

—No sabría que responder, Sr. Jeringan. Conozco las líneas generales de la idea. Se trata de llevar un contingente de personas al planeta Theia con el objetivo de colonizarlo. También sé que el coronel Garrett —señalando con la mano abierta a su antiguo compañero— y usted son miembros destacados. Sin embargo, soy de los que pienso que no hay por qué tener opinión sobre todo. La empresa me parece loable y es evidente que tarde o temprano tendremos que llegar allí. Pero no entiendo el empeño por poblar el nuevo mundo de terrícolas.

—Nosotros no pensamos en terrícolas o colonos —replicó Owen—, pensamos en humanos, a poco que rasquemos en nuestros antepasados nos daremos cuenta que todos venimos de la Tierra. Pero hay otra razón más práctica, Sr. Paulsen, ¿ha estado usted en la superficie de algún planeta sin traje protector?

—No, señor, algún día visitaré la Tierra, pero aún no lo he hecho.

—Yo sí he estado y le aseguro que es incomodísimo, dependes de la temperatura exterior, que normalmente no es agradable, el viento te molesta, los mosquitos no respetan a nadie… y multitud de cosas a las que los colonos no estamos acostumbrados. Y otra pregunta, ¿viajaría unas décadas en suspensión vital, atravesando el espacio exterior, en un viaje sin retorno, para llegar a un planeta virgen y después trabajar para civilizarlo?

Gael se lo pensó unos segundos.

—No, creo que no, no merecería la pena para mí, aquí tengo una vida cómoda.

—¡Exacto, capitán, no le merecería la pena! ¿Por qué complicarse? Eso es lo que la mayoría de los colonos pensaríamos, por eso tienen que ser terrícolas; ellos están acostumbrados al mundo exterior y tienen poco que perder. Además, convenientemente elegidos por nuestro equipo de psicólogos y dirigidos por un grupo de colonos, crearían la sociedad perfecta.

A Gael le empezaba a caer bien el tipo, era convincente y sus argumentos razonables, pero no se dejaría convencer fácilmente y decidió atacar la idea.

—Hasta lo que yo conozco la idea es irrealizable de momento, pero supongamos que lo consiguen. ¿Qué ganamos nosotros? No se considerarían colonos, no aceptarían la autoridad de la Federación.

—En eso estamos de acuerdo, pero… ¿qué nos importa lo que pase a 20 años luz? Lo importante es asegurar la supervivencia de la especie.

—Imagínese que en unos años conseguimos crear un agujero de gusano —replicó Gael no demasiado convencido—, ese planeta ya no sería nuestro.

—¿Cree usted que alguna vez lograremos el agujero? Los físicos no son demasiado optimistas, pero supongamos que los pronósticos se equivocan y lo conseguimos dentro de 20 años. ¿Qué nos importaría un planeta? Sabemos que hay más y que probablemente haya cientos de miles. Con ese tipo de tecnología tendríamos acceso a toda la Vía Láctea. Y… ¿por qué dice lo de nuestro? ¿No dormiría más tranquilo sabiendo que en otro sistema planetario habitan humanos como nosotros?

Gael se quedó pensativo, la respuesta a la última pregunta era de indiferencia, en realidad le daba igual.

—Puede que tengan razón, pero supongo que no me han hecho venir para tratar de que me una al grupo —preguntó mientras miraba interrogativamente a sus interlocutores.

El Sr. Jeringan hizo un gesto de aprobación a Gastón Garrett, que se había mantenido al margen de la conversación. Con sus enormes manos sacó de una carpeta un par de folios digitales.

—Gael, queremos contratarte para una misión secreta, pero antes de que te la expliquemos, independientemente de que aceptes o no, debes firmar un acuerdo de confidencialidad.

El capitán Paulsen sintió curiosidad, emoción, la vida de transportista era aburrida. Aun desconociendo los términos de la misión, había decidido aceptarla. Pero se tomó su tiempo en leer y firmar el contrato. El tipo estaba forrado y pretendía sacarle una buena tajada. Así que puso cara de escéptico mientras entregaba el documento firmado al antiguo coronel.

—Bien, Sr. Paulsen —Owen comenzó a hablar—, hace unos meses un minero de Ceres contactó con nuestra organización; nos envió una filmación y unas lecturas de un extraño objeto que según él orbita en el Cinturón de Asteroides. Se trata de un cuerpo desconocido hasta ahora que posee una increíble densidad, tanto que su gravedad es 1.000.000 de veces superior a lo que corresponde según su tamaño.

»En un principio no le creímos, pensábamos que era un montaje. Pero él aseguraba tener pruebas, así que decidimos enviar una nave a Ceres. El minero nos entregó una diminuta porción de la Singularidad, el equivalente a un grano de arena, pero con un peso de varias toneladas. La entrega tuvo que hacerse en el espacio.

»Después llevamos el grano a nuestro centro de investigación de Física Teórica en la Luna. Tuvimos que idear un pequeño vehículo antigravitacional para poder manipularlo. Allí los dos mejores físicos de la compañía han estado trabajando con la muestra. Mantienen la hipótesis de que se trata de materia de otra dimensión, pero no quiero entrar en detalles que no consigo comprender. Lo interesante es que posee un gran potencial energético contenido y que hemos descubierto cómo liberarlo de forma controlada.

Hizo una pausa y miró a su interlocutor. Gael asintió con la cabeza expresando que seguía la explicación.

—En definitiva, si nos hacemos con el objeto estaríamos en condiciones de construir un motor capaz de impulsar un vehículo hasta el 75% de la velocidad de la luz, ¿comprende lo que le quiero decir?

—Eso significa que tardarían unos 25 años en llegar a Theia, ¿me equivoco? —apuntó Gael.

—Buen cálculo mental, capitán. No sé si sabe que llevamos años construyendo una astronave para 10.000 personas.

—Sí, esa que todo el mundo llama el Arca.

—Exactamente, un nombre que detesto, pero qué puedo hacer si la gente comenzó a llamarla así desde el principio. Lo que quiero decir es que la construcción ha sido muy lenta hasta ahora, ya que las expectativas para el viaje eran nulas. Pero he dado orden de acelerar el proceso, con la idea de terminarla antes de un año. Pero necesitamos la Singularidad para alimentar el motor y ahí es donde entra usted.

En ese momento miró a su jefe de seguridad, que comenzó a hablar.

—Se trata de que vayas a la Luna para recoger a los dos físicos y a la doctora Lombard. Luego debes dirigirte a Ceres. Una vez allí hay que contactar con el minero y efectuar el pago para que os entregue las coordenadas del objeto, recogerlo y llevarlo a Europa, el satélite de Júpiter, que es donde se está fabricando El Arca.

—Demasiado fácil —dijo Gael.

—Debería ser así, por eso la discreción es la clave, nadie tiene que sospechar. A la Luna llevarás un cargamento de helio 3; después recogerás alimentos importados de la Tierra con destino a Ceres; casualmente, unos ciudadanos te solicitarán pasaje, suele ser bastante habitual; y en el planetoide recibirás el encargo de recoger minerales para la Estación de Europa —continuó Gastón.

—Es un buen plan, pero… ¿y la Singularidad? ¿Cómo la recogemos? Supongo que no será fácil, un objeto en movimiento y con la gravedad de un planetoide.

—Para eso llevas a los dos físicos y un contenedor especial que ellos mismos han diseñado; se trata de una mininave con dos motores antigravitacionales y otro de helio 3, que tendrás que pilotar por control remoto en una delicada maniobra, siguiendo las indicaciones de los dos expertos.

—¿Y si fallo? —dijo Gael con cara de preocupación.

—No puede fallar, capitán —dijo Jeringan con rostro serio—. Confiamos en su demostrada capacidad.

—Tenemos un programa simulador para que entrenes la maniobra por el camino —intervino Gastón mostrándole un cristal de memoria.

—¡Sin margen de error! —exclamó Gael sonriendo y mirando al antiguo coronel—, como en los viejos tiempos.

—¡Por supuesto, capitán! A ver si te vas a asustar ahora —bromeó.

—También hemos pensado —continuó Garret— que para evitar problemas en Ceres os acompañe uno de mis hombres. Se trata de un antiguo miembro de las Fuerzas Especiales, el exsargento Omar Thiam, que acompañará a la doctora Lombard en la reunión con el minero.

—¿Y no quieren que vaya yo a negociar con el tipo?

—No es necesario, capitán, usted encárguese de pilotar —intervino Jeringan.

—Como prefiera —contestó Gael encogiéndose de hombros—, pero… ¿a qué se debe tanto secretismo? ¿Por qué llevar un pequeño grupo pudiendo llevar un ejército? Además, dentro del Cinturón de Asteroides todavía quedan pequeños reductos de piratas. ¿No sería más fácil formalizar un contrato con el minero y solicitar la protección de la Flota Estelar?

—Es complicado, capitán —Owen se tomó un respiro y levantó la mirada, después se inclinó hacia Gael y continuó su explicación—. Podemos tener complicaciones legales; según las leyes cerianas cualquier minero sindicado puede recoger minerales y venderlos al mejor postor. Pero esto no es un mineral, ni tan siquiera sabemos cómo clasificarlo. Cuando el Sistema Solar conozca la existencia de la Singularidad se va a producir mucho alboroto, todo el mundo intentará hacerse con ella, tenemos muchos y poderosos enemigos que intentarán por todos los medios que nuestra empresa fracase. Seguro que Rebeca Tyler, la presidenta del Partido por los Colonos como usted bien sabrá, maniobrará en el Parlamento para que el objeto sea declarado peligroso, singular... o algo por el estilo. La disculpa perfecta para que la Armada la mantenga en custodia; además, estarán deseando experimentar con la Singularidad mientras los Tribunales Federales resuelven el asunto. Por otro lado, el gobierno de Ceres también puede intentar reclamarla, esto incluso podría derivar en otra guerra. Si se hiciera público perderíamos años litigando, en el mejor de los casos, por no hablar de las muchas posibilidades de que nos la arrebaten y la utilicen para fabricar algún tipo de arma.

El capitán Paulsen miró pensativo al dueño de Helio Génesis y preguntó:

—Entonces... ¿estaríamos haciendo algo ilegal?

—No, mientras nadie lo prohíba. Digamos que es algo alegal—contestó Owen, y con las palmas extendidas hacia abajo continuó—, pero usted no tiene por qué saber nada de esto. Simplemente le hemos contratado para un trabajo que cree legítimo. En el caso de que hubiera problemas con la justicia usted sería una víctima que ha sido engañada. No se preocupe por los aspectos legales, tenga en cuenta solo los operativos.

En esos momentos Gael miró al antiguo coronel que asintió con la cabeza, después clavó sus ojos en los del magnate y se hizo un incómodo silencio.

—Supongo que es hora de hablar de su tarifa, Sr. Paulsen, usted me interesa y le haré una oferta que no podrá rechazar, no quiero perder el tiempo en negociaciones.

Gael asintió con la cabeza y con cara de circunstancias dijo:

—¡Directo al grano!

Owen cogió un folio y tras partirlo por la mitad, escribió dos cifras en cada trozo, después las colocó frente a Gael.

—La de su izquierda es por no si quiere aceptar, por las molestias, una pequeña compensación. La otra sería la mitad ahora y la otra mitad al terminar el trabajo. Los gastos aparte, estamos hablando de beneficio limpio y por supuesto haríamos un contrato para cubrirle legalmente.

Gael tuvo que contenerse para no dar un salto, 120.000 soles, ¡era la facturación bruta de un año!

—No perderemos el tiempo con negociaciones entonces, ¿cómo hacemos lo de los gastos?

—La Srta. Lombard los supervisará, aquí le llenaremos los tanques de combustible y usted solo guarde las facturas, al terminar la misión se las reembolsaremos.

Gael extendió la mano hacia Jeringan y este le devolvió el gesto con una sonrisa.

—Tenemos un trato, señor.

—Otra cosa más, Gael —intervino Garrett—, aunque en tu nave mandes tú, eso nadie lo va a discutir, la doctora Lombard será la jefa de misión, es ella la que tiene las instrucciones precisas y tendrá la última palabra. Es una mujer de mi plena confianza; además, ha sido oficial médico en la armada.

Gael asintió mientras pensaba que eso le daba igual, solo serían unos días.

—¡Muy bien, capitán! Luego le dicta sus datos bancarios a mi asistente, la Srta. Lotti, ella le entregará el contrato para que lo firme. Cambiando de tema, ¿qué les parece si dejamos los negocios y les invito a cenar? —dijo visiblemente contento Owen.

Selena esperaba sentada en la terraza, disfrutando de un té de aminoácidos. La iluminación artificial simulaba la noche temprana. Se encontraba en la zona comercial de la Estación de Encélado, su jefe le había encargado que reservara mesa para cuatro, incluida ella, en un restaurante. No tuvo dudas de cuál tenía que ser, era el segundo día que pasaban en la Estación.

La estación era pequeña, de solo tres discos, con una población de 1.800.000 habitantes, dedicada en su práctica totalidad a la extracción y refinado de helio 3. Se la había recorrido casi toda, realizando compras de última hora para Owen. *¡Que desastre de hombre!* —pensó. La ropa que había traído en la maleta era escasa y no combinaba, eso la tuvo toda la tarde anterior de compras por la zona comercial. Contempló las tres alturas del disco en el que se encontraba, era estándar como casi todos. La base tenía un diámetro de 10 km, con tres anillos superpuestos en forma piramidal, de tal forma que el de arriba era el más pequeño. En el centro del disco base, solían construir una plaza que dejaba ver la altura total de las estaciones. En este caso, el techo era acristalado, dejaba ver la luna Encélado y detrás el gigantesco Saturno.

Selena, absorta por el espectáculo, no vio venir a los tres hombres…

—¡Maravillosas vistas, por lo que veo! —dijo Owen.

—¡Sí, qué tonta, no les he visto llegar! —dijo sonriendo y recuperando la compostura.

—Selena, aprovechando la mesa que ocupas, ¿podrías tomar nota de los datos del Sr. Paulsen?

—Por supuesto, señor —contestó haciendo un gesto a Gael para que se sentara.

—¡Ah!, y de paso le muestras el contrato.

—No hay problema, además traigo mi portafolios digital, así que lo puede firmar si el capitán está de acuerdo, claro —dijo sonriendo a Gael.

Este a duras penas pudo contener un piropo y se sentó junto a la joven.

—Enséñemelo y acabemos cuanto antes, que no recuerdo la última vez que comí algo decente.

—Espero haber elegido bien, me he guiado por las críticas de la página de la estación —replicó Selena.

—Seguro que sí, confiamos en tu extraordinaria intuición —dijo Owen—, Gastón y yo vamos entrando, ¿a qué nombre has reservado?

—Al mío, Sr. Jeringan —respondió Selena.

Gael leyó el contrato, lo firmó digitalmente poniendo su iris en la cámara del portafolio de la Srta. Lotti. Después le dictó su número de cuenta.

—Le mando una copia a su correo, Sr. Paulsen.

Gael siguió a Selena al interior del local, el estómago le gruñía, pero su mente no paraba de pensar en que no podía ser tan sencillo ganar 120.000 soles…

9

Gael ultimó las últimas comprobaciones con su nave ya estacionada en el espacio-puerto de la Luna. Sentado, esperó a que su cuerpo se aclimatara de nuevo a la gravedad: el nanotraje la aumentaba para simular la atracción terrestre. Había pasado cuatro horas esperando a que les descargaran el helio 3 traído de Encélado, con el motor gravitacional desconectado.

Necesitaba salir, el viaje había sido aburrido. Su compañero, Omar Thiam, no era muy hablador y no habían congeniado demasiado bien. El ex de las Fuerzas Especiales era un musculoso negro de cabeza pelada y su cara daba a entender que no le interesaba hacer amigos. Gael intentó sin éxito, en más de una ocasión, entablar algún tipo de conversación distinta de las puramente formales u operativas. La noche que partieron, el tipo apareció con un maletín y le preguntó por la caja fuerte de la nave. Gael supuso que era el dinero para pagar al informador, pero exigió ver lo que había dentro del maletín, algo a lo que Omar se negó. Así que no empezaron muy bien. El capitán le informó que el nicho para dormir que poseía cada pasajero podía servir de caja de seguridad, ya que se le podía introducir una clave facial o de iris. No volvieron a hablar del tema y Gael no volvió a ver el maletín.

Calculaba que tendría unas horas para turistear por la Luna, la colonia más antigua de todas. Pero lo primero sería ir a nadar para desentumecer el cuerpo (el satélite poseía unas magníficas piscinas talladas en la roca). Una hora después entraba en las instalaciones, eran las 11:00 GTM. Conocería al resto del equipo a las 20:00 horas y partirían esa misma noche. Omar se encargaría de llevarlos a la nave. Mientras especulaba sobre la misión no pudo evitar fijarse en una rubia de tez morena que caminaba junto a él a los vestuarios. Como el encontronazo en la puerta iba a ser inevitable Gael le cedió el paso en un acto de caballerosidad; ella le dedicó una preciosa sonrisa mientras le daba las gracias.

Alexia había acelerado el paso para encontrarse en la entrada con el dueño de aquel precioso culito que caminaba delante de ella. No la defraudó con el gesto, también le pareció un tipo atractivo, su nariz le daba personalidad y su mirada era interesante. Después se colocó estratégicamente para poder observarlo disimuladamente mientras se cambiaban. Aunque los vestuarios eran mixtos, era de muy mala educación mirar a alguien del otro sexo. Pero ella se había sentido atraída por el tipo y pensaba saltarse la norma cuando él no mirara; la estancia estaba casi vacía y esto la favorecía. Cuando Alexia terminó de acomodarse el bañador guardó la bolsa y salió a la piscina. Él ya nadaba en una de las calles; lo reconoció inmediatamente por el gorro rojo. Aunque dudó al principio, porque le parecía demasiado descarado, terminó sumergiéndose en la calle adyacente.

La piscina, excavada en la roca lunar, era una auténtica delicia para nadar en ella. Además, una cristalera en el lateral dejaba ver el resto de la gigantesca caverna que, al estar iluminada, daba la sensación de encontrarse en el exterior. Alexia se sentía muy fuerte, aunque era una experta nadadora se sorprendió de la facilidad con la que recorría la calle. Llegó a la conclusión de que se debía a la estancia en la Tierra, la mayor exposición a la gravedad del planeta había hecho que sus músculos se fortalecieran.

Gael se alegró cuando comprobó que era ella la que nadaba a su lado. A pesar de sus intentos por no mirarla en el vestuario, no había podido evitar dirigir alguna mirada furtiva cuando se cambiaron, especialmente a sus pechos, más bien pequeños y firmes. Ahora la veía nadar con una asombrosa potencia, lo hacía más rápido que él y sintió una punzada en su orgullo masculino. Aceleró el ritmo, pero no conseguía mantener el de ella. Treinta y cinco largos después (la piscina era de cincuenta metros), Gael terminó exhausto, aun teniendo en cuenta la menor gravedad de la Luna. La cadencia que había mantenido había sido muy alta. Se quedó estirando en el borde, aún dentro. Cuando ella también terminó se quitó las gafas y lo miró, fue entonces cuando Gael le dijo, sin pensarlo mucho:

—¡Hay que ver cómo nadas!

Ella lo miró sorprendida, estaba claro que la había cogido por sorpresa.

—Confieso que he intentado seguirte y no lo he logrado —continuó con tono jocoso, aunque una sensación de ridículo comenzó a invadirle.

—Bueno, practicaba natación en la universidad, incluso gané algún trofeo, pero es que además… tengo un arma secreta —le contestó Alexia con una pícara sonrisa.

—Me muero por descubrir tu arma secreta.

—Tal vez te la diga, ya veremos —dijo ella guiñándole un ojo.

—Por cierto, me llamo Gael —dijo ofreciéndole la mano fuera del agua.

—Yo soy Alexia —respondió mientras le apretaba la mano.

—Ese acento… ¿eres titaniana?

—Bueno, en realidad nací en Calisto, pero he vivido desde los cinco años en la Estación Titán. Últimamente he dado muchas vueltas, ¡me extraña que hayas reconocido el acento!

—En realidad soy malísimo con los acentos, lo he dicho por casualidad, lo único que tenía claro es que no eres selenita.

—Vaya un tipo con suerte.

—Y mucha, fíjate que estoy hablando con la mujer más hermosa de la piscina —dijo Gael exhibiendo una enorme sonrisa.

—Ya, claro —contestó ella no pudiendo evitar sentirse halagada—. ¿Y tú? ¿Eres titaniano?

—Afirmativo, señorita.

—¿Trabajas aquí o estás de paso?

—Estoy de paso, soy piloto y me dedico al transporte. ¿Y tú?

—Yo estaré solo unas horas, he venido por trabajo.

—Vaya, me queda poco para descubrir tu arma secreta —sonrió Gael.

—¿Qué te hace creer que lo conseguirás?

—Bueno, no me rindo fácilmente. ¿Qué te parece si te invito a comer? Así tendré más posibilidades de averiguarlo.

Alexia quedó encantada con la invitación. Tras una rápida mirada al reloj que estaba en la pared aceptó la oferta. El hombre era su tipo: mayor que ella, de metro ochenta y cinco, ligeramente descarado, seguro de sí mismo…

Momentos después se sentaban en el comedor de las instalaciones deportivas, a la espera de que algún avaboot les trajera la comida. Habían ido juntos al vestuario de nuevo, pero esta vez había sido algo incómodo. Los dos habían estado bastante tímidos mientras se cambiaban. Al salir Gael hizo un comentario jocoso sobre la situación, rieron y la tensión desapareció. Alexia le confesó que acababa de llegar de la Tierra, de ahí su gran fortaleza física. La conversación le resultaba muy amena y se percató de que estaba coqueteando abiertamente con él, hasta que reparó en la hora, ya que había quedado con los dos físicos en las instalaciones de la empresa para preparar el viaje.

—Vaya, se me hace tarde —dijo Alexia mirando la hora en su UA—. Lo siento, me tengo ir.

—Una lástima, hacía tiempo que no me sentía tan bien con alguien —replicó Gael con exagerada tristeza.

—Venga, no te pongas así, seguro que se lo dices a todas —bromeó ella.

—Tal vez, pero a ti te lo digo en serio —replicó en tono jocoso.

—Creo que eres un elemento, pero me gusta, lo confieso. ¿Qué te parece si intercambiamos números y nos mantenemos en contacto? Yo no estaré disponible unos cuantos días, pero luego quién sabe, ¿podríamos intentar coincidir?

—Pensaba que no me lo ibas a pedir nunca, encantado de darte mi número.

Se despidieron en la puerta del complejo y Alexia se montó en el magnetotren con destino a Helio Génesis. Una vez en las instalaciones de la compañía se encontró con los físicos, el Dr. Arser y la Dra. Méndez, que trabajaban en el vehículo antigravitacional, diseñado para atrapar la Singularidad.

Sonia Méndez la miró, había leído en su expediente que tenía 84 años, pero, como pasaba con los colonos, aparentaba muchos menos. Tenía el pelo teñido de azul, algo un poco pasado de moda, era alta y fuerte. Con su voz grave le dijo:

—Buenos días, estamos con las últimas comprobaciones, no queremos sorpresas cuando estemos en el Cinturón.

—Sí, la experiencia nos dice que nunca lo revisas demasiado. Por otro lado, le estaba contando a Sonia que nos conocemos de la universidad y que hemos compartido algunas juergas juntos —añadió Nicanor Arser con su amanerada voz.

—Pero eso debe quedar en secreto —bromeó Alexia, que además se encontraba de un excelente humor. Se fijó en un extraño maletín que estaba encima de una mesa—. ¿Es esa la biounidad de la que me hablasteis anoche?

—Sí, como te confesamos resulta de gran ayuda en las investigaciones, posee ideas propias y una extraña inteligencia, pero recuerda, es un secreto y además ilegal, las investigaciones de traspaso de conciencia están prohibidas —dijo Nicanor.

—Pero no conseguisteis traspasar la conciencia del viejo, según tengo entendido —replicó Alexia.

—La conciencia, no —Esta vez era Sonia quien hablaba—, pero... ¿qué es la conciencia? Ni tan siquiera lo sabemos. Algo de él está aquí dentro, pero no es el viejo, no es humano, es algo distinto. Su hijo mantuvo una única conversación con la unidad y a punto estuvo de ordenar destruirla. Tuvieron que convencerle de que no lo hiciera, ya que nos era de gran ayuda en las investigaciones.

—¿Puede oírnos ahora? —preguntó Alexia.

—No, tiene los micrófonos apagados, están aquí detrás. Tampoco tiene conectores estándar, con el fin de evitar que pueda acceder a la red. Cuando queremos que analice algo se lo introducimos nosotros con conexiones especiales, fabricadas para él o ella, no sé qué género ponerle —explicó Nicanor Arser.

—¿Conectores especiales? ¿No queréis que acceda a la red?

—¡Exacto, señorita! Ten en cuenta que es una IA, no podemos fiarnos —intervino la Dra. Méndez—. Puede ser peligrosa, por eso debe estar aquí contenida, donde podamos controlarla.

—No te asustes, Alexia, mi compañera es un poco exagerada, pero debemos tener cuidado —matizó Nicanor Arser —, desconocemos lo que piensa y cuáles pueden ser sus objetivos. No obstante, tenemos que alimentarla, de lo contrario puede morir.

—¿Morir una AI, una inteligencia artificial?

—Sí —continuó el joven—, es en parte biológica y en parte electrónica, necesita electricidad para sus procesadores cuánticos y glucosa para sus células neuronales. Todo su envoltorio, como en casi todos los productos electrónicos, está preparado para absorber la luz y convertirla en energía, pero su parte orgánica, que está en una solución acuosa, necesita glucosa para sobrevivir.

Además, genera residuos que hay que eliminar, así que cada semana tenemos que vaciar un depósito que lleva y reponer el líquido. Pero es muy fácil, ¿ves? —explicaba Nicanor mientras le mostraba como abrir la tapa y desalojar el producto —, después rellenas por aquí, hasta la raya y listo.

Alexia afirmó con la cabeza mientras memorizaba la operación. Sin embargo, un escalofrío recorrió su espina dorsal al observar los extraños dibujos que se formaban en la pantalla de ese «ser». Dudó por primera vez del comportamiento de su hermandad, *Los 10.000*. Esto era una aberración, tal vez ese monstruo estaba sufriendo en esos momentos. Ahí encerrado, quizá volviéndose loco, ¿qué pensaría? Puede que anhelase la libertad o igual ni tan siquiera conocía ese término...

Una vez terminadas las últimas comprobaciones, llevaron con discreción el vehículo atrapa singularidades al muelle de carga. Lo introdujeron en un contenedor de la compañía y lo etiquetaron, para acoplarlo más tarde a la nave que habían contratado. Atenea, se llamaba, según les dijo Omar Thiam, al que habían solicitado ayuda para el traslado.

—Vale, pues ya no queda más que esperar a reunirnos con ese tal capitán Paulsen. Volvamos y que cada uno prepare su equipaje —ordenó Alexia ejerciendo de jefa—. Por cierto, Sr. Thiam, ¿qué tal está la astronave?

—Las he visto peores, señora. Posee cuatro nichos personales bastante cómodos y un aseo; además, el capitán tiene su propio camarote con baño —contestó el exmilitar.

Lo de señora no le sentó muy bien a Alexia, pero luego recordó sus años en la Armada y pensó que sería mejor así, para mantener la autoridad. Se apiadó de Nicanor por lo del único aseo, por lo que ella le conocía lo iba a pasar fatal.

Gael se paseó por la galería más comercial de la Luna. La calle estaba dotada de gravedad artificial; muchas zonas de la parte colonial la disfrutaban, así como en los hogares de los selenitas colonos. No pasaba lo mismo en la parte terrícola, donde era imprescindible llevar el nanotraje puesto, incluso para dormir. Estuvo tentado de cruzar la frontera, como en otras ocasiones, pero la falta de tiempo le hizo desistir de la idea.

Las ciudades, excavadas en la roca, aprovechaban casi siempre grutas naturales. Los millones de paneles solares de la superficie proporcionaban energía gratuita, lo que explicaba la increíble iluminación de las cuevas.

Una joven azafata se le acercó entre el gentío con unos catálogos turísticos…

—Señor, ¿le interesa un *tour* por las zonas más características de nuestro satélite? —le dijo exhibiendo una estudiada sonrisa.

Gael declinó amablemente la invitación. Conocía bastante bien la Luna, ya la había visitado prácticamente en su totalidad; había visto los restos del primer alunizaje, la primera huella humana, lo que quedaba de la primera base permanente, la gruta de la que manaba un pequeño manantial, diversos mares lunares… Continuó paseando y disfrutando del bullicio. Los selenitas eran, de entre los colonos, los más estridentes. Hablaban alto y gesticulaban constantemente, tenían fama de hospitalarios y divertidos. Después de tantos días de soledad espacial, el contacto con personas le estaba resultando tremendamente terapéutico. Aunque los médicos lo desaconsejaban, decidió comprar algunos alimentos terrícolas a buen precio. La comida de las estaciones resultaba un poco insulsa, demasiado sana.

Un par de horas después se encontraba en la cabina de su nave ultimando los últimos detalles.

—Los tanques de helio 3 se encuentran al cien por cien de su capacidad. El sistema de recuperación de agua funciona correctamente. El sistema de atmósfera artificial funciona correctamente. Paneles solares funcionando al noventa y dos por ciento, los discos gravitacionales... —la voz de Atenea resonaba en los altavoces mientras realizaba el informe completo.

Gael comprobó personalmente la cantidad de alimento en polvo que había almacenado en la bodega, ya que no terminaba de fiarse de Perkins, su avaboot. Las medidas de seguridad obligaban a llevar provisiones para un mes; él prefería doblar esa cifra, ya que apenas ocupaba sitio y además duraba años. Por lo demás estaba harto de esa pasta; la cocina automática mezclaba los grumos con agua y le daba diversas texturas: desde líquido hasta crujiente; también era capaz de generar diversos sabores. La computadora central se comunicaba con las unidades de antebrazo personales para poder preparar los alimentos en función de las necesidades personales de cada individuo; comer a diario se había convertido en algo puramente mecánico.

Cuando faltaban diez minutos para las 8 GTM, Gael decidió mandarle un mensaje a la chica de la piscina, Alexia. Había pensado en ella varias veces durante la tarde y empezaba a sospechar que su excelente humor se debía a ella. «Hola preciosa, que sepas que me acuerdo de ti», escribió mentalmente. Además, añadió el dibujo de una cara enviando un beso y guiñándole un ojo, así le daba un toque de humor. Descendió por la rampa para esperarles en la pista y se sentó en una de las patas de apoyo de Atenea, mientras con una de sus manos jugaba con un colgante comprado en su excursión turística.

Lo primero que vio fue la calva de Omar, *tal vez le saca brillo* —pensó con ironía. Le seguía un joven que caminaba muy erguido arrastrando la maleta más grande; a su lado una señora de edad indefinida, supuso que serían los dos científicos; y unos pasos más atrás, cerraba el grupo una rubia que provocó que concentrara toda su atención en ella.

—¡No puede ser! —exclamó en voz baja mientras un gusanillo subía por su estómago…

Alexia escuchó el pitido de su UA, había decidido no abrir el mensaje inmediatamente, pero cambió de parecer cuando apareció «GAEL» en la pantalla. Al no llevar la diadema mental tuvo que detenerse para pulsar la pantalla, eso hizo que se retrasara un poco. Releía el texto por tercera vez y sonreía para sus adentros.

Tiene gracia el tipo —se dijo a sí misma. Cuando levantó la vista lo vio, mirándola fijamente, claramente sorprendido y ligeramente boquiabierto.

Yo debo tener la misma cara de boba que él —pensó…

10

Wang Li odiaba viajar por el espacio, a pesar de que su cargo como director del CIF (Centro de Inteligencia Federal) le otorgaba el privilegio de poder volar gratis. Solo lo hacía cuando era necesario, como en esta ocasión.

Recién levantado, estaba escuchando los avisos sonoros de que se aproximaban a la Luna. Debía tomar asiento o esperar dentro del nicho personal. Llevaban cinco días de viaje y era la primera noche que había conseguido dormir profundamente, lo que hizo que se levantara tarde y perdiese la oportunidad de desayunar, puesto que ahora desconectarían la gravedad artificial, impidiendo cualquier actividad a bordo.

Cuando alunizaron Wang sintió una extraña alegría. Aun sintiéndose hambriento, su mal humor se disipó. Al fin y al cabo, era selenita y estaba en casa. No se consideraba una persona sentimental, pero se alegraba de pisar el satélite que le vio nacer. Viajaba con su auténtica identidad y si las cosas se torcían nadie sospecharía, hacía una visita familiar; además, deseaba reencontrarse con los suyos y conocer a su nuevo sobrino, aunque antes era necesario reunirse con el mercenario.

Decidió dejar el equipaje en consigna, todavía quedaban unas horas para el momento de la cita. Lo primero sería aplacar su estómago y después esperar, no quería acudir al hogar familiar para tener que irse inmediatamente. Además, habitaban en Aura, una de las ciudades-gruta más alejadas de la frontera.

Horas después cruzaba la frontera, esta vez con documentación falsa. No es que hubiera nada sospechoso en que un colono pasase a la zona terrícola; muchos lo hacían, simplemente era extremadamente precavido. En la parte colonial del satélite habitaban 25 millones de individuos y rivalizaba con la Estación Titán, tanto en tamaño como en importancia económica.

Cuando el tren, que levitaba dentro de su cúpula, atravesó los 50 km que separaban los dos mundos, el paisaje cambió radicalmente; hasta el aire parecía de peor calidad. La iluminación era claramente insuficiente y reinaban el desgaste y la suciedad, en el seno de un ambiente decadente. Al salir de la estación, al grupo de colonos lo recibió una corte de mendigos pidiendo limosna. Muchos de ellos con deformaciones horribles debido a la falta de gravedad y a la radiación cósmica. La mayoría no poseían nanotraje. Wang sintió una profunda repulsión por los terrícolas, al permitir este tipo de cosas.

Afortunadamente eran muchos los colonos que cruzaban para ver los combates de avaboots, las salas de juego, los burdeles… Acudían a los antros de la única colonia terrícola, así que pudo escabullirse con facilidad. A primera vista podía parecer peligroso para un colono pasear por las calles, pero las autoridades, conscientes de que necesitaban los ingresos que les proporcionaban, ordenaban a la policía protegerlos. Los castigos contra los que osaban delinquir contra un visitante eran siempre ejemplares. La base terrícola no superaba los 50 km² y su población rondaba los 7 millones. Cualquier colono sabía que no debía alejarse de las calles principales.

Al entrar al recinto de los combates la fauna humana destacaba por su heterogeneidad. La mezcla de hombres y mujeres era sorprendente: los colonos destacaban por su altura, sus pulcros nanotrajes y sus perfectas dentaduras. Las miradas, tanto de superioridad por parte de unos como de desprecio por parte de otros, se cruzaban constantemente. Por otro lado, estaba el olor, una mezcla de aroma a chatarra junto con aceite quemado, sudor humano, humo de tabaco y una extraña mezcla de perfumes.

Wang ocupó su asiento y buscó sin éxito los 1,90 cm del mercenario. No lo había visto en años, pero estaba seguro de que lo reconocería al instante. No consiguió localizarlo entre la maraña de gente, así que decidió disfrutar del combate: hacía años que no veía uno de verdad. Incluso estuvo tentado de realizar alguna apuesta.

Los dos avaboots que se iban a enfrentar subieron al cuadrilátero, protegido por un muro de aluminio transparente para evitar que algún pedazo pudiese dañar a los espectadores. Unas pantallas situadas sobre el tablado mostraban a los operadores de los robots, con el casco mental y el traje que copiaba los movimientos.

Una voz metálica presentó a los contrincantes. El público, ahora convertido en masa, rugió con fuerza. Un potente sonido dio paso a la lucha; el más pequeño atacó con asombrosa velocidad, golpeaba y se retiraba, rodeando a su contrincante, que aguantaba estoicamente los golpes cubriéndose con sus enormes brazos metálicos. Impresionaba el ruido del combate, era como un gigantesco martillo moldeando sin piedad un bloque de acero. De pronto… sin avisar, el estruendo de un poderoso golpe del más grande emergió por encima de todo. El que hasta ahora parecía que dominaba la situación voló hasta estrellarse contra la casi invisible pared de aluminio transparente, rebotando para caer al suelo a unos dos metros de su rival. En ese momento este aprovechó para dar un salto y pisotear al rival, además de quebrar su brazo izquierdo, a la altura del codo. Después recibió una patada a la altura del pecho, que lo volvió a levantar por los aires, pero esta vez, tras girar ágilmente, aterrizó con las piernas en el muro impulsándose y proyectándose, a modo de misil, contra su enemigo.

El público gritaba poseído mientras los combatientes metálicos luchaban en el suelo. Con las estrategias de la pelea totalmente rotas, saltaban pedazos de metal por todo el cuadrilátero…

Fue cuando se percató de su presencia. Ahí estaba mirándolo con sus ojos felinos. Wang le hizo un gesto y se levantó de su asiento, indicándole que le siguiera. Atravesó el pasillo que conducía a la taberna del estadio y se sentó en una mesa situada en un rincón. Desde esta posición podía controlar todo el local, que estaba prácticamente vacío. Además, la tenue iluminación contribuía a ocultar su presencia. Observó cómo Víctor se acercaba; incluso con su altura se movía con agilidad felina y su fibroso cuerpo parecía no tocar el suelo. Habían pasado casi cinco años desde la última vez que se vieron en persona. No había envejecido nada, se notaba que disfrutaba de la medicina regeneradora.

—Buenas noches —saludó Víctor mientras se sentaba frente a él y le clavaba sus ojos negros.

—Buenas noches, me alegro de verte —contesté extendiéndole la mano—. ¿Qué tal te va en la City?

—La verdad es que no puedo quejarme.

—¿Habías visto antes un combate de avaboots?

Víctor negó con la cabeza.

—Aquí en la Luna son muy aficionados, también en la zona colonial, aunque allí no son tan buenos, lo tengo que reconocer. Es por las reglas, aquí lo mejor es… que no las hay —explicó abriendo las manos.

—No sé qué puede haber de interesante, son dos trozos de hojalata.

Wang meditó si replicar... pero en ese instante la camarera se acercó sujetando una bandeja bajo el brazo.

—¿Qué quieren tomar los caballeros? —les preguntó con desgana.

—Media jarra, de esa maravillosa cerveza que tenéis aquí —pidió Víctor.

—Para mí también —dijo Wang tras dudarlo un momento.

No estaba seguro de si la probaría, no era una bebida colonial y el alcohol no estaría sintetizado para ser menos nocivo para la salud. Cuando la chica se alejó, Víctor lo miró inquisitivamente, recordándole lo mucho que le inquietaba su presencia.

—¿No me habrás traído hasta aquí para charlar sobre muñequitos?

—Supongo que tendrás preguntas —le dijo tratando de parecer tranquilo y abandonando definitivamente el tema de los combates—. La razón es muy sencilla, necesito a alguien de confianza y al que no le puedan relacionar conmigo. No puedo contratar mercenarios dentro de las colonias. Por otro lado, como todo el mundo sabe, los cerianos no son de fiar.

—¿Y tenemos que embarcarnos en una nave con ellos?

—Afirmativo, pero no confíes en ellos. Os tengo preparados unos juguetes para que los llevéis. Estarán en la nave de los contrabandistas con los que viajaréis a Ceres. Por cierto... ¿dónde están tus hombres?

—Por aquí, vigilando el perímetro —contestó Víctor con voz glaciar.

Wang se sintió un poco más inquieto, él había venido solo. *No le interesa hacerme daño, perdería su posición en la City* —pensó para relajarse.

La camarera les trajo las cervezas. Wang, olvidando sus remilgos, se deleitó con un sorbo, el líquido inundó su garganta y no pudo más que reconocer que la bebida estaba realmente buena. El sabor era auténtico, sin desnaturalizar.

—Tenemos un pequeño cambio de planes, os cambiaréis de astronave en el espacio: en las inmediaciones de Ceres.

—¿Algún problema? ¿Algo que deba saber? —preguntó Víctor.

—Siempre tan desconfiado —sonrió Wang—. No te preocupes, es simplemente que vamos un poco retrasados. Ellos han despegado esta noche, así ganaremos tiempo. Por cierto, ¿habéis realizado alguna vez un paseo espacial extra vehicular?

—Yo, sí, mis hombres no, pero lo harán sin problemas —contestó el mercenario con seguridad—. ¿Cómo localizaremos el objetivo? Supongo que no podemos seguirlos sin ser detectados.

—Con esto —Wang sacó un aparato ovalado del tamaño de una pelota de tenis —. Es un localizador cuántico, el objetivo lleva uno. De esta forma podréis rastrearlo sin problemas. Cuando hayan recogido el objeto, emitirá un pitido diferente.

—¿Diferente…? ¿Tienes a alguien dentro?

—No tienes por qué conocer todos los detalles, ya sabes cómo funciona este negocio —contestó el asiático con solemnidad.

—Está bien. Y… ¿cómo sabré qué objeto es?

—Se trata de un mineral raro. Lo tendrán en un contenedor exterior, tiene el tamaño de una pelota… Por cierto, es peligroso, no lo abras, observarás que está contenido en una máquina ideada para ello. Dentro de la caja de armamento te he dejado un detector especial, cuando lo sitúes a menos de quince metros tiene que darte el ok.

—Vale, supongo que sabré usarlo. ¿Alguna directriz?

—Sí, es importante que no mates a nadie, sobre todo no asesines a ningún colono. Se trata simplemente de espionaje industrial, pero si hay alguna víctima el asunto se puede complicar, ya que en ese caso intervendrían las autoridades federales.

—Las cosas no suelen ser sencillas en este trabajo, lo normal es que surjan complicaciones.

—Se trata de asaltar una nave de carga, desarmada y por sorpresa. Vosotros llevaréis una de asalto, armada y con un piloto competente, que además conoce la zona. No digo que no vayan a surgir problemas, pero confío en que sepas solucionarlos sin víctimas —Wang lo miró con dureza, era el jefe y no se dejaría intimidar—. No hagas que me arrepienta de haberte contratado, si no fuera por mí estarías pudriéndote en algún agujero.

Víctor no se inmutó ante la sutil amenaza.

—Está bien, procuraré que sea como dices. ¿Pero si se diera el caso, qué es más importante? ¿Debo abandonar si veo que continuar con la misión puede provocar víctimas?

—No, ¡abandonar, nunca! —Wang se tomó un respiro—. Está bien, para que lo entiendas de otra manera. Si no se producen accidentes mortales, vamos a llamarlo así, tendrás un plus de un quince por ciento sobre el precio acordado, pero si le ocurre algo a algún individuo que no sea un colono, el premio se quedará en un cinco por ciento, ¡así que vigila a quien te cargas!

—Vale, ahora me queda claro, supongo que mantendremos el canal habitual de comunicación.

—Sí, pero ten en cuenta que en el espacio puede que no funcione correctamente.

—Sí, lo sé, no soy estúpido.

Wang volvió a beber otro sorbo, tenía que reconocer que la cerveza estaba deliciosa. Su UA pitó, era el sonido de la aplicación médica, seguro que estaba detectando la entrada de alcohol sin sintetizar. *¿Por qué todo lo bueno es malo?* —pensó.

—Vale, insisto: no se te ocurra abrirlo. Es extremadamente peligroso. Cuando lo tengas, me envías un mensaje con tu posición y enviaré a alguien a buscaros.

—Perdona mi ignorancia, pero… ¿qué es exactamente un localizador cuántico? —preguntó Víctor mientras acariciaba el óvalo que le acababa de entregar su interlocutor.

—Básicamente crea un vacío de neutrinos, un punto del espacio-tiempo, para después rellenarlo en el punto donde se encuentra su gemelo. Después el *software* calcula la posición. También podríamos explicarlo como una especie de teletransportación cuántica recíproca —contestó tras una larga pausa—. Sinceramente, no sé muy bien de qué te estoy hablando. No soy físico.

Víctor meditó unos instantes. *Tal vez yo hubiera sido físico, si me hubieran dejado* —pensó. Sin embargo, rápidamente desestimó la idea, era una profesión que no le seducía demasiado. Un incómodo silencio se apoderó de la mesa, los dos aprovecharon para beber un largo trago...

—Bueno, mañana por la mañana debes ir al hangar 35. Allí os espera la nave de carga Nebet, tiene previsto el despegue para las 10:25, no lleguéis tarde. Son unos traficantes de poca monta, les dejo hacer y ellos me deben favores.

Víctor anotaba en su UA mientras miraba a Wang indicándole que continuara...

—Después, en las inmediaciones de Ceres, abordareis la Nefertiti. Recuerda: no te fíes de los cerianos. La capitana ha trabajado para mí otras veces, pero vigila...

—Siempre lo hago, Oskar... —replicó mostrando una inquietante sonrisa.

Wang volvió a sentir ese escalofrío que le provocaba la presencia del mercenario, pero mantuvo la mirada firme, no podía permitirse el lujo de mostrarse débil. Se dijo a sí mismo, para tranquilizarse, que el tipo era una buena elección.

—Supongo que sobra decir que si os cazan... estáis solos, nadie os ayudará.

—Como siempre, jefe, da gusto ver cómo me aprecias —bromeó Víctor—. En realidad, desconozco quién eres, poco puedo decir de ti y me figuro que Oskar no es el nombre que te puso mamá.

—¿Quién sabe...? ¿Alguna otra pregunta?

—No, está todo claro.

Víctor se despidió, dejando a Wang apurando los últimos tragos de cerveza. Cuando salía se cruzó con la camarera, que lo miraba descaradamente.

—¿Ya te vas, guapo? —preguntó con voz sensual.

Víctor la repasó sin disimulo, el nanotraje se le ajustaba bien al cuerpo prometiendo una cintura firme sobre sus marcadas caderas; también insinuaba unos erguidos pechos. El rostro era de líneas marcadas y angulosas, dándole un aspecto duro y con carácter. La chica le resultó atractiva. Sin embargo, no debía quedar con ella. Lo más prudente sería pasar la noche en el nicho del hotel, controlando a sus socios, que eran proclives a buscar problemas.

—Tal vez vuelva más tarde —contestó sin tener claro lo que haría.

Ella le dedicó una amplia sonrisa que dejó mostrar unos oscuros dientes que se entrecruzaban. La desastrosa dentadura convenció a Víctor de que sería mejor no volver. Por lo demás había sido una reunión fructífera, un quince adicional sobre el ya generoso pago prometido. El asunto parecía sencillo, se podía realizar sin víctimas; a sus hombres les primaría con un diez, con eso sería suficiente...

11

Gael, sentado en su puesto de capitán, vigilaba con el dron auxiliar de Atenea, la operación de acoplamiento de los contenedores de carga que viajarían enganchados a su nave. También escuchaba las risas de sus pasajeros. Les había dado permiso para soltarse de sus asientos y disfrutar de la ingravidez. Algo extraño para ellos, ya que en los cruceros espaciales era obligatorio mantenerse sentados cuando el sistema de gravedad artificial estaba desconectado. La presencia de Alexia había resultado perturbadora, se habían saludado formalmente como si no se conocieran. Gael, inquieto en más de una ocasión, cuando la voz o la risa de ella se elevaban sobre las demás, no había podido evitar mirarla por el circuito interno de televisión.

Sonia Méndez flotaba con los pies apoyados en el techo. El resto de sus compañeros, exceptuando a Omar Thiam (que no había querido soltarse y veía algo con sus hologafas), estaban suspendidos en el aire con posturas imposibles.

—Entonces… ¿habéis conseguido criogenizar a un ser humano? —preguntaba la Dra. Méndez.

—¿Como la comida preparada? —bromeó Nicanor Arser.

—En realidad, mi aportación a la investigación ha sido escasa —contestó Alexia, ignorando el comentario de su compañero—. Yo me incorporé en la fase final del proyecto, y únicamente como médico, para controlar el despertar de los sujetos hibernados. El mérito se lo debemos a mis compañeros biofísicos. De todas formas, no es una criogenización, los individuos se mantienen a cero grados. La congelación termina, inevitablemente, matando a los organismos.

—Entonces… ¿en qué consiste? —insistió Sonia.

—Digamos…—Alexia giró dos vueltas y se colocó frente a su compañera, tomándose unos segundos para ordenar las ideas—. El proceso consta de varias fases: la primera es inducir al cerebro, mediante ondas magnéticas y drogas, a una reducción de la actividad al mínimo; es algo que está en nuestro interior de forma natural, muchos mamíferos hibernan durante meses; la cápsula lo hace progresivamente, en varias horas, dependiendo del sujeto. También introducimos unos nanobots especiales para proteger los órganos vitales.

—¿Crear una muerte catatónica artificialmente? —intervino Nicanor Arser.

—Sí, en realidad utilizamos una droga que usaban hace siglos en una isla terrícola, para algún tipo de ritual religioso.

—Me suena haber leído algo al respecto —apuntó Sonia—. Lo llamaban vudú y la usaban para hacer creer a la familia que un allegado suyo había muerto. Después lo desenterraban y lo esclavizaban.

—¡Es horrible! ¡Malditos terrícolas! —gritó Nicanor, avergonzado.

Incluso Omar, que hasta ahora no había dado muestras de atender a la conversación, se giró para mirar al científico.

—¡No podemos generalizar! —replicó Sonia—. Te recuerdo que también hay colonos que hacen cosas horribles. Por no hablar de los orígenes de las colonias, cuando hubo luchas por el poder que terminaron en auténticas carnicerías.

—Es inherente a la condición humana —añadió Alexia—. Por eso queremos ir a Theia, con los recursos de un planeta y una mínima densidad poblacional. ¡Lograremos crear la sociedad perfecta! ¡Con unos sólidos cimientos!

—Yo no soy tan optimista —replicó Sonia—. Pero sí que será mejor que lo que tenemos actualmente.

—Bueno, continúa con la explicación —dijo Nicanor intentando cambiar la deriva de la conversación.

—Vale, después viene lo que llamamos suspensión cuántica —Alexia se tomó un respiro—. Consiste en detener la actividad orgánica a nivel molecular, para ello usamos dos tipos de ondas: electromagnéticas y gravitacionales. Detenemos el movimiento de los electrones y con ello estancamos la actividad de los átomos. Así el individuo mantiene su bioenergía y por lo tanto su conciencia, aunque totalmente inerte; del mismo modo el cuerpo se mantiene sin cambios indefinidamente.

—¿Indefinidamente, es eso posible? —comentó Nicanor Arser con cara de incredulidad.

—Teóricamente sí. Sin embargo, tenemos que contar con el deterioro de la cápsula de hibernación. Hemos estimado que su vida útil a pleno rendimiento, es de cincuenta años; a partir de ese límite ya no podemos asegurar que sea capaz de mantener un organismo en condiciones óptimas.

—Tiempo suficiente para llegar a Theia. Aunque el viaje sufra algún retraso y supere los treinta años, tenemos veinte de margen —añadió Sonia.

—Aun así, yo no iría ni loco.

—¡Pues yo estoy apuntada como voluntaria! Me parece fascinante, colonizar otro mundo, un gemelo de la Tierra, descubriremos cosas asombrosas… —exclamó Alexia.

Gael comprobó los anclajes de los contenedores exteriores. Después ordenó al dron volver automáticamente a su lugar. Tras activar el sistema de altavoces, dijo:

—Atención a todos, la operación de acople se ha completado correctamente. Vuelvan a sus asientos y hagan uso del arnés magnético; en cinco minutos conectaré el sistema de gravedad artificial.

Gael observó por el rabillo del ojo que alguien subía flotando por la escalerilla de acceso…

—Hola… —dijo Alexia.

—Hola —contestó él, visiblemente perturbado.

—¿Puedo sentarme aquí?

—Por supuesto —contestó Gael mientras le ofrecía con la mano el asiento del copiloto.

—Vaya casualidad, la verdad es que no sé cómo actuar. Creo… si te parece bien… que deberíamos mantener un trato formal cuando estemos delante del resto del equipo, no quiero cotilleos. Y con el transcurrir de los días iremos viendo —propuso ella mientras exhibía una generosa sonrisa.

—Completamente de acuerdo con usted, señorita —bromeó guiñándole un ojo.

Gael, reconfortado por la presencia de Alexia, ordenó a Atenea dar el último aviso antes de activar la gravedad. Después manipuló él mismo los controles y la nave comenzó a acelerar rumbo a Ceres. Podía haber ordenado a la computadora que lo hiciera, pero quiso presumir delante de la joven, especialmente cuando se percató que ella lo miraba con gran interés.

—Debe ser muy difícil ser piloto.

—¿Y me lo dice una médica? No me hagas reír.

Las miradas se cruzaron y un halo de complicidad comenzó a crecer entre ellos.

—¿Quieres que te enseñe la nave?

—Me encantaría.

—De momento debemos permanecer sentados, más tarde os la mostraré físicamente a todos —dijo mientras ordenaba mentalmente a Atenea que mostrase un holograma del vehículo.

De algún punto invisible surgió una visión de la nave de un metro de diámetro.

—Aquí la tenemos, es la típica astronave con forma circular. Antiguamente los llamaban platillos volantes. La parte de arriba es la cabina de mando, donde estamos ahora; como puedes observar, es la pieza más pequeña. Debajo se encuentra la zona de habitabilidad con: el comedor, la pequeña cocina, las dos camaretas con los cuatro nichos y el camarote del capitán —explicaba Gael, mientras ella lo miraba atentamente —. Más abajo, sobre los discos gravitacionales, se encuentra la sala de máquinas, los depósitos de helio 3 y una reducida bodega, en la que he instalado un pequeño gimnasio.

—¿Y esto que está junto a la cabina? ¿Es el dron auxiliar?

—Afirmativo, también sirve como cápsula de salvamento, puede alojar a tres personas, con oxígeno para cinco horas. Incluso podríamos usarlo para aterrizar en algún cuerpo celeste, siempre y cuando no tuviese una gravedad excesiva.

—¿Gravedad excesiva? ¿Por qué?

—Porque no dispone de motor antigravitacional. Si la atracción del astro fuera muy fuerte nos impediría regresar.

—Ah, entiendo. ¿Y estos cilindros que sobresalen por la parte de abajo, son los motores?

—Sí, impulsores G-4000, les cuesta coger velocidad, pero no están mal.

—Claro, eras piloto de combate.

—Sí, pero eso fue hace mucho tiempo —dijo Gael, apartando la mirada un tanto incómodo.

Alexia se maldijo a sí misma, arrepentida por haber hecho una observación indiscreta, solo se le ocurrió añadir:

—Perdona, no es cosa mía, lo leí en el informe que me envío Garret.

—Ya, claro, olvidaba que es usted la jefa —replicó Gael con sarcasmo.

Los dos se miraron incómodos. Gael se arrepintió de haberle contestado así mientras ella se mostraba desconcertada, no creía merecer ese trato.

Habían pasado ya varios minutos de las 2:00 y Gael por fin entraba en su camarote. Había enseñado Atenea a los pasajeros y, tras casi una hora de charla y dudas, decidieron irse a dormir. Habían acordado que nadie hiciera ruido entre las 23:00 y las 7:00. En los viajes espaciales era de extrema importancia, debido a lo reducido del espacio, marcar unas reglas de convivencia. El horario de desayuno y cena sería libre, pero la comida comenzaría a las 13:30 (los psicólogos afirmaban que era de suma importancia para mantener la cohesión del grupo que toda la tripulación compartiera algún momento). También se distribuyeron el uso del gimnasio, necesario para mantener el tono muscular y descargar tensiones. El primer tramo lo había elegido Omar, el segundo los dos científicos y el último, el de la tarde, quedó para Alexia y él, algo que le generaba sentimientos ambivalentes.

Ordenó a la computadora que le mostrase las estancias por circuito cerrado. Observó a alguien en el comedor, a oscuras, y al acercar la imagen vio al Dr. Arser mirando la pantalla de ese extraño maletín que portaban. Le resultó raro, parecía un portátil, pero era demasiado voluminoso. En la pantalla aparecían singulares formas geométricas y el joven la miraba absorto; estaba claro que estaba conectado con la diadema.

—Atenea —susurró—¿puedes analizar el aparato que tiene el Dr. Arser?

—No logro identificarlo —contestó tras unos segundos—, detecto chips cuánticos propios de una computadora, pero también elementos orgánicos.

—¿Orgánicos? ¿Podrían ser muestras de algún cultivo?

—Lo desconozco capitán, mi base de datos no consigue una identificación clara.

Gael observó al científico minutos antes de acostarse. Tumbado en la litera, mientras su mente se relajaba preparándose para el sueño, le asaltó una inquietante pregunta mientras la oscuridad se apoderaba de su conciencia: ¿Para qué quiere un físico muestras orgánicas?

La mañana siguiente pasó rápidamente. Paulsen estuvo practicando con la simulación, guiado por los dos científicos, la forma de atrapar la Singularidad en su contenedor especial. Los dos intentos habían resultado fallidos, eso según la extraña computadora con la que trabajaban. Gael seguía sin saber qué clase de aparato sería, pero estaba claro que era muy avanzado, ya que los dos físicos daban gran importancia a sus análisis.

Por la tarde, mientras pedaleaba, vio como Alexia descendía por la escalerilla dispuesta a realizar ejercicio.

—Buenas tardes, ¿quieres que te deje la bici?

—Hola, no, tranquilo, prefiero correr…

Los dos se miraron un tanto incómodos y durante cincos largos minutos no cruzaron palabra, solamente algunas miradas furtivas.

—¿Has podido dormir bien? Nicanor me ha comentado que no ha podido pegar ojo.

—Yo sí, bastante bien. Los nichos son bastante cómodos —contestó Alexia entre jadeos debido a la carrera—. ¿Cómo te ha ido con los doctores?

—Parece que fallo en la simulación, eso según la máquina esa tan rara. ¿Sabes qué tipo de computadora es? Nunca había visto algo así.

—Debe ser algún modelo experimental, pero desconozco de qué se trata —mintió ella.

—Ya —contestó él dejando claro que dudaba de su respuesta—, pero aseguran que en el segundo intento he mejorado y que lo lograré sin dificultad.

—Eso espero, toda la misión depende de tu habilidad.

—No te preocupes, llegado el momento no fallaré —afirmó Gael con seguridad—. Por cierto, Nicanor me ha contado lo de tu trabajo en las cámaras de hibernación, es asombroso…

—Vaya… veo que has hecho buenas migas con Nicanor… ¿qué más te ha contado sobre mí? —preguntó Alexia ligeramente contrariada.

—Me ha dicho que fuisteis juntos a la universidad y poco más.

—Llevaba años sin verle, así que poco te ha podido contar o… ¿ha comentado algo sobre Theia?

—Bueno, de ese tema he hablado con los dos y veo que discrepan un poco. Sonia afirma que viajaría si pudiera, el otro no lo creo… ¿Y tú?

—Yo… —Alexia, dudó al responder, y no entendía por qué— lo estoy deseando, de hecho, soy una firme candidata a ir.

—Por un lado, lo entiendo —afirmó Gael tras meditar unos segundos—. Sin embargo, yo no me apuntaría, igual es que estoy mayor o que ya tuve bastantes emociones en la guerra, o quizás... es una combinación de ambas, pero llegar a un planeta virgen y tener que colonizarlo, eso es mucho trabajo.

—Yo opino que el sacrificio merece la pena, será el mayor descubrimiento de la humanidad, además de mantener el espíritu de nuestros antepasados, los primeros colonos.

—En eso tienes razón, nos hemos vuelto unos blandos; en cuanto a lo del mayor descubrimiento… llevamos varios en el último siglo, seguro que pronto os quitan el mérito.

—¡Ja! ¡No lo creo! —bromeó Alexia.

—Piénsalo, son más de veinticinco años de viaje. Un mensaje tarda veinte años en llegar, hasta dentro de cuarenta y cinco años, no sabremos nada de vosotros.

—Sí, lo sé, tendré que despedirme de los míos para siempre —la voz de Alexia perdió seguridad por momentos—, sé que no será fácil, pero estoy decidida. Pero tú como exmilitar deberías entenderlo, ¿cuántas veces pensaste que no volverías?

—Unas cuantas, pero eran momentos puntuales; en realidad, nunca piensas que no vas a volver. Pero sí, te entiendo, la adrenalina, el afán de aventuras, ¡el estar ahí, en primera fila, dando la cara! —contestó Gael con entusiasmo.

—Sabía que lo entenderías —dijo ella mostrando su generosa sonrisa—. ¡Tal vez pueda conseguirte un pasaje! —Al oír sus propias palabras se ruborizó—. Necesitamos tipos como tú — Continuó tratando de disimular la turbación—, eres un excelente piloto.

Las miradas volvieron a cruzarse, con ellas se dijeron lo que no habían podido decir las palabras. Ella no renunciaría al viaje por nada, aún mantenía intacto su idealismo, pero él no la seguiría. De momento no había nada que les pudiera hacer cambiar de opinión.

Media hora después, Gael gastaba los cinco minutos de ducha diarios que él mismo había impuesto como norma de gestión del agua. El equipo de recuperación y reciclaje del líquido elemento era extremadamente eficaz y prácticamente recuperaba el 90%. En realidad, las posibilidades de quedarse secos eran reducidas. Sin embargo, opinaba que la restricción ayudaba a mantener la concentración y la idea de que era una misión y no unas vacaciones. La euforia con la que había entrado en su camarote se disipaba con rapidez. Durante unos minutos había fantaseado con la idea de viajar a Theia con ella. Aún mantenía en su mente el aroma de la joven después del ejercicio, la excitación que le había provocado el contacto fortuito de sus manos mientras gesticulaban: ignoraba la duración del instante, pero estaba claro que había sido más largo de lo necesario. Se la imaginó desnuda, deseaba acariciar su cuerpo, descubrir los contornos de sus caderas, la firmeza de sus senos, los secretos de su interior... Su mente voló de nuevo al gimnasio, allí los dos solos, sin testigos, fundiéndose en un largo beso…

Minutos más tarde, ya relajado, mientras se vestía, decidió enfriar sus sentimientos hacia Alexia, se acordó de Sonja... Parecía que estaba condenado a buscar relaciones imposibles, esta vez ella era perfectamente humana. Pero Alexia tenía un sueño en el cual él no tenía cabida, así que decidió mantener las distancias y procuró evitar acostarse con ella, consciente de que si lo hacía probablemente se enamoraría sin remedio.

Fue al quedarse frente a la puerta cerrada, con la mente en blanco, cuando le vino la idea. Con energías renovadas, salió del camarote en busca de los dos científicos.

—Dra. Méndez, tengo que hablar con ustedes. ¿Dónde está el Dr. Arser? —le dijo cuando la encontró en el comedor.

—Está en su nicho… creo. ¿Hay algún problema?

Gael dejó la pregunta sin contestar y se introdujo en la camareta.

—Sí, ¿qué ocurre? —la voz de Nicanor contestaba por el interfono a la llamada del capitán.

Dos minutos más tarde, sentados en la mesa, los físicos miraban al piloto con expectación. Al capitán le llamó la atención que el Dr. Arser mantenía el extraño computador en la mesa, bajo su brazo. No se separa de él —pensó fugazmente.

—Creo que ya sé cuál es el problema del aparato contenedor de la Singularidad —comenzó diciendo con seguridad.

—¿Problema? No existe ningún problema —aventuró Nicanor.

—¡Por supuesto que sí! No me hago con él. Tengo entendido que lo diseñaron ustedes dos. ¿Es así?

—Sí, fuimos nosotros solos, el proyecto es alto secreto y cuanto menos personal intervenga, mejor —respondió Sonia.

—Y… ¿tienen alguna noción sobre pilotaje?

Los dos negaron con la cabeza.

—Ven, ahí radica el problema. ¿Por qué usaron flechas como guía? En el espacio no existe arriba o abajo. Los pilotos usamos colores. Debemos realizar algunas modificaciones…

—¿Modificaciones? ¿Aquí, en medio de la nada? —exclamó Nicanor llevándose las manos a la cabeza.

—Se trata de algunos ajustes en el software y tal vez algún cambio de orientación de los motores, algo que podemos realizar con el avaboot, a distancia.

—Supongo que tiene sentido, nosotros no somos ingenieros —afirmó Sonia ignorando la inquisidora mirada de su compañero—. ¿Que nos sugiere que hagamos?

—Lo primero que necesito es información. ¿Qué es exactamente la Singularidad? Y… ¿cómo funciona la máquina con la que pretendemos encerrarla? Aunque superficialmente, sin demasiados tecnicismos.

Los dos científicos se miraron con cara de circunstancias; Sonia comenzó con la explicación:

—En cuanto a la primera pregunta... no se la podemos contestar. Ya que, para serle sinceros, desconocemos qué es la Singularidad…

—No me creo que no tengan alguna hipótesis —interrumpió Gael—. No se preocupen, yo no soy ninguna comisión científica, daré por bueno lo que me expongan.

—Está bien, tiene razón, tenemos consensuada una teoría, pero que quede claro que solo es especulación —Nicanor levantó la vista como si buscara inspiración en el techo metálico—. Como supongo que ya sabrá la materia está compuesta, entre otras partículas, por gravitones, que además poseen carga negativa y positiva, los negativos repelen y los positivos atraen, estos son los responsables de que los cuerpos se atraigan entre sí. Pero también son uno de los pegamentos de la materia, esta última siempre presenta un número mayor de gravitones positivos; la función de los negativos o repelentes es evitar que la gravedad sea demasiado fuerte y contraiga en demasía la materia, así como para proporcionar equilibrios gravitacionales entre los cuerpos.

«Bueno, pues nuestra teoría se basa en que la Singularidad no posee gravitones negativos o tiene un número singularmente reducido de estos. Por eso acumula mucha masa en un espacio tan reducido.

Nicanor dibujó una pelota con las manos.

—También especulamos con la idea de que esté compuesto del material de los agujeros negros. ¿Cómo ha llegado hasta aquí? —continuó Sonia encogiendo los hombros—. Todo un misterio, es posible que se formara durante los orígenes del Sistema Solar; tal vez ha sido expulsado de algún agujero; igual procede de otra dimensión…

«Es el primero que encontramos, pero igual... es muy abundante en el universo. ¿Quién sabe? También creemos que si fuese más grande, podríamos usarlo para plegar el espacio-tiempo y crear un agujero de gusano…

El silencio se hizo entre los tres mientras Gael trataba de asimilar las explicaciones.

—Vale, entiendo —comenzó el piloto—, y… ¿en qué consiste el funcionamiento del vehículo con el que lo vamos a encerrar?

—La gran ventaja es el pequeño tamaño —continuó Nicanor Arser—, eso nos da la posibilidad de contenerlo entre cuatro motores de gravedad negativa. En un equilibrio perfecto, de ahí que el más mínimo error en la inclinación partiría la máquina en mil pedazos.

—Ahora lo entiendo… Una pregunta más, ¿de dónde va a salir tanta energía para mantener los motores antigravedad? He visto que tiene un pequeño depósito de helio 3 y las baterías no pueden durar mucho.

—Eso en realidad es lo más sencillo —continuó Nicanor con una sonrisa triunfante—. La Singularidad gira a 20.000 revoluciones por minuto. Utilizaremos ese giro para generar la electricidad suficiente para alimentar las baterías, así que no hay que preocuparse por el tiempo una vez contenida. Pero hasta ese momento tenemos 23 minutos desde que conectamos los motores hasta que se agoten las baterías.

—Entiendo, necesitaré los planos de la máquina y déjenme unas horas —susurró Gael a la vez que su mente era asaltada por un torrente de ideas.

12

Gael hizo bailar el aparato en el espacio antes de aproximarse a la Singularidad. El manejo por control remoto nunca era tan exacto como el directo. A pesar de que las órdenes viajaban a la velocidad de la luz y los técnicos aseguraran de que a una distancia inferior a los 150.000 km nuestro cerebro no era capaz de apreciar la demora, los pilotos solían comentar entre ellos lo contrario, la mayoría lo percibía. Por eso estaba calibrando la holgura; al ser una maniobra tan precisa necesitaba acostumbrarse. Así que ignorando los chasquidos impacientes de tal vez Nicanor Arser, continuó con el proceso de adaptación. Cuando se sintió seguro comenzó con la maniobra; empezó con la aproximación orbital, describiendo una espiral cada vez más cerrada. La hélice había sido calculada para terminar frente a la Singularidad e introducirla en el contenedor. Era imprescindible mantener el ángulo correcto durante toda la trayectoria, para ello habían diseñado un sistema de colores en cuatro puntos, cuatro rectángulos: verde, rojo, azul y amarillo (bastante más sencillo que el sistema original). También habían modificado la posición de los impulsores direccionales, ahora la máquina estaba más compensada y reaccionaba mejor.

Gael, dentro de su casco mental, notaba la tensión, concentrado en los parámetros. Condujo el aparato sin fallos, manteniendo la velocidad y la posición adecuadas en todo momento. Cuando se activó la señal convenida, activó los motores antigravedad e invirtió el impulso de los mismos, frenando progresivamente el vehículo hasta que la Singularidad quedó atrapada en su interior. Un vistazo al contador de batería le indicó que le quedaban menos de dos minutos; tras calibrar los cuatro motores, accionó el generador y ordenó cerrar la escotilla.

—¡Perfecto! ¡Muy bien, capitán! Singularidad atrapada y produciendo energía.

El piloto, aunque estaba a menos de dos metros, escuchaba en la lejanía la voz de Nicanor. Algo llamó su atención; de las profundidades del espacio, entre dos asteroides, estaba surgiendo algo que no debería estar allí… parecía un rostro, la cara de un niño para ser más exactos, que aumentaba de tamaño y se aproximaba a una velocidad imposible.

—¡Socorro! ¡Ayúdame! ¡Me tienen encerrado! —gritaba con una desesperación desgarradora.

Gael se arrancó el casco de golpe y de un tirón desconectó el cable del extraño ordenador. El Dr. Arser aplaudía eufórico y la Dra. Méndez se deshacía en elogios hacia él. Ninguno se percató de su desconcierto, ni de su mirada fija y desafiante hacia la computadora.

¡¿Pero qué carajo es eso?! —pensó. *¿Por qué no tiene conexión inalámbrica? ¡Esto de los cables es prehistórico!*

Alexia, tras escuchar los gritos de euforia, subió a la cabina del capitán. Por quinta vez seguida, Gael acertaba con la simulación. Cuando subió quiso empaparse de la alegría de los dos científicos, pero el rostro pétreo del capitán se lo impidió. Parecía preocupado, algo extraño en él, siempre tan seguro de sí mismo, por lo menos en las cuestiones referentes a su cargo; en otras no se mostraba tan seguro, por ejemplo, cuando estaban a solas (y ya era el cuarto día de viaje) se comportaba de forma extraña, a veces se aproximaba a ella para luego retroceder como un niño asustado, nada propio de un hombre de su edad y que había combatido contra piratas y marcianos. Alexia por su parte había decidido pasar al ataque, le gustaba y se sentía atraída por él, creía haberle dejado claro que no le importaba la diferencia de edad; sin embargo, él parecía no captar las indirectas. Igual era por el trabajo, tal vez sería mejor esperar a terminar la misión, pero ella era una mujer de acción; de todas formas, el juego la había mantenido entretenida durante las largas horas espaciales.

—Felicidades, capitán Paulsen —le dijo exhibiendo una sonrisa.

—El mérito es de todos —contestó forzando una sonrisa.

Incluso Omar asomó su cabeza pelada por la escalerilla y levantó el pulgar triunfante.

—Bien, será mejor que nos vayamos a descansar —interrumpió Gael—, mañana será un día muy largo, he programado la velocidad para llegar a Ceres a las siete. Después tardaremos en descargar unas tres horas, opino que la reunión con el contacto sea lo antes posible, cuanto menos tiempo estemos en el planetoide mejor, no es precisamente un lugar turístico.

Una hora después, Alexia se revolvía en su cama, inquieta por lo que le esperaba al día siguiente. Gael la había convencido para bajar con ella y Omar a la superficie, eso la tranquilizaba bastante, los dos eran excombatientes y seguro que eran capaces de protegerla. Trataba de anticiparse a la reunión con el minero, suponía que sería un tipo de modales rudos. Afortunadamente, el capitán estaría con ella, estaba segura que él sabía tratar con esa clase de gente. Aunque ella tuviera la última palabra, cabía la posibilidad de que la engañaran y fracasara ante Jeringan. Luchó contra los pensamientos negativos, era una mujer fuerte, preparada e inteligente, no se iba a dejar amilanar por unos cerianos. Además, iban a estar en contacto con los científicos por radio, eran capaces de saber si las coordenadas eran ciertas o no, consultando la base de datos de Atenea.

El oficial los miraba con estudiada indiferencia.

—Omar Thiam, Alexia Lombard y Gael Paulsen —al pronunciar este último nombre, su mirada se detuvo en el rostro del capitán, como si le resultase familiar, aunque no realizó comentario alguno—. Así que quieren descender a Ceres, supongo que saben lo que hacen. La Federación recomienda no acudir al planetoide, si lo hacen es bajo su absoluta responsabilidad.

—Estamos de acuerdo —intervino Omar con aire marcial.

—Tendrán que firmar un documento que lo confirme, la Federación no se hace responsable de lo que les ocurra una vez hayan cruzado la frontera —explicaba el oficial, mientras tecleaba—. ¿Motivo de la visita?

—Negocios —dijo Alexia, disimulando los nervios.

—Ya, claro, negocios… —comentó el militar con ironía, sin dejar de rellenar el documento—. ¿Tiempo estimado de la estancia?

—Unas horas, esperamos partir esta misma noche—contestó la joven.

—¿Llevan algún tipo de arma defensiva? Les informo que las leyes cerianas lo permiten y que nosotros lo recomendamos.

—Afirmativo —contestó Gael, tratando de dejar clara su condición de exmilitar—. Son tres pistolas electromagnéticas, no letales, capaces de dejar a un tipo fuera de combate durante horas, a una distancia de 40 metros —continuó, mostrando el interior de un maletín metálico y con cierre de seguridad.

—¿Puede mostrarme la documentación?

—Son las reglamentarias de capitán de carguero —contestó mientras le enseñaba las credenciales electrónicas.

—Espero sinceramente que no tengan que usarlas.

Media hora después embarcaron en uno de los continuos transportes automatizados que descendían y ascendían mercancías, desde la estación controlada por la Federación hasta Ceres (una de las consecuencias de la guerra contra los piratas del cinturón). Cuando se posaron en tierra todavía estaban en territorio federal, aún les quedaba atravesar la frontera, custodiada por tres soldados; le mostraron los visados a la sargenta.

—Todo correcto, pueden colocarse las armas en el cinturón, ya les custodiamos el maletín aquí, si quieren. Me da la sensación de que saben dónde se meten —decía la sargenta, mientras los estudiaba con ojos expertos. Pero permítanme unos últimos consejos: procuren volver antes de que anochezca, muévanse, no conviene mantenerse mucho tiempo en el mismo lugar y no llamen la atención, aunque eso es difícil... todos sabrán que son colonos nada más verles.

«*¡Buena suerte!*» —escuchó Alexia mientras se alejaban de la frontera.

Habían conseguido contactar con el minero de madrugada, les había dado una dirección y habían acordado verse a las 15:30; miró la hora para comprobar que tenían tiempo de sobra. Cuando doblaron la primera esquina del túnel, Alexia tuvo la primera visión de la colonia de mineros. Un cosquilleo invadió su estómago, había supuesto que se iba a parecer a la zona terrícola de la Luna; sin embargo, era muchísimo peor...

La caverna en la que derivaba el espacio-puerto, dominado por la Federación, conectaba directamente con la calle principal de Ceria, la mayor ciudad-gruta del planetoide; el olor casi la hizo vomitar; pocos llevaban nanotraje, lo que provocaba que la mayoría de los habitantes presentasen unas deformaciones terribles, debido a la baja gravedad y a la exposición al viento solar.

El horror de la joven aumentó cuando advirtió de la cantidad de niños tullidos que vagaban sin rumbo con la mirada perdida, carente de cualquier signo de felicidad infantil. Cuando un grupo de estos infantes se percataba de la presencia de los colonos los asaltaban pidiéndoles comid. Ella entregó las cuatro barritas energéticas que traía consigo a los primeros afortunados que se le aproximaron.

También sentía las escrutadoras miradas de los adultos, habían elegido una vestimenta avejentada y de colores oscuros, en un vano intento por pasar inadvertidos; miró a su izquierda y allí estaba Omar, con su impresionante presencia, a unos dos metros por detrás; sus ojos vigilaban a los transeúntes y su pétreo rostro indicaba que no era precisamente una presa fácil. Gael, en cambio, caminaba a su derecha, con aparente despreocupación; llevaba puestas las hologafas, que le indicaban la ruta, así como el transporte que debían coger. Él la miró y sonrió:

—Camina como si una fuerza invisible te protegiera —le susurró.

Pensó que era una frase absurda, sin embargo, la tranquilizó, también había escuchado cómo sus dos compañeros habían acordado un protocolo a la hora de desplazarse por Ceres.

La estación de magnetotren era con creces la más obsoleta que había pisado en su vida, aunque notó un cambio en el ajuste del nanotraje, lo que indicaba que disponía de gravedad artificial; y eso era probablemente la razón por la cual, en cada esquina de la misma, podían observarse refugios improvisados, hogar de decenas de pobres diablos, fabricados con plásticos y mantas viejas. En este caso, tuvo que hacer uso del pañuelo impregnado con inhibidores de olor, que llevaban por recomendación de Omar.

Casi sesenta minutos después, y tras una horrible experiencia en el transporte público ceriano, se detuvieron ante su destino; era claramente un burdel, no obstante, el buen aspecto que presentaba desentonaba con el resto del paisaje. Cuando entraron tuvieron que esperar unos segundos a que sus ojos se acostumbrasen a la exigua y rojiza iluminación que bañaba el local. En el camino hacia la barra, donde les esperaba un desfigurado camarero, observaron una pista de baile con varias barras desde las cuales las damas bailaban insinuando sus curvas. Las mesas semicirculares, flanqueadas por sofás tapizados con falso cuero granate, estaban ocupadas por clientes y prostitutas que reían, bebían, acariciaban, negociaban... ejerciendo las antiguas artes del oficio más viejo del mundo.

—Queremos ver a Julio —le dijo Gael al deforme, mientras apoyaba las dos manos en la barra.

El barman les señaló un reservado, ubicado en la parte izquierda del local. Una de las chicas se colgó del brazo de Omar, para después susurrarle algo al oído, pero se deshizo de ella y se dirigió al lugar señalado. Alexia entró detrás del capitán. Omar se colocó estratégicamente debajo del marco, manteniendo la cortina abierta y vigilando los dos ambientes.

El minero les esperaba sentado, flanqueado por dos jóvenes semidesnudas, a las que despachó con una educación impropia del local.

—Buenas tardes —les dijo mientras se incorporaba y les ofrecía la mano.

Alexia le devolvió el saludo, sorprendida porque el tipo exhibía una impecable dentadura, algo extraño en el planetoide, según había podido comprobar en las pocas horas que llevaba.

—¿Eres Julio? —intervino un cortante Gael.

—Por supuesto que sí.

—¿Y cómo podemos saberlo?

—¿No querrás que te enseñe el título de bachiller, tipo duro?

—Vale, tranquilos, necesitamos una prueba, tiene su lógica, ¿no crees? —interpeló Alexia con tono conciliador.

—Está bien, estáis buscando un objeto del tamaño de una pelota, con la gravedad de un planetoide como este.

—Ahora empezamos a entendernos —dijo Gael mientras se sentaba—. ¿Tienes las coordenadas?

—Por supuesto que sí. ¿Habéis traído el cheque electrónico?

—Aquí lo tengo, falta mi identificación biométrica para activarlo —le contestó Alexia mostrando una tarjeta del tamaño de una mano.

—No quiero ser descortés, pero… ¿puedo ver la cantidad?

La doctora se la mostró, pero sin soltar el cheque.

—Muy bien, aquí las tenéis —dijo entregándole un cristal de memoria.

Alexia lo colocó sobre su UA, transmitiendo los datos a Atenea; la voz de Sonia le confirmó que los habían recibido y que necesitaban unos minutos para comprobarlas.

—¿Sabéis? —comenzó a hablar Julio—. Podía haber vendido el objeto a cualquiera, incluso igual hubiera sacado más dinero. Pero, aunque no lo creáis, soy un idealista, creo en *Los 10.000*, en su proyecto de llevar allí a parte de la humanidad. Para mi es demasiado tarde, yo nací aquí en Ceres y mi única opción es buscarme la vida, tratar de pasarla lo mejor posible, pero mantengo la esperanza de que mi descubrimiento ayude a Helio Génesis a llevar a personas a Theia.

Alexia miró al tipo reconfortada y tras unos minutos de charla amistosa recibió la llamada de Sonia comunicándole que todo estaba en orden. Le autentificó biométricamente el cheque y se despidieron, con sendos apretones de manos.

—Buena suerte, amigo —le deseó Gael, mientras era seguido por la doctora.

Pasaron frente a cuatro tipos sentados en una mesa con un montón de botellas vacías, lo que delataba que llevaban varias horas bebiendo. Uno de ellos, el más corpulento, con casi dos metros, pelirrojo y con una horrible cicatriz en el rostro, agarró el antebrazo de Alexia…

—¡Quiero pasar un rato con esta zorrita! —gritó por encima de las risas de sus compañeros.

Alexia, sorprendida y asustada, trató en vano de zafarse del agarre. La mano de Omar apareció por detrás, asiendo la muñeca del minero y girándola con un eficaz movimiento que hizo que soltara a la mujer a la vez que gritaba de dolor; con la otra mano, el exmilitar sujetó de los pelos la enorme cabeza pelirroja, usándola para golpear brutalmente en la nariz a uno de los compañeros, que acudió en ayuda del minero; cayó aquel al suelo seguido de un torrente rojo, con las manos en la cara y retorcido de dolor. Omar, manejando al gigantón como si fuera un muñeco, terminó por dejarlo inconsciente, estampando hasta en tres ocasiones su enorme cabeza contra la mesa.

Alexia vio un resplandor que alcanzaba a uno de los otros dos, que se incorporaban en auxilio de sus colegas. Lo recibió el que blandía un cuchillo de enormes dimensiones, el inconfundible acero marciano. Cayó el arma al suelo de entre los dedos de su dueño, seguido por este que se desplomó con estrépito.

—¡No está muerto! —gritó Gael—. Solo aturdido, así que si no quieres echar un sueñecito estate quieto y las manos sobre la cabeza —decía mientras encañonaba al otro con la pistola.

Omar, ya con su arma desenfundada, amenazaba con ella a todo el que osara mirarlos. Desplazó con su cuerpo a una aturdida Alexia hasta la salida.

—¡Fuera, fuera! —le apremiaba, ahogando el grito en un susurro.

El capitán y él se miraron bajo el marco de la puerta, después dirigieron los cuatro ojos al minero, inmóvil, asustado, que aún mantenía las manos sobre la cabeza.

—Mejor no dejar perseguidores a nuestras espaldas —dijo el capitán, guiñándole un ojo a Omar.

El antiguo sargento, dibujando una imperceptible sonrisa en su negro perfil, disparó a bocajarro contra el asustado minero que perdía el conocimiento presa de un dolor insufrible.

Horas después esperaban, con la gravedad desconectada, a terminar la operación de acople de los contenedores repletos de minerales que debían transportar a la Estación Europa.

Alexia, a pesar de encontrarse en la seguridad de la nave, aún mantenía el susto en el cuerpo. Les había relatado por tres veces lo sucedido a los científicos y se había deshecho en elogios hacia sus compañeros, por cómo habían reaccionado. Ella había llegado a sentirse un poco estúpida, no había sabido responder a la amenaza... Decidió subir a la cabina del capitán para desahogarse; necesitaba hablar con él; también quería abrazarlo, pero sabía que eso no era posible, debería contenerse. Flotó hasta entrar en la cabina del capitán, estaba desarrollando una buena técnica para manejarse en la ingravidez.

—¿Estás mejor? —le dijo Gael con una cálida sonrisa.

—Sí, claro, aunque no dejo de darle vueltas al asunto, estoy decepcionada conmigo misma —contestó ella.

—¿Decepcionada?

—Sí, hoy no he sabido reaccionar, me he quedado paralizada gritando como una tonta.

—No digas eso, no te lo esperabas, nunca te habías enfrentado a una situación límite real, además el tipo era un auténtico gorila. ¿Acaso crees que yo no tenía miedo?

—No lo sé, pero yo me he sentido una carga, un estorbo.

—¿Un estorbo? No voy a consentir que digas eso, ¿te has visto tratando con el minero? Lo has hecho realmente bien.

—Lo dices para animarme.

—Negativo, señorita. Sabes que no. Has llevado la entrevista de forma adecuada. Además, para dar mamporros tenemos a Omar, esa la razón de que nos acompañe, y hay que ver cómo ha dominado al gigantón aquel, menudos elementos los tipos estos de las Fuerzas Especiales; opino que los tres hemos estado geniales, cada uno en su papel.

—Tal vez tengas razón —dijo Alexia mirando a Ceres por el cristal, con aire melancólico.

Gael le apretó la mano, ella le devolvió el gesto, sintiendo el calor de la del hombre y una sensación de ternura recorrió todo su ser.

—¿Sabes…?, hoy me he dado cuenta de la suerte que tenemos de haber nacido en la Federación —le dijo Alexia con un hilo de voz—. Nunca había visto un sitio como este, no es que no supiera que existieran, pero verlo, tocarlo, olerlo…

—Sí, sé a qué te refieres, nuestro nivel de vida no es casual, se lo debemos a nuestros padres, a nuestros abuelos… ellos trabajaron duro para construirnos un futuro. Además, nosotros controlamos la población, eso nos permite crecer de forma sostenible, dentro de nuestros recursos.

—Ya, pero… ¿has visto la mirada de esos niños? ¿Qué culpa tienen ellos?

—Ellos, ninguna. Son sus padres los que se reproducen sin control, sin preocuparse por sus hijos. Yo por mi parte no pienso sentirme culpable por ello.

—Deberíamos hacer algo para ayudarles…

—¿Y qué propones?

—Igual podríamos enviarles suministros, nanotrajes, medicinas…

—Eso resultaría inútil, el gobierno de Ceres es totalmente corrupto, se apropiarían de las provisiones y harían negocios con ellas. Además, en estos lugares, cuando aumenta la renta disponible, no se traduce en una mejora de las condiciones, sino que se incrementa la población creando un peligro añadido ya que el planetoide solo puede mantener a un determinado número de individuos.

—Puede que estés en lo cierto, pero… ¿no crees que los colonos somos demasiado egoístas? Solo nos preocupa nuestro bienestar.

Gael se abstuvo de contestar inmediatamente, meditaba mientras contemplaba el pequeño mundo.

—Opino que debemos protegernos de esa gente, ¿qué piensas que quería hacer el tipo ese contigo? Ahí abajo sigue existiendo la esclavitud, son unos salvajes, nos odian, más vale que los mantengamos a raya. Yo luché contra ellos… y sé de lo que son capaces, para ellos la vida no vale nada.

—Todos nosotros tenemos antepasados así, necesitan una oportunidad.

—Ya, pero nosotros hemos superado esa fase y lo hicimos por nuestra cuenta, a ningún pueblo lo han sacado de la miseria, son ellos los que tienen que recorrer el camino, solos, evolucionando.

Alexia pensaba en las palabras del capitán, con la mirada perdida en Ceres, no estaba de acuerdo con ellas, pero no deseaba discutir con él, se encontraba sin fuerzas, agotada… pero consciente de que le iba a costar conciliar el sueño, entonces se percató de que sus manos seguían entrelazadas y que la suya apretaba con fuerza la del capitán; agradeció profundamente que él estuviera allí, con ella, compartiendo ideas y sentimientos…

13

Víctor miró el final del cable de acero, parecía firmemente amarrado a la otra nave, la Nefertiti. Enfundado en el traje espacial escuchaba su propia respiración; iría el primero, seguido por sus dos compañeros y la caja con el armamento proporcionado por el asiático. Les separaban 200 metros y deseaba abandonar la cafetera que les había traído hasta allí, durante cuatro largos días, en un maloliente espacio reducido, con los dos tripulantes permanentemente colocados. *¡Vaya par de gilipollas!* —pensó.

Cuando recibió la orden, Víctor accionó el motor de la tirolina mecánica que los transportaría a la nave ceriana.

—Vamos allá, acordaos de las instrucciones.

—¡Esto es alucinante, jefe! —la voz de Yuri sonó a través, de los altavoces del casco —. ¿Qué tal vas, grandullón? ¿No te habrás cagado encima?

Rudolf no contestó, miraba la negrura infinita de la nada totalmente paralizado. El cable le parecía demasiado fino, no conseguía respirar dentro de ese envoltorio que supuestamente les protegería del exterior. Odiaba el espacio, la sensación de ahogo dentro de la astronave, depender continuamente de los soportes vitales artificiales, ¿y si fallaban? Solo gracias a su templanza, forjada en multitud de situaciones límite, había podido evitar perder la cabeza. Cuando notó el tirón, una maldición se le escapó de los labios, lo que provocó las carcajadas de Yuri, pero le dio igual. Cerró los ojos y se aferró al arnés deseando llegar al otro lado cuanto antes…

Tras la descompresión salieron de la cámara y se encontraron frente a frente con la tripulación de la Nefertiti. Víctor pensó que tenía que ser una broma y temió una risotada del siempre inoportuno Yuri. Se encontraron con una musculosa mujer, que parecía ser la jefa, de metro sesenta y cinco, con el pelo rapado, teñido de verde y la mitad de la cara, cubierta por un tatuaje de extrañas formas, que parecían simular algún tipo de llamas. A su izquierda, un tipo bajito, no enano, pero sí muy bajito, que no llegaba al metro cincuenta, escondía el rostro tras una poblada y descuidada barba, quizá para evitar ser confundido con un niño. Cerraba el grupo un tullido, cojo, con una extraña mueca en la boca y un descoordinado movimiento de ojos.

—¡Bienvenidas a mi reino, nenas! —les gritó la marimacho, forzando la voz para hacerla más grave—. Soy la capitana García y esta es mi tripulación. Aquí tenéis a Sídney —explicó señalando al diminuto— y este otro es Harrison.

El lisiado levantó una mano a modo de saludo.

—¡Así que vosotros sois los terrícolas, qué lejos estáis de casa! ¿Habéis pasado miedo en el espacio? —dijo el tal Harrison, tratando de ser gracioso.

Yuri comenzaba soltar una frase cuando una fulminante mirada de su jefe hizo que se perdiera en el interior de sus cuerdas vocales.

—Yo soy Víctor y estos son Yuri y Rudolf —intervino, mientras señalaba a sus compañeros— y… espero que nos llevemos bien—. El tono del mercenario denotaba una velada amenaza.

—Supongo que tú serás el jefe. Si te soy sincera, en mi opinión solo vais a ser una carga, no os necesitamos, pero no soy yo quien decide, sino ese maldito colono, el asiático.

Se refiere a Oskar —pensó Víctor.

—¡Así que vamos! Os enseñaré mi nave y vuestros nichos.

El breve paseo fue suficiente para que Víctor perdiera toda esperanza de encontrar las mínimas condiciones de higiene que consideraba necesarias. A sus compañeros, en cambio, no parecía afectarles.

Me estoy ablandando, demasiado tiempo en la City —pensó. Aunque tenía que reconocer que disponían de más espacio y que el nuevo vehículo era más confortable.

Cuando estuvieron a solas, Yuri fue el primero en hablar:

—¡Joder, qué tropa, jefe!

—Con peores elementos hemos trabajado. ¿Os acordáis de aquellos tipos del Amazonas? —añadió Rudolf, que parecía haberse recuperado.

—Los putos caníbales que se afilaban los dientes... —reía el Anguila.

—Quiero que llevéis en todo momento un arma oculta y la de mano abrochada. Mantened los ojos abiertos, compartiremos información después de comer y antes de dormir. Ya sabéis, cuchicheos, comportamientos extraños, lugares ocultos...

«¡No os confiéis! No pueden ser tan pringaos como parecen; el que los ha elegido sabe lo que hace, os lo aseguro —intervino Víctor—. Yo voy a mantener una pequeña charla con la capitana, deseo aclarar algunas cuestiones.

Dicho esto, salió en busca del puente de mando llevando dos cervezas traídas de la Luna. Después de girar por varios compartimentos, se encontró con el tullido, Harrison (si no recordaba mal), que fue quien le llevó con ella. La sala de control desentonaba con el resto por su limpieza. En las paredes de los costados llamaban la atención sendos pósteres electrónicos, que mostraban modelos desnudas, en actitudes provocativas.

—¿Te importa que hablemos a solas? —le dijo una vez dentro de la cabina.

—Ningún problema —le contestó ella, despidiendo con un gesto a su subordinado, que cerró la escotilla al salir.

Cuando se quedaron a solas, Víctor manipuló la muñeca de García, con un rápido y ensayado movimiento, inmovilizándola mientras se retorcía de dolor. Ella trató en vano de propinarle una patada, que él dominó fácilmente con una de sus rodillas. Acto seguido, antes de que la capitana pudiera gritar, el mercenario le agarró el cuello con la mano libre y comenzó a estrangularla.

—¡Vamos a ver, preciosa! —Ahogando el grito en un susurro, Víctor acercó su cara a la de la capitana—. Puede que ese rollo de «lesbianorra» tipa dura que te marcas funcione con tu tripulación o con los cerianos, pero... —el mercenario aumentó la presión sobre la tráquea, mientras ella trataba, en un esfuerzo inútil de zafarse—, pero eso no funciona ni conmigo ni con mis hombres.

García, conforme le iba faltando el oxígeno perdía fuerza, hasta que quedó totalmente exhausta, a merced de su agresor.

—Quiero que te quede claro. ¿Quién es el que está al mando? Yo me juego mucho en esto y no solo dinero, tengo en mucha estima a mi prestigio personal. ¿Está claro?

Ella, a pesar de que comenzaba a perder la conciencia asintió positivamente. Víctor sabía que probablemente pensaba que iba a morir, pero todavía no había llegado al límite. Debía asustarla de verdad, así que mantuvo la asfixia durante unos segundos más, repitiendo tres veces la pregunta, aunque ella no paraba de afirmar con la cabeza. La soltó antes de que perdiera el conocimiento; no dejó de observarla mientras recuperaba el aliento, con las dos manos en la garganta y ligeramente encorvada. Cabía la posibilidad de que reaccionara violentamente, había visto un puñal oculto en su espalda, donde se juntaban el pantalón y la chaqueta. Sin embargo, no hizo nada, no tomó el cuchillo ni trató de desenfundar la pistola.

Cuando se recuperó le lanzó una mirada con expresión desconcertada. Víctor sabía que debía ofrecerle alguna forma de recuperar, aunque fuera mínimamente, la dignidad perdida, de lo contrario podría resultar peligrosa.

—Por otro lado, te entiendo; mantener la disciplina es difícil, especialmente en un espacio tan reducido como este —continuó Víctor en un tono conciliador, mientras le ofrecía una cerveza—. ¡Pruébala, está buenísima! No quiero menoscabar tu autoridad delante de tu tripulación, pero que quede claro que debes aceptar mis sugerencias. ¿Estamos de acuerdo? —le preguntó entretanto le ofrecía un brindis con su botella.

—Está bien, tío —le contestó devolviendo el gesto.

—¿Sabes qué es esto? —le preguntó Víctor, mostrándole un objeto ovalado del tamaño de una pelota de tenis.

—Por supuesto, es un localizador cuántico. No me digas que el carguero colono lleva uno.

—Afirmativo, veo que eres rápida, me gusta. Suponía que nuestro amigo, el asiático, nos iba a traer a alguien competente —dijo el mercenario tratando de subir el dañado ego de ella.

—Excelente, podremos seguirlos a gran distancia, sin darles opción a que nos detecten.

—Tendremos que esperar a que recojan algún tipo de mineral, después se lo arrebataremos; por cierto, es importante que no haya heridos. ¿Serás capaz? Ellos van desarmados.

—¡Claro que sí! Llevamos unos misiles especialmente diseñados para destruir motores, eso los dejará a la deriva. En ese momento solo les quedará rendirse.

—Vale, el localizador nos avisará cuando lo hayan recogido.

—¿Nos avisará? Pero… ¿cómo? —preguntó la capitana, con cara de duda.

—No tienes por qué conocer todos los detalles —contestó Víctor parafraseando a Oskar, evitando reconocer ante García que él también lo desconocía—. Ya sabes cómo funciona esto.

La capitana asintió encogiéndose de hombros, después extendió la mano pidiéndole el aparato al mercenario, este se lo entregó sin vacilar y ella, girando media vuelta la parte superior, lo activó. Tras algunos interminables segundos, el testigo luminoso pasó de rojo a amarillo y finalmente a verde, momento en el cual ella lo colocó sobre el lector de dispositivos, situado en el panel de control. En uno de los monitores apareció el mensaje del programa indicando que lo reconocía y que buscaba las coordenadas de su gemelo.

—¡Estupendo! —exclamó García—. En unos minutos los tendremos localizados.

Esperaron en silencio degustando las cervezas, hasta que el avisador acústico rompió el silencio y mostró primero un mapa general del Sistema Solar, que se iba haciendo más concreto, para finalmente representar el planetoide y la nave buscada, en sus inmediaciones.

—¡Ahí están! —exclamó ella—. Estamos cerca, muy cerca, abandonan Ceres. Dejaremos que se distancien y los seguiremos, a una distancia tal que no nos puedan detectar.

—Muy bien, lo dejo en tus manos.

Víctor apuró de un trago lo que le quedaba y tras despedirse con una sonrisa, abandonó la estancia.

La capitana García se sentó en su butaca, pensando en lo que acababa de ocurrir. Le asaltaban pensamientos ambivalentes, entre el deseo de venganza y el miedo al mercenario. Finalmente decidió que lo mejor, lo más inteligente, era cumplir con su cometido, terminar el encargo y cobrar. Resolvió por el momento abandonar los planes que había maquinado de robar el cargamento, secuestrar a los colonos y pedir rescate.

Víctor abandonó la sala de mando con estudiada tranquilidad. Creía haber asustado lo suficiente a la corsaria, pero no estaba completamente seguro; no obstante, sonreía para sus adentros, ella no se había percatado del micrófono que le había colocado bajo la mesa.

14

¡Era un ataque! ¿Qué otra cosa podía ser? Además, justo en el momento adecuado. Cuando eran más vulnerables, después de acoplar el contenedor con la Singularidad. La nave sospechosa, que se había acercado con todos los sistemas apagados simulando ser una roca, había encendido los motores a la distancia precisa, un viejo truco de piratas, para retardar el momento de ser detectados. Escuchó los gritos de júbilo de sus compañeros, tendría que darles la pésima noticia, todavía creían que la misión había sido un éxito. Pero antes debía asegurarse.

—Atenea, ¿de qué tipo de nave se trata?

—Según mis archivos es un modelo antiguo, un carguero clase A de hace 20 años. Aunque modificado, detecto modificaciones en el casco.

—¿Podrían ser acoples para montar armas? —interrumpió Gael.

—Afirmativo, 85% de probabilidad.

—¡Mierda! ¿Velocidad estimada? ¿Puedes ver sus motores?

—Por la estela parecen tres impulsores G 3800, habrán sido montados después, ya que no pueden ser los de serie. Estimo que la máxima velocidad está entre 8 y 8.4.

—¿Tiempo para el contacto?

—Según mis cálculos los tendremos encima en dos horas y diecisiete minutos.

—Ellos creen… que trataremos de huir —pensó Gael en voz alta, mientras se ponía en la piel de los corsarios.

Por otro lado, no se podía explicar cómo los habían localizado; que les hubieran seguido era imposible, ya que habían navegado en círculos y en zigzag, en varias ocasiones; estaba totalmente seguro de que no podía ser eso. Entonces… ¿por qué estaba esa nave allí? Tal vez esa maldita cosa, el siniestro ordenador, del que el Dr. Arser no se separaba, tenía algo que ver. Aunque en las simulaciones no había vuelto a tener problemas con él, cuando preguntaba a Alexia o a alguno de los científicos le contestaban con evasivas, pero eso era otro problema, primero debía resolver el inmediato.

Analizó la situación, llevaban un carguero, arrastraban el contenedor con la Singularidad, seguido de cuatro más, llenos de toneladas de minerales que habían recogido para Helio Génesis, con la intención de pasar desapercibidos. En ese momento, una frase le vino a la mente: «Surge allí donde tu enemigo no te espere», era una frase de Sun Tzu (El arte de la guerra), un manual militar escrito hace más de dos mil quinientos años, pero en plena vigencia todavía. «Utiliza el shih...», y una descabellada idea le vino a la cabeza…

—Atenea, si tratamos de huir, ¿en cuánto tiempo nos darán alcance?

—En tres horas y cuarenta y siete minutos.

—Vale, según Sun Tzu debemos usar el terreno a nuestro favor. Calcula el diámetro y la gravedad del asteroide que tenemos enfrente.

—Entendido, capitán.

Gael descendió al comedor, que también servía de sala de reuniones.

—¡Silencio, por favor! —Su voz se alzó por encima de la de los demás y los cuatro le miraron expectantes, a la vez que las risas iban desapareciendo de sus rostros al observar la pétrea cara del capitán que por un momento se quedó en blanco, no había pensado cómo lo iba a explicar.

—¡Nos atacan! —dijo finalmente—, se aproxima una nave armada y estoy convencido de que viene con intenciones hostiles.

Gael miró las reacciones de sus compañeros, tratando de buscar algo extraño, inesperado…

—¿Piratas? —preguntó Omar, rompiendo el silencio—. ¿Puede ser una casualidad?

—Es posible, pero… —Gael dudaba si compartir sus especulaciones— me resulta extraño, han sabido en que momento éramos más vulnerables.

—Tal vez el tipo ese, el minero, nos haya vendido —continuó Omar—. ¡Malditos cerianos, no te puedes fiar de ellos! Si lo cojo…

—¿Julio? No parecía que tuviera intención de traicionarnos —añadió Alexia.

—¿Puede que nos hayan seguido? —preguntó Sonia.

—Todo eso es posible, pero… lo primero es librarnos de nuestros perseguidores —intervino Gael.

—¿Y no podemos huir? —preguntó Alexia, visiblemente nerviosa.

—Sería inútil, nosotros partimos de cero y ellos ya llevan una gran velocidad, además Atenea solo puede alcanzar 7.2 frente a los 8.4 que estimo que pueden alcanzar ellos.

—Entonces… ¿qué opciones tenemos? —preguntó ella, recordando que era la jefa de la misión.

—La primera con la que yo no estoy de acuerdo es rendirnos, es fácil suponer lo que quieren…

—¡Entregar la Singularidad…! ¡Jamás! —intervino Sonia visiblemente exaltada.

—Pero no podemos descartar esa opción —añadió Nicanor asustado—. Capitán... ¿están armados los piratas?

—Seguramente sí. ¿Qué clase de piratas serían, sino? Y antes de que me lo pregunte alguien, nosotros no, es ilegal llevar una nave armada.

—¿Qué podemos hacer, entonces? —continuó Arser.

—¡Capitán, deseo oír alguna otra sugerencia! Has dicho que no estabas a favor de esa opción —dijo Alexia, alzando la voz y olvidándose del tratamiento formal.

Gael la miró; en sus ojos había determinación, no tenía miedo, le gustaba aquella chica, sería inútil negarlo, hermosa, inteligente, decidida… Se sintió estúpido, cómo podía pensar ahora en eso, en estos momentos…

—Es un plan un tanto descabellado, pero de los que suelen funcionar —Gael sonrió, miraba a sus interlocutores con extrema seguridad, volvía a sentir la adrenalina, la emoción, el miedo… de los instantes precedentes a un combate.

—Nuestro piloto es el capitán Paulsen —comenzó a hablar Omar con solemnidad—, el mejor de la Federación. Responsable directo de la victoria en la batalla de Titán, tengo entendido. Nadie ha conseguido superar sus puntuaciones en los simuladores de combate. Yo estoy con él.

—¡Yo también! No podemos entregar la Singularidad, el futuro de la humanidad está en juego —añadió la Dra. Méndez.

—Pero… ¡¿os habéis vuelto locos?! —suplicó un asustado Nicanor—. ¿Acaso llevamos armas?

—No, no llevamos, esto es una nave de carga, lenta y pesada, pero aún no nos han cogido.

Alexia sintió la mirada de los cuatro, ella tenía la última palabra. Los ojos del Dr. Arser le rogaban que no decidiera lo que quería; era una elección difícil, pero nada les aseguraba que rendirse significase la salvación. Además, ella por nada del mundo deseaba entregar el extraño objeto que habían capturado. Las caras de los otros tres la terminaron de convencer.

—Capitán, lo dejo en sus manos.

—¡Muy bien! Atenea… ¿Cuánto nos queda para el contacto?

—Una hora y cincuenta y seis minutos.

—Prepara la nave para las maniobras evasivas, inicia cuenta atrás, recordatorio cada cinco minutos. El resto, amarrad bien vuestros pertrechos, vamos a hacer bailar a este cacharro.

Perkins, el avaboot, abandonó su hueco manejado por la computadora central, dispuesto a cumplir la orden del capitán.

Nicanor, horrorizado, observaba a sus compañeros abrazado al ordenador y sin mediar palabra, tratando de asimilar lo inevitable.

—Capitán, la nave hostil pretende contactar con nosotros —resonó la femenina voz de Atenea.

—Mantén silencio, cómo si no los recibiéramos...

Víctor observaba triunfante, en pocas horas habrían completado la misión, la capitana había resultado ser competente. No entendía de maniobras de combate espaciales, pero ella le iba explicando el proceso y al parecer todo estaba saliendo según lo previsto. Sentado junto a ella en la cabina de mando, se sentía pletórico, le estaba cogiendo el gusto al espacio.

—No contestan —le dijo la capitana—, es extraño, pero no lo hacen.

—¿Es posible que no nos reciban?

—Lo dudo, salvo que tengan alguna avería, lo más probable es que no quieran contestarnos.

—Eso quiere decir que no se van a rendir —dijo Víctor cuando las palabras de Oskar le vinieron a la mente, le había insistido en que el material era extremadamente peligroso, cabía la posibilidad de que estuvieran muertos, tal vez lo que habían recogido era radioactivo o algo así. Decidió que era el momento de compartir esa información con la capitana.

—García, existe otra posibilidad, el asiático me comentó que el material que iban a recoger era peligroso… no descartemos la opción de que estén muerto.

—¡Joder, tío! ¡Me estás acojonando! ¡¿Qué coño iban a recoger?!

—Para serte sincero lo desconozco —le confesó el mercenario—, nuestro amigo no me lo quiso decir.

—¡Mierda! Nefertiti, ¿detectas radiactividad o algo anómalo alrededor del objetivo?

—Negativo, capitana, las lecturas son normales —contestó la computadora de la nave pirata.

Los dos se miraron, García decidió comprobar manualmente las lecturas mientras el otro la contemplaba en silencio.

—Todo correcto —dijo ella finalmente—, de todas formas, tendremos cuidado…

—Tiempo estimado para el contacto 25 minutos—. La tranquila voz de Atenea contrastaba con la tensión que se respiraba a bordo.

—Tiempo límite, cada uno a sus asientos, en cualquier momento desconectaremos la gravedad artificial —Gael se esforzaba en modular un tono tranquilo, mientras hablaba por la megafonía.

Alexia, sentada junto a él, sabía que si superaban el primer escollo de su plan necesitaría sus dotes diplomáticas. En la pantalla el enemigo se iba haciendo cada vez más visible, todo su cuerpo se concentraba, con el casco de capitán puesto se fusionó con Atenea. Cada célula, cada átomo de su ser se preparaba para el combate. *Vamos gordita, demuestra lo que sabes hacer* —hablaba mentalmente con la nave. Repasó cada movimiento de la maniobra que había planeado…

—Diez minutos para el contacto.

La frase de la computadora lo sacó de su éxtasis, desconectó la gravedad a la vez que encendía los motores a plena potencia, dirigiendo la astronave hacia el asteroide en una aparente maniobra suicida.

—¡Han encendido motores! —gritó la capitana—. Se dirigen a esa roca.

Habían decidido acercarse de forma más cautelosa. García comprendió que era un pequeño error, el disparo sería un poco más complicado. Vio que Atenea desaparecía bajo el meteorito, comprendió lo que ocurría: usarían la gravedad del asteroide para impulsarse y escapar en sentido contrario. En cambio, ellos, debido a la elevada velocidad que traían, necesitaban realizar una gigantesca parábola para conseguir dar la vuelta, lo que les haría perder mucho tiempo. Necesitaba actuar rápido, disparó dos misiles antimotores sobre el meteoro, donde calculó que aparecería su presa.

Alexia no consiguió reprimir un grito, la brutal aceleración la incrustaba contra el asiento y notaba cómo el estómago a duras penas conseguía mantenerse en su lugar.

—Capitán, el enemigo ha lanzado dos misiles con sensor térmico.

Gael no contestó, manejaba en silencio los controles. Alexia mantenía la vista fija en la simulación holográfica, que reproducía la batalla. Vio como ellos, en azul, se alejaban del gigantesco asteroide; la nave pirata, representada en amarillo, volaba en sentido contrario, aunque unas rayitas rojas intermitentes, con pitidos cortos, se aproximaban a ellos con asombrosa velocidad.

—¿Tiempo para impacto? —preguntó el capitán.

—Seis minutos y cincuenta y tres segundos —contestó la computadora.

—¡Atenea, recordatorio en múltiplos de treinta segundos, cuenta atrás cuando resten treinta segundos y cronómetro en pantalla!

Unos números aparecieron en la esquina superior izquierda de la representación holográfica.

—A mi señal, cuando diga uno abres compuertas izquierdas de los contenedores cinco y tres y las derechas de los dos y cuatro; cuando diga dos sueltas el cinco, el cuatro y el tres.

—Entendido, capitán.

Durante los siguientes minutos ninguno pronunció palabra, absortos en la pantalla, contemplando como los misiles se acercaban, escuchando los pitidos y los mensajes de la computadora.

—Un minuto, capitán.

—¡Vale, cariño, voy a hacerte bailar! —gritó Gael, mientras manejaba los controles haciendo rotar la nave sobre su eje.

Alexia agradeció estar atada a su asiento por medio del arnés, notaba como su cuerpo era empujado hacia las paredes mientras la nave giraba más y más rápido, a modo de peonza. Le consoló escuchar los gritos histéricos de sus compañeros, no era la única. A pesar de todo estaba pendiente de la contienda, observó que los testigos rojos aún seguían acercándose…

—Catorce segundos —la impasible y sexy voz de Atenea continuaba con la cuenta atrás.

—¡Uno! —gritó Gael.

Las compuertas de los contenedores se abrieron, el movimiento rotatorio provocó que cientos de toneladas de minerales se esparcieran por el espacio, creando un muro protector entre los misiles y su presa.

—¡Dos!

Los contenedores se soltaron liberando el poco material que les quedaba. Ninguno notó las explosiones, pero las rayas rojas desaparecieron de la pantalla, señal inequívoca de que habían impactado contra la pared de rocas.

—¡Jodeos! ¡Putos piratas de mierda! ¿Con quién creíais que os enfrentabais? —exclamó Gael exultante.

Gael dejó de imprimir el giro y la nave se estabilizó en pocos minutos, después activó la gravedad artificial.

—Atenea, ¿cuánto tiempo hemos ganado?

—Nos quedan siete horas y tres minutos.

—Dirígete hacía el sector cuatro.

Gael manipuló mentalmente la computadora y aparecieron donde antes estaba el campo de batalla una serie de carpetas. Eligió la que se llamaba «Frecuencias» y posteriormente la que indicaba «Cinturón de asteroides». Buscó entre un par de decenas de archivos y pinchó sobre una de ellas.

—¿Qué estás haciendo? —preguntó Alexia.

Gael la miró con una sonrisa, estaba pálida como un bloque de mármol.

—Ahora estoy pidiendo ayuda. Atenea, envía una llamada junto con un algoritmo codificador a esta frecuencia, en todas direcciones.

—¿Ayuda? ¿A quién quieres pedir ayuda?

—A un antiguo señor de la guerra del Cinturón, un conocido de hace muchos años. Luché contra él en la contienda entre la Federación y los piratas.

—¿Erais enemigos?

—Sí, incluso llegó a poner precio a mi cabeza, cien mil soles a quién lograra derribarme —informó el capitán con cierto aire de orgullo.

—¿Y por qué iba a ayudarnos?

—Por dinero, es un pirata, cuando contactemos con él negociaremos un precio y tu jefe tendrá que pagarle. Lo único malo es que vamos un poco justos de tiempo.

—¡Un poco justos! ¡Es una locura! ¡Que te hace creer que el Sr. Jeringan recibirá el mensaje y pagará!

—¡Lo que llevamos vale muchísimo, por no hablar de nuestras vidas! Pero si quieres… siempre podemos rendirnos, ahora mismo les llamo y negociamos una rendición, o mejor, soltamos la carga y que la recojan.

Alexia meditó unos instantes, el capitán tenía razón, Owen no les dejaría tirados. La cabeza de Omar se asomó por la escalerilla y dijo:

—¿Va todo bien?

—Sí, todo bien, el plan marcha según lo convenido —contestó Alexia guiñando el ojo a Gael.

—Abajo tenemos un pequeño problema —continuó Omar con aire malicioso—, Nicanor ha vomitado cuando girábamos y está todo perdido, aunque el avaboot ya se está encargando de ello.

Gael pensó que lo mejor sería bajar, y tratar de tranquilizar a los científicos.

—¡Se han escapado! —gritaba Víctor a la capitana.

—No, en realidad no, solo han conseguido ganar tiempo, pero en siete horas serán nuestros. La Nefertiti es mucho más rápida que la de ellos.

El terrícola estaba irritado, los habían tenido tan cerca… Tal vez García no era tan hábil como creía, pero no le quedaba más que esperar. Un pitido en la consola de mandos le sacó de sus reflexiones.

—Están transmitiendo en una extraña frecuencia.

—¿Transmitiendo? ¿A quién? ¿Podemos descifrarlo?

—Negativo, el mensaje está encriptado. Por lo demás no hay ninguna nave federal en las inmediaciones, no pueden solicitar ayuda. Llegarían demasiado tarde; además, creo que ellos estaban incumpliendo el tratado de paz al extraer en nuestro territorio —explicó la capitana.

—Tal vez sea un farol.

—Es posible, puede que quieran engañarnos.

Patch Mountain estaba cansado, despidió a la sirvienta después de que le ayudara con la pierna biónica y se recostó en su cama. Le dolían los huesos, se sentía viejo... viejo y aburrido.

Aún conservaba un puñado de hombres a sus órdenes, dedicados al contrabando de todo tipo, incluido el de personas. Sin embargo, todas las noches recordaba los tiempos de gloria, cuando comandaba decenas de naves contra los malditos imperialistas de la Federación...

Un pitido en su consola personal hizo que volviera al presente, era una llamada en una antigua frecuencia, una que usaron en la guerra del Cinturón de Asteroides. El primer impulso fue redirigirla al hombre de guardia; era posible que por lo extraño de la frecuencia el ordenador central la había derivado a sus aposentos, o pudiera ser que estuviese registrada en sus archivos particulares.

—Tenía que ser eso último —pensó—. ¡Tal vez algún antiguo colega me necesite!

Su imaginación voló: una revuelta, otra rebelión, otra guerra contra los malditos colonialistas… Se incorporó de un salto, quitándose 20 años de encima. Desconocía la edad exacta de su viejo cuerpo, sospechaba que rondaba ya los 105 años, pero no había conocido a su madre ni la fecha de su nacimiento, mucho menos a su padre. Poseía una cápsula regeneradora, pero era muy antigua y el mantenimiento brillaba por su ausencia.

Sentado frente a la pantalla, trató de arreglarse con los dedos su enmarañado pelo canoso, a pesar de contar con menos de la mitad de los cabellos que antes aún conservaban la capacidad para rizarse en cualquier dirección. Cuando consideró que el resultado era satisfactorio, apretó la tecla de comunicación. En la consola, con multitud de interferencias, fue apareciendo el rostro de un hombre, la cara le resultó conocida. Cuando lo reconoció la parte racional de su cerebro se negaba a creer lo que veía, no podía ser, además el maldito apenas había envejecido…

Gael, al verlo, experimentó un torbellino de sentimientos: alivio, miedo, nostalgia, humillación (por pedir ayuda a un viejo enemigo), odio, pena... El antaño imponente general Mountain estaba realmente decrépito: una horrible cicatriz le atravesaba el rostro en diagonal, imponiéndose a los cientos de arrugas que había desarrollado; uno de sus ojos era biónico, pero no de esos modernos que apenas se diferencian de los auténticos; era una especie de objetivo, incrustado de mala manera en su cavidad ocular; el sano se hundía en una voluminosa ojera, oscura como el fondo de un agujero negro; sus antiguos e impresionantes hombros habían perdido cualquier rastro de musculatura, apenas sujetaban una raída camiseta y perdían la batalla contra una naciente joroba.

—Buenas noches, general —saludó, le pareció que lo mejor sería dirigirse a él usando su antiguo rango.

—¡Maldita sea! Eres la última persona en la que hubiera pensado que me podía llamar.

—El destino es juguetón, no creía que me ibas a reconocer tan rápido.

—¿Cómo podría olvidarte? El capitán Paulsen, el mayor asesino de la historia del Cinturón.

Alexia observaba la conversación situada en un ángulo que la hacía invisible al corsario. *¿Asesino?* —reflexionó. *Los héroes de un bando son los monstruos del bando contrario.* Por la expresión del pirata intuía que la conversación entre los dos no iba a tener un final feliz. Sin embargo, decidió esperar un poco antes de intervenir, así podría estudiar al anciano.

—¿Y cómo me has localizado? ¿A qué se debe tu llamada? —preguntó el general con creciente desconfianza.

—En cuanto a la primera pregunta, todavía piloto por ahí, la gente habla, ya sabes... cotillea que aún mantienes alguna zona controlada, que sigues con tus negocios, cosas así. En lo referente a la segunda, te sonará extraño, pero necesito contratar tus servicios.

—¿Mis servicios? ¡Explícate! ¡Y déjate de juegos!

—Me dirijo al sector cuatro, perseguido por una nave hostil. Necesito que me la quites de encima.

—¿Es una broma? —El anciano soltó una risotada, mientras tecleaba su consola—. Ahora os veo, ¡joder, capitán! Menuda mierda de cacharro que llevas, te van a dar, pero bien. ¿Qué te hace pensar que vaya a ayudarte? Maldito imbécil, me quedaré contemplando el espectáculo.

—Por dinero, llevo un cargamento para Helio Génesis, fijamos la cantidad y ellos te pagarán.

—¿Pagarme? ¡Yo pagaría por ver cómo te matan!

A pesar de las interferencias, el rostro de Patch Mountain indicaba que iba en serio. Alexia decidió que era mejor que hablara ella, así que salió de su rincón y se colocó junto a Gael. Con expresión aséptica, la mejor que fue capaz de imprimir a su rostro, dijo:

—Sr. Mountain, mi nombre es Alexia Lombard y en estos momentos represento a la compañía multiplanetaria Helio Génesis. Considero que es usted un hombre de negocios, así que me importan un carajo las viejas rencillas que pueda tener usted con mi empleado, el Sr. Paulsen. Como se puede imaginar no tenemos mucho tiempo, así que si quiere cerrar un trato podemos comenzar con la negociación. Si no, lamentamos haberle molestado a estas horas, cortamos la comunicación y no le importunamos más.

Tras soltar el discurso con ritmo tranquilo, se quedó mirando al viejo general corsario, tratando de que no se notara el mar de nervios en el que se había convertido su estómago.

Patch Mountain se quedó con la vista fija en ella, era evidente que estaba sopesando las opciones. Finalmente, una creciente sonrisa ganó terreno en su desfigurado rostro.

—Vaya con la fierecilla, directa al grano, vale. ¡Que se quite ese gilipollas de la pantalla, no quiero ni verlo!

Gael dudó si retirarse, pero la fulminante mirada de ella no dejaba lugar a dudas, así que se hizo a un lado.

—Bueno, señorita, esto está mejor ahora, espero escuchar su oferta.

El corsario sonreía socarronamente, sintiéndose dueño de la situación. Alexia se quedó en blanco, desconocía totalmente las cantidades que se barajaban en estos casos, Gael desde su escondite abrió las dos manos, extendiendo los diez dedos…

—Cien mil soles, general —dijo con energía.

—¿Eso es todo lo que valen usted y su carga, para la todopoderosa multiplanetaria Helio Génesis? —preguntó Patch Mountain con ironía.

—Estoy tratando de fijar un precio que la compañía pague por mí, no se crea que soy tan valiosa.

—Tal vez tus jefes no te valoren lo suficiente, preciosa, yo pagaría mucho más por ti.

Alexia sintió un escalofrío. El viejo la miraba fijamente, eso podía tomarse como un piropo o como algo mucho peor si se interpretaba de forma literal. Sabía que en esta zona del Sistema Solar se comerciaba con personas.

—¡Dígame usted cuánto quiere! Y… veré que puedo hacer.

—¿Que te parecen trescientos mil?

—Sinceramente, no creo que valga tanto, señor. ¿Puede ajustar un poco más? —preguntó mas sonó como una súplica.

Patch Mountain se tomó su tiempo en contestar, con la mano derecha se acariciaba la barbilla…

—Bien, digamos que lo podría ajustar a… y aviso, es mi última oferta, doscientos mil, en un solo pago y por adelantado.

Se quedó helada, no por la cantidad, sino por la última exigencia, eran más de las doce de la noche, ¿cómo le iban a pagar por adelantado? Su mente volaba, estaba convencida de que el pago era imposible.

—General, estoy de acuerdo con la cantidad, pero no me explico cómo pretende que le paguemos por adelantado. Sin embargo, tiene mi palabra de honor que le abonaremos la cantidad en cuanto sea materialmente posible.

—Señorita, no es que quiera poner en duda su palabra, pero el que pone las condiciones soy yo. Os enviaré un número de cuenta de un banco en Ceres, también os facilitaré las coordenadas de un punto donde tengo colocadas defensas antidestructores; si me llega el dinero derribaré a vuestros perseguidores, pero si no es así contemplaré el espectáculo.

—¡¿En Ceres?! Pero... ¿cómo hacemos el ingreso?

—No te preocupes, preciosa, una compañía como Helio Génesis puede hacer muchas cosas...

El antiguo general cortó la comunicación visual y hablada, pero mantuvo la de datos el tiempo justo para que recibieran los números bancarios y la ubicación de las defensas. Estaba eufórico, doscientos mil sin hacer nada, llovidos del espacio, su enemigo en sus manos... Un plan alternativo comenzaba a tomar forma en su cerebro, sacaría mucho más, pero que mucho más. Mantuvo en la pantalla la persecución, que era detectada por sus radares, y apretó el intercomunicador:

—Lara, acércate a mi habitación con una botella de ese whisky marciano —ordenó, necesitaba compañía, iba a ser una noche dulce y larga...

Gael comprobó las coordenadas, efectivamente existía en ese punto una gran concentración de asteroides, entraba dentro de lo posible que el general hubiera colocado allí posiciones defensivas.

—Atenea, ¿tiempo para llegar a este punto?

—Seis horas, dos minutos y treinta y siete segundos.

—¿Llegaremos antes de que el enemigo nos alcance?

—Negativo, capitán, nos faltan dos minutos y cuarenta y ocho segundos.

—Dirígete hacia las coordenadas, tendremos que aguantar dos minutos. Ahora solo queda que tu jefe pague —continuó dirigiéndose a Alexia.

Ella sin mediar palabra comenzó a escribir el mensaje, lo enviarían varias veces a la velocidad de la luz, dirección Saturno, con la esperanza de que lo recibiera algún satélite de telecomunicaciones que lo remitiese a su legítimo dueño.

—¿Crees que llegará a tiempo? —preguntó al finalizar.

—Esperemos que sí. De todas formas, eso no está en nuestras manos, solo nos queda confiar en el Sr. Jeringan, estoy convencido de que cumplirá el encargo, si lo recibe.

—Yo también, será mejor que bajemos a informar a los compañeros.

Gael la detuvo agarrándola del brazo, sabía que eso no era buena idea. Sospechaba que podía haber un traidor entre ellos, incluso había dudado de ella pero, tras verla negociando con el general, quedaba claro que si fuera ella hubiera actuado de forma diferente.

—Alexia, espera un poco, no creo que sea buena idea, sospecho que tenemos un espía entre nosotros.

Ella lo miró con sorpresa, en sus ojos se intuía una mezcla de incredulidad y preocupación.

—¿Cómo? ¿Por qué dices eso?

—Por descarte, no consigo explicar el momento del ataque, tiene que haber un traidor. Antes me he callado, pero es imposible que nos hayan podido seguir, no fuimos en línea recta, dimos varios rodeos antes de llegar a la Singularidad, precisamente para evitar que nos siguieran. Por otro lado, existe la posibilidad de que Julio, el minero, nos haya vendido, pero sinceramente no lo creo. Hablamos con él y…. Ya sé que no te puedes fiar de las palabras y menos de las de un ceriano, pero mi intuición me dice que no, que no ha sido él. Además, esa teoría no explica lo oportuno del asalto; no podemos descartar del todo la hipótesis de la casualidad, pero me parece más coherente la del traidor.

—Pero… ¿quién? No se me ocurre nadie, todos son de confianza, militantes de *Los 10.000*, yo no descartaría la opción casualidad.

—No tengo ninguna prueba, pero la traición es inherente al ser humano, las personas cambian… Deseo sinceramente estar equivocado y que tengas razón, pero deberíamos actuar con cautela; además está el ordenador misterioso, ese del cual no queréis contarme nada.

—No, no nos puede traicionar una computadora —afirmó ella con rotundidad.

Sin embargo, en su interior comenzó a crecer la sombra de la duda, recordaba las palabras de la Dra. Méndez, en las que afirmaba que podía resultar peligrosa; aunque no poseía conexiones inalámbricas, era imposible que hubiera contactado con nadie. Sopesó la opción de sincerarse con el capitán, pero la descartó; sentía que si lo hacía traicionaría a la compañía y a Los 10.000, aunque se propuso estar alerta.

—No le des más vueltas, es un modelo de última generación, sin comercializar —terminó diciendo.

—Está bien, pero no digas nada del trato con el general. Les contaremos que nos dirigimos a una zona con una gran concentración de asteroides, donde podremos despistarlos.

—Me parece bien, te seguiré el juego.

—Además no mentimos, el sector a donde vamos tiene una extraordinaria densidad de rocas. Se me ocurre algo, ¿qué te parece si llamamos a nuestros perseguidores?

—¿Llamarlos? ¿Para qué?

—Igual averiguamos algo, tampoco perdemos nada; pienso tirarme un farol, además quiero verles la cara.

—Está bien, adelante.

—Igual con tus dotes diplomáticas consigues convencerlos y se van. —Gael bromeó, mientras la miraba con estudiada complicidad.

Ella le devolvió una sonrisa mientras se erguía y se peinaba con los dedos.

—¡Adelante, llama a esos cabrones!

—Solicitan entablar comunicación —informó García mirando a Víctor sorprendida.

El terrícola sopesó la opción de no contestar; estaba enojado, no les habían respondido anteriormente, después se les habían escapado y ahora les llamaban. Finalmente le pareció que sería estúpido, incluso infantil, no responder; igual querían rendirse, o tal vez intentar algún otro truco; pero hablando con ellos conocería un poco mejor a su presa, también sentía curiosidad…

—Adelante, acepta la comunicación, escuchemos lo que tienen que decirnos.

Un hombre y una mujer aparecieron en la consola, los dos eran colonos, su pulcro y saludable aspecto no dejaba lugar a dudas. El hombre comenzó a hablar…

—Soy el capitán Paulsen, piloto del carguero Atenea, registrado como nave perteneciente a la Federación, les exijo que desistan de sus actividades hostiles y se retiren. Les informo que hemos solicitado ayuda a la Flota Federal. Nos han asegurado que en menos de cinco horas un destructor clase S acudirá en nuestra ayuda.

García desconectó los altavoces con el fin de evitar que la escucharan y dijo tapándose la boca con la mano:

—Miente, eso es imposible, aún en el supuesto de que quisieran enviarles ayuda no llegarían tan pronto. Por no hablar de las consecuencias diplomáticas que eso acarrearía, ya que incumplirían el tratado de paz. Dudo mucho que la Federación se arriesgue a iniciar una escalada de violencia.

—Entendido, conecta los altavoces.

A continuación, Víctor comenzó a hablar:

—Mire, capitán, todos sabemos que eso es mentira, ustedes estaban extrayendo material ilegalmente dentro de nuestro territorio. Sinceramente, no queremos que nadie salga herido, así que depongan su actitud y entréguennos la carga, con eso nos conformamos.

—¡Nos han disparado dos misiles! ¿Cómo que no quieren hacernos daño?

—No era armamento letal, solo pretendíamos inutilizar sus motores. Tratamos de avisarles pero no contestaron a nuestra llamada —intervino García.

—Se nos acercaron sigilosamente, con claras intenciones hostiles, no me haga reír —replicó Alexia.

—¡Esta estúpida conversación no tiene sentido! Depongan su actitud y tienen mi palabra de que no les pasará nada —exclamó Víctor procurando imprimir a su voz seriedad y amenaza—. Solo queremos la carga.

Los dos colonos no contestaron, se miraron y tras un gesto de la mujer cortaron la comunicación dejándolos sin respuesta.

—Tal vez… se lo estén pensando —comentó García sin demasiada convicción.

Víctor guardó silencio, concentrado en dominar su enfado, estaba harto de esa maldita nave colona, de ese arrogante capitán Paulsen y de esa estirada que le acompañaba…

—Me parece que voy a mandar a la mierda la maldita comisión extra —murmuró.

—Ella era ceriana, pero no consigo identificar el acento del tipo —comentó Gael mirando a su compañera.

—Terrícola, te lo puedo asegurar, últimamente he pasado mucho tiempo allí.

—¿Terrícola? Una ceriana y un terrícola —reflexionó Gael—. Esto solo puede ser una conspiración, lo que debilita la teoría de la casualidad y refuerza la del traidor.

—Estoy empezando a creer que tienes razón… Sí, será mejor que no compartamos toda la información con el resto de la tripulación.

Alexia se quedó pensativa, dirigió una interrogativa mirada a Gael y dijo:

—¿Así que esto es un combate espacial? ¿Un par de giros locos? Y después todo el rato de cháchara.

Los dos rieron con histéricas carcajadas, necesitaban liberar la tensión acumulada.

15

Mia Leduc, conocida entre sus clientes con el nombre artístico de Thalía, se encontraba con las rodillas y los codos apoyados sobre la cama. Notaba la barriga del hombre sobre el final de su espalda, soportando parte del peso de él y sus embestidas, pero lo que más le desagradaba eran su lengua y su aliento en la nuca. No terminaba de entender por qué le repugnaba tanto, era uno de los habituales, además la trataba con respeto y solía recompensarla con generosas propinas. No pudo evitar sentirse culpable.

Así que trató de aislarse contemplando las sensuales formas geométricas que la computadora dibujaba sobre la pared. *Tres meses* —pensó. *Solo eso, noventa días.*

Después de casi siete años como prostituta, Mia estaba cansada del trabajo. En realidad, no era tan mal oficio, incluso con algunos clientes disfrutaba y conseguía tener generosos orgasmos. No era el caso de hoy, llevaba un mal día y no se salvaba ninguno.

Tenía veintiséis años, era una inmigrante terrícola ganándose a pulso la codiciada nacionalidad colona, aunque nunca se había imaginado trabajando en esto. Había nacido en la localidad francesa de Rennes, en una familia que a pesar de las dificultades le había dado cariño y una infancia feliz. Cuando comenzó a entender el mundo se dio cuenta de que solo podía aspirar, como la mayoría de los terrícolas, a una mísera subsistencia sin esperanzas y con un futuro que empeoraba por momentos. Así que desde la adolescencia fantaseó con la idea de viajar a las colonias espaciales y emprender una nueva vida, radicalmente distinta a la que había conocido. Cuando cumplió los diecinueve comenzó a estudiar en una destartalada universidad municipal que no les ofrecía

163

ningún futuro. Un hermoso amor de juventud la había mantenido entretenida y alejada de su sueño de irse a vivir al espacio, pero la inevitable ruptura del mismo y el posterior desengaño provocaron que la idea resurgiese con más fuerza.

Días después de completar el cuestionario *online* del departamento de inmigración de la Federación Colona, recibió una respuesta. A Mia casi le da un vuelco el corazón, sabía que eran muy estrictos con la política migratoria; usualmente ni contestaban. Nerviosa, abrió el correo, pero al leerlo se llevó un terrible disgusto. En él le explicaban la importancia del control de población. Finalmente, tras estudiar su perfil, le ofrecieron trabajar como prostituta. Le adjuntaron un archivo con los derechos y obligaciones de los profesionales del sexo. La invitaron a leerlo y le facilitaron un enlace para que, después de meditarlo, concertase una cita personal con un funcionario colono en la embajada de París.

Enojada por la propuesta, tardó dos días en descargar el archivo. Sin embargo, el deseo de cambio y la curiosidad pesaron más que su orgullo. Lo leyó varias veces, en él le explicaban que las colonias habían legalizado la prostitución. Era un oficio reconocido, que cumplía una importante función social. Tendría los mismos derechos que cualquier trabajador colono, incluyendo la medicina regeneradora. Transcurridos siete años, obtendría un permiso de trabajo general. Entonces tendría que buscar un empleo y dos años después podría solicitar la nacionalidad. Convencida de que las ventajas superaban a los inconvenientes terminó por pinchar en el enlace, donde le dieron cita para una entrevista personal en la embajada.

Un par de semanas más tarde viajó a París en tren. Le resultó sencillo encontrar la embajada de la Federación. Estaba ubicada en el palacio de Versalles, a unos veinte minutos de la estación. Después de superar un riguroso control de seguridad, uno de los soldados la acompañó a una sala, donde le instó a que esperara.

Mia estaba fascinada por el edificio, inmenso, majestuoso… Decidió esperar mirando por uno de los ventanales, contemplando los asombrosos y gigantescos jardines del palacio. Estaba sola en la sala de espera de inmigración, había supuesto erróneamente que habría más personas. Finalmente, un robot, saliendo de un discreto hueco en la pared, se acercó a ella y la invitó a seguirlo hasta uno de los despachos. Allí la esperaba un funcionario de pie junto a su mesa, sonriendo.

—Buenas tardes, Srta. Leduc.

—Buenas tardes —contestó ella, sorprendida.

El aspecto del tipo era muy curioso: bajito, barrigón, con la cabeza en forma de pepino y sorprendentemente peludo. Había supuesto que todos los colonos eran guapos y estilizados.

—Siéntese, por favor —dijo el funcionario y señaló con su regordeta mano una silla frente a su mesa—. ¿Qué le parece el palacio? ¿Ha podido contemplar los jardines?

—Maravilloso, nunca había visto nada igual: el parque es un auténtico edén.

—Me alegra que le guste. Fue construido en el siglo XVII por orden de Luis XIV. Nosotros se lo compramos a su gobierno hace treinta y siete años. Tuvimos que invertir mucho dinero en restaurarlo, puesto que su gobierno no se preocupaba por el mantenimiento. Si no fuera por la Federación solo quedarían ruinas. ¿Qué pasó con la Torre Eiffel? La dejaron derruirse. Por el Sena flotan cadáveres, ya nadie se atreve a pasear por el centro de París. ¡La ciudad del amor! A pesar de eso tenemos que soportar que digan que hemos humillado al antaño orgulloso y poderoso pueblo francés. ¿Y… por qué? ¿Por haber instalado aquí la embajada? ¿Qué mejor forma de protegerlo? ¿Qué opina usted, señorita? —le preguntó acercándose a ella.

—Que me alegro de que lo compraran, yo soy francesa y no me siento humillada —contestó ella con seguridad, aunque sintió una punzada en el orgullo.

—Me parece una excelente respuesta —dijo él sonriendo y mirando descaradamente el escote de ella—, pero no le quiero aburrir con mis divagaciones.

Acto seguido manipuló una pantalla y continuó diciendo:

—Doy por hecho que se ha estudiado el archivo que le enviamos, así que conteste, por favor, a este cuestionario.

Mia estaba cada vez más incómoda. El funcionario tenía un insultante tono de superioridad. Luego estaban las lascivas y descaradas miradas a las que la sometía. Respondió a todas las preguntas en menos de diez minutos. El colono se sentó y comprobó que todas sus respuestas eran correctas.

—Bien, me alegra comprobar que además de rubia, guapa, ojos azules y un bonito cuerpo es usted lista y aplicada. Ahora solo nos queda la prueba práctica —añadió sonriendo.

—¿Práctica? —preguntó ella horrorizada.

—Por supuesto, tengo que asegurarme de que posee las cualidades necesarias para el trabajo a desarrollar. Así que… desnúdese, por favor.

Mia se quedó paralizada, no estaba preparada para esto, instintivamente negaba con la cabeza.

—Si no está de acuerdo, siempre puede abrir la puerta y marcharse. Olvidamos el asunto, no pasa nada, esto es algo totalmente voluntario.

Finalmente, Mia se levantó y se quitó la ropa. No pudo evitar taparse los senos con un brazo y el sexo con la otra mano. Él se levantó y le apartó el antebrazo, palpó los pechos y dijo:

—Buena calidad, me gustan —su cara reflejaba una triunfante expresión.

Después, agarrándola de la mano la llevó hasta el sofá que estaba junto al ventanal. Se bajó los pantalones descubriendo un miembro viril en máxima tensión, se sentó y comentó:

—Venga, preciosa, demuestra lo que sabes hacer.

Tiró levemente de ella que se arrodilló aguantando la rabia y las lágrimas…

Dos horas más tarde, Mia volvió a subirse al tren destino Rennes. En su poder llevaba los documentos y el pasaje que le autorizaban a viajar a la Estación Titán. Solo quedaba superar una revisión médica en la Luna, en la zona colona, antes de embarcar en el crucero. Había pasado la prueba, pero lloraba en silencio, con furia, humillada. Más que por lo que había tenido que hacer fueron las palabras de ese cerdo, con un tono falsamente cordial. Le había hablado mientras la poseía de la superioridad colona, de cómo eran ellos los encargados de preservar y disfrutar de bellezas como ella…

De los cincuenta minutos que duraba el viaje, pasó casi veinte encerrada en el mugriento lavabo, tratando de sacarse de encima el sabor y el olor del funcionario. Incluso ahora, siete años y cientos de clientes después, no recordaba haber vuelto a sufrir una situación tan desagradable. También pudiera ser que aquel día se inmunizara contra lo que tenía que venir más adelante.

En la fecha convenida, habiéndose despedido de su familia, a la que no dijo toda la verdad, emprendió el viaje. Al llegar a la Estación Titán, la recibieron unas empleadas del departamento de trabajadores sexuales. Allí recibió un curso durante diez días antes de comenzar a trabajar.

Gracias a este oficio había visitado, como acompañante, casi todo el Sistema Solar. Además, pudo estudiar una carrera, programadora de sistemas, con una gran salida profesional. Las autoridades federales daban mucha importancia a la formación de los ciudadanos.

Tenía ahorrada una pequeña fortuna; pretendía encontrar un trabajo en la Luna y establecerse allí, así podría bajar a la Tierra para visitar a su familia. También tenía acceso a la codiciada medicina regeneradora, por lo que apenas había envejecido. Cuando le daba por imaginar una valoración general, concluía que estaba satisfecha con elección de siete años atrás.

El aumento en el ritmo del cliente la sacó de sus pensamientos. Su flácido pene ganaba dureza por momentos. Ella comenzó a gemir, a menear las caderas y a susurrar mentiras profesionales... con la intención de facilitar la tan esperada explosión.

Adam Jonson, presidente de uno de los bancos más importantes de la Federación, sudaba y resoplaba sobre la joven prostituta. Generalmente le costaba llegar al clímax, aunque con ella solía ser más fácil, razón por la cual contrataba sus servicios con regularidad. Le gustaba su nórdica belleza, la calidez de sus ojos celestes, el sonido de sus falsos gemidos… El placer, con la habitual dificultad, subía de intensidad… Cuando estaba en el borde de la culminación tan costosamente lograda, el tono de llamada de su UA le hizo perder la concentración. Trató de seguir, de olvidarse, pero no pudo. Además, era el sonido especial de las personas importantes. Murmurando maldiciones comprobó que era Owen Jeringan (casi nada), el presidente de Helio Génesis.

—Un momento, Sr. Jeringan —dijo mientras se dirigía al servicio amarrando las hologafas.

Una vez sentado en el retrete, se aseguró de que la cámara estuviese desconectada y finalmente reanudó la conversación:

—Sr. Jeringan, ¿sigue ahí?

—Sí, Sr. Jonson. Antes de nada, quisiera pedirle disculpas por lo inoportuno de mi llamada. Soy consciente de que son más de las dos de la mañana y que probablemente le habré sacado de la cama. Pero no le llamaría si no fuera un asunto de vida o muerte.

—No se preocupe, no solo es uno de mis mejores clientes, también le considero una persona cabal. Sé que si me ha despertado será por algo realmente importante. Dígame, ¿en qué puedo ayudarle?

—Se trata de un asunto delicado, necesito realizar una transferencia a un número de cuenta de un banco en Ceres. Ya sé que lo puedo hacer yo mismo, pero el problema radica en que el destinatario quiere ver el ingreso esta misma noche.

—Ya entiendo, si lo transfiere usted el dinero tardaría cuarenta y ocho horas en verse reflejado. —Adam se aseguró de estar grabando la conversación—. Quiero que entienda que si accedo a su petición estaré incumpliendo varias leyes federales.

—Lo sé, y no se lo pediría si la vida de algunos empleados míos no estuviese en juego… —Owen mantuvo un estudiado silencio y continuó—. Por supuesto que le deberé un gran favor.

Adam Jonson meditó unos instantes; en la grabación quedaba claro que el Sr. Jeringan le presionaba, parecía un secuestro, eso sería alegato suficiente si había problemas con la justicia. Por otro lado, resultaba muy positivo que un hombre de tanto poder tuviese una deuda de gratitud con él.

—Está bien, lo haré, ¿de qué cantidad estamos hablando?

—Doscientos mil soles.

—Envíeme el número de cuenta, por favor.

—Se lo envío, Adam, no olvidaré este favor, se lo aseguro.

—Ya lo tengo, Owen, no se preocupe, puede irse a dormir tranquilo, yo me encargo.

—Bien, entonces... buenas noches.

—Buenas noches.

Adam Jonson se acomodó. Iba a necesitar un buen rato. Abrió su acceso al banco con su contraseña de iris y comenzó a trabajar…

Owen Jeringan había cortado la transmisión. Estaba nervioso, totalmente desvelado, el dinero era lo de menos, la deuda que acababa de contraer le preocupaba levemente; pero su mente no paraba de darle vueltas al mensaje de Alexia Lombard. Estaba claro que tenían problemas serios y que habían sido descubiertos. Se sentía impotente, no le quedaba más que confiar en ella y en su equipo. Él no podía hacer nada y eso era lo que más le irritaba...

La voz dulce y adormilada de Selena surgió de entre las sombras:

—Owen... ¿estás ahí?, ¿algún problema? Ven, no seas malo... no me dejes sola.

Él se acercó a la alcoba y se acurrucó contra ella agradecido de que estuviese allí con él.

Mia esperó desnuda sobre la cama, Adam llevaba más de media hora encerrado en el lavabo. Veía en la televisión, sin demasiado interés, un documental sobre mineros marcianos; utilizaban avaboots para extraer los preciados minerales del planeta. Especialmente el famoso hierro rojo, que luego transformaban en el preciado acero del mismo nombre.

Escuchó que la puerta se abría. Desconectó la pantalla y adoptó una postura sexy, sentada sobre las sábanas a modo de sirena. Él la miró con cierto aire de disculpa, ella exhibió una cálida sonrisa y discretamente miró el flácido pene de su cliente.

Tendré que empezar de nuevo, con lo que le cuesta —pensó. *Pero mira el lado positivo: ¡cobras por horas!*

16

«Ahora bien, haz tus cálculos antes de la batalla, porque vencerá quien los haga más completos». Gael, solo en la cabina de mando, seguía una de las directrices de Sun Tzu. La computadora proyectaba una simulación holográfica del mapa de asteroides, en las coordenadas señaladas por Patch Mountain. En ese punto, inevitablemente los piratas le lanzarían dos nuevos misiles. También aparecían las dos naves, incluyendo a escala las diferencias de velocidad. La Atenea arrastraba dos contenedores, el primero portaba la Singularidad, el segundo estaba vacío. Sopesó la idea de soltarlo, parecía un trasto inútil, aunque no le restaba maniobrabilidad; la intuición le decía que era mejor dejarlo. Llevaba horas estudiando las diferentes posibilidades; no le quedaba otra salida, debía realizar un gran sacrificio y confiar en que las defensas del general derribaran a sus adversarios. Después se esconderían, afortunadamente algunas rocas se movían a su favor…

—Hola…

Gael, sorprendido, observó que Alexia subía por las escaleras con una taza en la mano.

—Hola, ¿has podido descansar algo?

—No creo que haya dormido ni veinte minutos, estoy muy alterada. Toma —le dijo ofreciéndole el cuenco, con una papilla humeante—, pregunté a la computadora de la cocina qué alimento necesitabas y me cocinó esto, tiene algo de cafeína.

Al tomar el cuenco sus dedos se rozaron, no los apartaron; tampoco esquivaron las miradas y se dedicaron sendas sonrisas; incluso con el cansancio, las ojeras y la tensa situación en la que se encontraban, los dos pares de ojos se transmitieron ternura, complicidad y deseo…

—Gracias, la verdad es que lo necesitaba. ¿Sabes algo de los demás?

—Creo que el único que duerme es Omar. Se nota que está habituado a estas cosas. Y tú… ¿estás planificando?

—Sí, estudio las diferentes opciones, que no son muchas si te soy sincero. Es algo que hacíamos en la Flota Estelar, así estaremos más preparados. La gente tiende a pensar que los pilotos nos lanzamos a la batalla sin más, pero no es cierto, siempre que podemos analizamos hasta el último detalle; aunque los combates son imprevisibles y normalmente tenemos que saber adaptarnos, cuanto mejor lo tengas planificado mejor improvisarás. Yo, por ejemplo, después de cada enfrentamiento, ordenaba a mi computadora de combate que me reconstruyera las batallas. Así podía examinar los errores y los aciertos, tanto los míos como los de mis compañeros y los del enemigo: de esta forma, conseguía mejorar día a día.

—Vaya, así que no eres el mejor piloto de la Federación, sino el más empollón —bromeó ella—, mejor no le cuentes eso a una chica, si es que te la quieres ligar.

Alexia se arrepintió instantáneamente de haber dicho eso, era una estupidez, especialmente en estos momentos. Notó como su rostro comenzaba a enrojecer; sin embargo, Gael soltó una carcajada y con un guiño le dijo:

—No es lo único que analizo después…

Ella le acompañó con algunas risotadas, necesitaban liberar tensiones…

—Ah, cambiando de tema —añadió el piloto, rompiendo un extraño silencio que se había creado—. Volviendo al asunto del posible traidor, he estado investigando las comunicaciones, tratando de averiguar si alguien ha emitido alguna transmisión.

—¿Y…?

—Negativo, Atenea no ha registrado nada. Lo único que se me ocurre, en este caso, es que tenga un localizador cuántico.

—Eso es de las películas de espías —Alexia no salía de su asombro.

—Exactamente, pero son muy reales. He rastreado, utilizando el dron auxiliar, el casco de la nave, pero no he encontrado nada. También tengo a Perkins, ya sabes, el avaboot ese tan feo que tengo, buscando discretamente por el interior, aunque no podemos registrar las pertenencias individuales.

—¿Y si reunimos a todos y proponemos un registro general?

—Lo he pensado, pero eso sería descubrirnos. El espía sabría que sospechamos, perderíamos una baza y nada nos asegura que lo encontremos. Ha tenido días para buscar un buen escondite. Además, eso no nos sirve ahora, lo primero es librarnos de nuestros perseguidores. Si los derriban ya no tendremos que preocuparnos por ellos. Creo que lo mejor es estar alerta, confiando en que el traidor cometa un error.

Por otro lado, Gael pensaba, aunque no se lo dijo a Alexia, que si el topo resultaba ser Omar Thiam, sería peligroso ponerle nervioso. Era un tipo extremadamente duro y la única posibilidad contra él era pillarlo por sorpresa.

—Cuarenta minutos para el contacto, capitán —resonó la voz de la computadora.

—Activa los despertadores y que la tripulación se vaya preparando. En veinticinco minutos desactivaremos la gravedad.

Gael miró la pantalla. Quedaban diez minutos para que les lanzaran los misiles; doce para que atravesaran las coordenadas señaladas por el general: iba todo muy justo. Además, estaba seguro que Patch Mountain intentaría atraparlos. Había visto a Alexia, empleada de Helio Génesis, era una buena presa para un rescate. Por si fuera poco, estaba convencido que deseaba vengarse de él. *Querrá torturarme hasta la muerte*. Empezó a dudar de su decisión, así que cortó esa nociva línea de pensamiento. Necesitaba concentrarse en el plan: lo repasó mentalmente. Se mimetizó con la nave, imaginaba los motores fusionando el helio 3, los impulsores de dirección, los circuitos que los conectaban…

Alexia observaba al capitán. La imagen se repetía, la pantalla holográfica, los corsarios acercándose… El escenario cambiaba un poco, ahora estaba lleno de asteroides. Las distancias entre ellos eran grandes, pero la gran aceleración que llevaban los acercaba peligrosamente. Ahora entendía lo de las velocidades a escala, a Gael lo que le interesaba eran los segundos de separación entre las rocas. Ya que iban rápido, demasiado rápido para la densidad de rocas. Por no hablar de los micrometeoritos, especialmente ahora, con el escudo antigravitacional desactivado. De ahí la cara de preocupación del capitán; sintió miedo, un escalofrío terrible. Lo miró una vez más, ahora en su rostro solo había concentración, estaba segura que ni la veía. Confiaba en él, debía hacerlo, les sacaría de esta.

—Han disparado, capitán. Seis minutos para impacto.

Gael observaba el holograma. El enemigo se acercaba a la trampa, tres, dos, uno… el punto amarillo desapareció. Patch Mountain había cumplido su parte. Ahora le tocaba a él, los misiles se acercaban ignorantes del destino de su dueño.

—Capitán, mis sensores han detectado cuatro impactos electromagnéticos sobre la otra nave.

El general los quiere con vida —pensó.

—Dos minutos treinta segundos para impacto, capitán.

—¡Apaga motor izquierdo!

Gael inclinó la nave, ofreciendo a los misiles un ángulo más favorable, para alcanzar los motores…

—Veinticinco, veinticuatro, veintitrés…

—¡Desacopla motor derecho!

En ese momento maniobró alejándose del impulsor, de tal forma que la nave se alejó del mismo. Los cohetes anti motores mordieron el anzuelo y siguieron la estela del que estaba encendido y solitario hasta destruirlo.

—¡Toma ya! —gritó el capitán.

García contemplaba la escena triunfante, en pocos minutos serían suyos. Víctor a su lado mantenía silencio. Creyó contar hasta cuatro sacudidas, la pantalla desapareció, así como todos los testigos luminosos; quedaron a oscuras, en silencio, flotando en el espacio…

—¡Mierda, ahora qué pasa! —exclamó Víctor, tratando de agarrarse a algo, sometido a los caprichos de la ingravidez.

—¡Harrison! ¡Me oyes!

—¡Sí, capitana! —se escuchó desde algún punto de la nave.

—¡Dime qué coño ha pasado!

—¡Nos han jodido! ¡Cuatro cañonazos electromagnéticos!

—¡Atención a todos! ¡Voy a conectar la energía auxiliar! ¡Volverá la gravedad! —gritó Sídney, el enano.

La luz regresó. El sonido de múltiples cuerpos y utensilios cayendo al suelo les indicó que la atracción hacia el centro de la nave, también.

—Bueno, capitana —Víctor comenzó a hablar, mientras se levantaba—. ¿Me puedes explicar qué ha pasado?

Su felina mirada se hundía directamente en ella. García tragó saliva, sintió miedo, lo poco que conocía de él le indicaba una ira poderosa en su interior. Lo había visto luchar contra su rabia, lo mejor era ser totalmente sincera con el mercenario y tratar de calmarlo, bajó la mirada mostrándose sumisa…

—Nos han bombardeado, hemos caído en una trampa.

—¡Una trampa! Pero… ¿de quién?

—Lo desconozco, es posible que sean mineros, piratas, antiguos rebeldes… o puede que todo eso junto. Pero está claro que les han ayudado, por eso llamaban hace unas horas. Ha sido un error por mi parte no pensar en eso.

Víctor trataba de calmarse, las últimas palabras de ella habían tenido cierto efecto balsámico sobre su carácter. La necesitaba, tenía que pensar en un plan alternativo, habían disparado los cohetes, tal vez ellos también flotaban a la deriva...

—¿Y ahora qué hacemos? ¿Es posible que les hayamos alcanzado?

—Espero que sí, puede que estén en la misma situación. En lo referente a la primera pregunta, lo primero es reparar la nave —y activando el micrófono dijo—: ¡Sídney, informe de daños!

—Estoy en ello, jefa, los impulsores no funcionan. Apuesto diez de los pocos centímetros que levanto del suelo a que tienen los circuitos achicharrados.

¡Sutil! ¡Sutil!   Hasta llegar a carecer de forma.   ¡Etéreo! ¡Etéreo!   Hasta llegar a carecer de sonido.   De este modo uno puede convertirse en la estrella del destino del enemigo. Sun Tzu.

Tal y como recomendaba *El arte de la guerra*, así viajaban en estos momentos, como los antiguos, dejándose llevar por la inercia, sin gravedad.

Gael había desconectado todos los sistemas. Hacía frío, el aire comenzaba a enrarecerse, pero tenía que ser así, el mínimo rastro electromagnético los delataría y caerían en manos del general. Se dirigían a un asteroide. Había escogido uno con gran cantidad de material metálico, así ocultaría la actividad de los sistemas de soporte vital. Desconocía si estaba ocupado por mineros. Era una apuesta arriesgada pero no le quedaba otra opción, además la roca viajaba en dirección a Marte, lo que necesitaban. Cuatro horas después aterrizaban en él con estrépito. Dentro de una gigantesca cueva, afortunadamente vacía, sin explotar. La maniobra fue brusca, con el único motor que les quedaba encendido en el último momento, minimizando el riesgo de ser detectados.

Gael y Alexia explicaban el plan a sus compañeros. Atenea proyectaba sobre la mesa del comedor un holograma con el recorrido del asteroide.

—Así que… hemos escapado de unos piratas para ser perseguidos por otros peores —comentaba Nicanor visiblemente alterado—. Encima tenemos un solo motor.

—En realidad no nos persiguen, solo digo que probablemente nos busquen —explicó Gael llegando al límite de su paciencia.

—Aquí estamos seguros, viajamos gratis hacia Marte. Cuando estemos cerca encenderemos el único motor que nos queda y llegaremos en menos de dos días —añadió Alexia—. Una vez allí estaremos seguros, los piratas no se atreverán a atacarnos bajo la zona de influencia de la flota marciana. Cuando estemos en el planeta compraremos otro motor y para casa, misión cumplida. Además, el capitán tiene amigos allí, en concreto uno que posee un astillero de reparación, ¿verdad?

—Sí, eso es cierto, nos lo arreglará rápido. El G-4000 es un impulsor muy habitual, sería raro que no hubiese uno disponible en todo Marte.

—¿Y cuánto tardaremos en llegar al planeta rojo? —preguntó Sonia Méndez.

—Serán tres días en el asteroide y otros dos viajando, cinco en total. Cuando estemos seguros, enviaré un mensaje a mi antiguo colega, para que vaya buscando el motor y los recambios. De esta forma agilizaremos el proceso —explicó Gael.

—Pienso que, dadas las circunstancias, no se podía haber hecho otra cosa, el capitán ha actuado correctamente —sentenció

Omar—. Y cambiando de tema, no creo que sea prudente transportar la Singularidad con nosotros, si el gobierno marciano se entera intentará apoderarse de ella.

—En eso estoy de acuerdo contigo, debemos tomar una decisión, pero no ahora —intervino Gael.

—¿Una decisión? ¿Cómo qué? —preguntó Nicanor.

—Llegado el momento, la esconderemos —intervino Alexia.

—¿Dónde? Eso es muy arriesgado —continuó el científico con cara de asombro.

—He delegado esa tarea en el capitán; él es quien mejor conoce el cinturón. Cuando hayamos reparado la nave volvemos a recogerla y para casa.

El Dr. Arser amagó con replicar, pero Omar y Sonia manifestaron estar en total acuerdo con Alexia. Además, ella mantenía una mirada firme, decidida, dejando clara su autoridad.

—Bien, ahora lo más importante es descansar. Llevamos demasiado tiempo despiertos —añadió la jefa de la expedición sintiéndose cada vez más segura con el papel.

Los tres mercenarios estaban reunidos en su camareta y hablaban en voz baja. Yuri se apoyaba sobre el marco, para poder vigilar y asegurarse de que no eran escuchados.

—Nos la están jugando, jefe —susurraba Rudolf—. Seguramente han derribado a los colonos y ahora quieren hacernos creer que nos han disparado.

—No te fíes de los cerianos, acordaos de esa frase —apuntaba Yuri.

—Lo que decís tiene sentido; sin embargo, no he escuchado nada sospechoso desde que le coloqué el micro en la cabina. Ya sé que puede que hayan hablado con los supuestos cómplices por otros medios. Aunque debemos actuar, si estáis en lo cierto lo mejor será hacerse con el control de la Nefertiti.

—Estoy de acuerdo, ¿cuál es el plan? —comentó Rudolf, mirando a su compañero que asentía con la cabeza.

—Yo me encargo de la capitana, tú del tullido y Yuri de Sídney, el enano. Los llevamos al comedor y los interrogamos. ¡Ah, no les hagáis ni un rasguño! —la gélida mirada del mercenario se posó en cada uno de ellos, a modo de advertencia.

Media hora después, los tres tripulantes se encontraban maniatados de espaldas a la mesa. Cada uno en punto diferente, sin que pudieran mantener contacto visual.

—¡Pero qué coño estáis haciendo! ¿Os habéis vuelto locos? Estamos a la deriva, debemos reparar la Nefertiti cuanto antes, corremos el riego de chocar contra un asteroide —la voz de García registraba enfado y súplica al mismo tiempo.

—¡Malditos imbéciles! ¡Nos vais a matar a todos! Incluidos vosotros —gritaba Sídney.

Comenzó un cruce de insultos y amenazas entre Rudolf y Yuri contra los piratas. Víctor contemplaba la escena en silencio, atento a las reacciones de los prisioneros. Su instinto le insinuaba que se estaban equivocando, pero necesitaba convencer a sus dos compañeros y a sí mismo.

—Capitana, tenemos una llamada —anunció la metálica voz de la computadora, provocando el silencio de los presentes.

—¿Una llamada? ¿De quién?

—Lo desconozco, capitana, mis sensores están dañados, estamos ciegos.

—Pásamela, enfoca únicamente mi rostro, que no puedan ver que estoy atada.

Víctor, con un rápido movimiento, cortó las bridas que le sujetaban las manos. Seguidamente ordenó silencio con un gesto. En el holograma proyectado por la computadora apareció un tipo sonriendo maliciosamente.

—Aquí la capitana García, piloto de la Nefertiti, ¿qué es lo que quieren?

—Han entrado en nuestro territorio, prepárense para ser abordados. El general quiere entrevistarse con ustedes.

—¡¿En su territorio?! ¿El general? Esta es una nave ceriana, con derecho a moverse sin restricciones por el Cinturón de Asteroides, territorio de los mineros de Ceres. La Ley de las Cooperativas me asiste.

El hombre emitió una sonora y estudiada carcajada antes de añadir:

—¡Basta de gilipolleces! Están atrapados, a la deriva. Me apuesto un par de putas a que tienen los sensores achicharrados. Nos acercamos en dos naves armadas, si intentan algo los freímos.

La comunicación se cortó de golpe.

—Nefertiti, ¿a qué distancia se encuentran?

—Solo puedo realizar una estimación, utilizando el tiempo que invertía la luz en llegar hasta ellos: entre treinta y cuatro y cuarenta y siete minutos.

—¡Maldita sea! Son sus cómplices —exclamó Yuri dirigiéndose, puñal en mano, hacía García.

—¡Quieto! —ordenó Víctor y la poderosa voz detuvo el avance de El Anguila—. Bien, capitana, cuéntenos que va a ocurrir.

—¡No podemos defendernos! ¡Y mucho menos si nos mantenéis inmovilizados! Estamos jodidos.

—¿Cómo nos abordarán?

—Probablemente introducirán un gas a través del sistema de soporte vital, que nos dormirá o nos matará. Después introducirán un dron para asegurarse de que estamos muertos o inconscientes; una vez hecho esto, estaremos en sus manos. No podemos hacer nada para evitarlo y os aseguro que no tenemos nada que ver con ellos —en el tono de García se adivinaba el miedo.

—¿Qué quieren de nosotros? —preguntó Yuri.

—Mi nave, la carga, un rescate, esclavos, serán saqueadores. Posiblemente terminemos trabajando como prisioneros en alguna mina. Salvo que alguien pague por nuestra libertad.

Víctor, mientras amarraba de nuevo a García, se acordó de su profesor de filosofía. Afirmaba que sus clases servían para aprender a pensar e ir más allá de lo que uno cree saber. Este era uno de esos momentos, el mercenario se encontraba en una encrucijada. *Confiar en García y su tripulación o no confiar.*

A su mente le vino la mayéutica, inventada por Sócrates, el arte de ayudar a parir una idea. El mercenario se acordó del diálogo entre el filósofo y un esclavo sin ningún conocimiento matemático, en el que Sócrates consigue que el ignorante descubra una proposición geométrica fundamental. Sin pretender llegar a tanto miró a sus dos compañeros; evidentemente, Rudolf era el más adecuado.

Les ordenó salir de la estancia y en un punto desde el cual conseguían vigilar a los prisioneros sin ser escuchados, comenzó el interrogatorio:

—Bien, Yuri, quiero que te mantengas en silencio. Escucha atentamente, voy a realizar una serie de preguntas a Rudolf y él nos dará la opción correcta.

Los dos le miraron asombrados, aunque se lo tomaron muy en serio. Sabían que si existía alguien capaz de sacarles de esta, ese era el legendario Víctor…

—Vale, vamos a suponer que descubrimos que nos han traicionado, ¿qué hacemos con ellos?

—¡Liquidarlos! —contestó Rudolf con total seguridad.

—Vale, una vez eliminados… ¿qué hacemos? ¿Alguno de nosotros sabe manejar este trasto?

—Pues… no.

—Entonces, ¿estamos indefensos?

—Sí.

—Bien, Yuri, apunta, primera opción: los eliminamos y seguimos igual, indefensos.

—Rudolf, si no los eliminamos ¿qué otra cosa podríamos hacer con ellos?

—Negociar, exigimos que nos lleven a la Tierra.

—Eso es absurdo, no llegaríamos, necesitaríamos que alguien pilote la nave y tarde o temprano nos eliminarían; eso suponiendo que les importe la vida de García y sus tullidos.

Los tres se miraron, Yuri fue el primero en hablar:

—No tenemos alternativa, nos van a capturar.

—Sí, debemos prepararnos para eso. Si no nos matan nos escaparemos, de peores situaciones hemos salido. Sinceramente, no creo que nos hayan traicionado, será mejor soltarlos y si me equivoco, tampoco tendrá ningún cambio en el resultado final.

Sus compañeros asintieron y se dirigieron al comedor, dispuestos a liberar a la tripulación...

Casi cuarenta minutos más tarde, escucharon cómo alguien o algo caminaba por el casco de la Nefertiti...

—¡Ya están aquí! —exclamó la capitana.

—Me imagino a un montón de hombres sedientos —comentó Yuri mirando maliciosamente a García.

—No te preocupes por mí, cariño, todo el mundo sabe que a los piratas les gustan los blanquitos delgaditos como tú. Te recomiendo que te relajes, igual hasta le sacas el gusto y disfrutas —contestó ella riendo.

Yuri la miró y sonrió tratando de que su rostro no reflejara el miedo que se apoderaba de él. Apretó las nalgas instintivamente, cuando el olor a gas comenzó a llenar la estancia. Se sentó esperando lo inevitable, luego vino la negrura que lo invadía todo, notó que caía en un pozo oscuro y hondo...

Alexia abandonó la ducha. Se sentía limpia, regenerada; descartó vestirse con el nanotraje. El cálido tacto del albornoz y la sensación de baja gravedad le resultaban tremendamente agradables. La tensión que había soportado en las últimas horas desapareció, convirtiéndose en deseo… A su mente vino la imagen del capitán, tan seguro, pilotando, esquivando los misiles… Deseaba verlo, se lo imaginó en su camarote, aparentemente todos dormían. Una tenue luz iluminaba la nave. La noche simulada invitaba a los encuentros furtivos. Quería ir a su habitación, pero le parecía demasiado descarado. Comenzó a recordar las últimas horas, la habían perseguido piratas, disparado misiles, intentado secuestrar, había negociado con corsarios. Después de lo que había pasado... ¿cómo no se iba a atrever a ir al camarote de un hombre?

Con energías renovadas y antes de que se diera cuenta estaba frente a la puerta del capitán, abriéndose sutilmente la parte superior de la bata, mostrando uno de sus hombros junto con un generoso escote, procurando adoptar una postura sexy. Cuando apretó el timbre su aplomo comenzó a ceder…

—Hola, ¿qué quieres? —preguntó Gael.

Ella se quedó sin habla, él la miraba sin reaccionar. Había supuesto que se abalanzaría sobre ella, pero se quedó mirándola, totalmente inmóvil. Alexia finalmente decidió huir hacia adelante, se lanzó y le besó en la boca, rodeando su cuello entre sus brazos. Gael le correspondió apretándola junto a él; notó cómo su sexo crecía y ella creyó explotar de excitación. La arrastró dentro y la apoyó con fuerza contra la pared. Sus lenguas jugaban y sus manos buscaban caricias cada vez más atrevidas…

De pronto, Gael se apartó bruscamente y bajando la mirada le dijo:

—Lo siento, será mejor que no continuemos… no creo que sea buena idea.

Alexia se sumió en el desconcierto. Por un lado ardía de deseo, pero por otro sentía una creciente decepción. Gael era un tipo maduro, aparentaba seguridad, había combatido en guerras, lo había visto enfrentarse a piratas, a situaciones límite y ahora, cuando ella deseaba que ese hombre la poseyera, se comportaba como un maldito crío asustado. Se ajustó la bata entreabierta y al salir, cuando estaba debajo del marco, y él continuaba dando estúpidas e inconexas disculpas, se giró y presa de una naciente humillación dijo:

—¡Bueno, nene, me voy! ¡Cuando se te pase la regla, me avisas! ¡Histérica!

Se alejó sin saber a dónde iba. Dispuesta a dar un puñetazo a la primera mujer que le volviese a repetir esa frase que afirma que los hombres son muy simples. Entró en la cocina y se sirvió un vaso de agua, por hacer algo, tratando de olvidar el asunto...

—¡Eres un imbécil! —le dijo Gael al tipo del espejo —. ¿Vas a dejar que se vaya? ¡No! ¡No te lo perdonarías nunca!

La buscó con el circuito cerrado y salió tras ella. Al entrar él en la cocina, Alexia no dijo nada. Parecía enfadada, aunque le devolvió la sonrisa. Ella comenzó a decir algo, pero él pidió silencio colocándole el dedo en la boca y, agarrándola por la cintura, le dio un largo y apasionado beso. Estuvieron un buen rato, ella apoyada sobre el fregadero, hasta que Gael la cogió en brazos y la llevó de vuelta a su camarote.

Tendidos sobre la cama, estaba un poco nervioso. Era ese momento en que un hombre teme no estar a la altura. Ayudado por ella, se quitó la ropa; el roce de sus cuerpos hizo que su deseo aumentase hasta cotas difíciles de superar. Se concentró, no quería terminar demasiado pronto, así que comenzó a repasar el cuerpo de Alexia con los labios, tranquilamente, dispuesto a estudiar sus secretos y disfrutar de su anatomía. Pero ella lo rodeó con sus piernas, lo apremió a entrar mientras le susurraba que lo hiciera, finalmente se dejó llevar cediendo a sus deseos…

Gael, tendido boca arriba, notó la respiración de ella sobre su pecho. Estaba relajado y Alexia parecía dormir. Había sido corto, pero increíblemente intenso. Le pesaban los párpados, calculó que llevaba más de treinta horas sin dormir. Comenzó a perder la conciencia, pero antes de dormirse le vino a la mente la imagen del contenedor vacío...

17

Patch Mountain contempló pensativo el cuerpo inerte de García. Estaba atada a una silla desnuda de cintura para arriba. Mamba, una enorme negra que trabajaba para él, se había empleado a fondo. Tenía quemaduras en los pechos y su cara era una masa deforme teñida de rojo. Mountain estaba seguro de que les había contado todo lo que sabía.

Lo de los tres terrícolas no terminaba de comprenderlo, era un misterio. Además, la nave de Paulsen había desaparecido. Ella les había asegurado que los misiles eran antimotores, así que era probable que estuviesen a la deriva. Sin embargo, no detectaba nada con sus sensores, ni lecturas térmicas ni electromagnéticas. Tal vez flotaban con los sistemas de soporte vital desactivados, pero no aguantarían mucho antes de morir; en cualquier momento los encenderían y entonces los atraparía.

—¿Qué hago con ella? ¿Quiere que remate la faena? —preguntaba Mamba acariciando un puño americano.

—¡No! De momento la quiero viva, vigila que no la palme.

Pateó dos dientes que había por el suelo que golpearon la pared del recinto. Era una estancia enorme, hacía las veces de comedor, sala de reuniones, cabina de mando, salón de juego… Se podía decir que era donde se desarrollaba la vida social de la pequeña colonia de corsarios.

—¡Muchacho! —gritó Patch Mountain.

Un adolescente se acercó corriendo, con pasos cortos, cabizbajo y con las manos juntas por delante; todo su lenguaje corporal indicaba sumisión.

—¡Limpia toda esta mierda!

El siniestro ojo biónico del general enfocó la pantalla. Se podía apreciar cómo funcionaba la función retráctil. Algunos de sus hombres afirmaban que con él podía ver en la oscuridad y que también servía como detector de mentiras: esa era una de las razones por la que le temían tanto; además, si descubría que alguien intentaba colarle un embuste, tenía la costumbre de despellejarlo vivo.

—¡Maldito Paulsen! ¡¿Dónde te has metido?! —exclamó pateando al muchacho que limpiaba el suelo de rodillas con una bayeta.

El chico se incorporó rápidamente y siguió con su tarea, aún con más energía, suplicando secretamente que no la tomara con él. Después miró a Mamba (que se mantenía en respetuoso silencio) y le dijo:

—Haz lo que quieras con ella, pero que no se te muera.

Después se alejó cojeando, necesitaba recargar su pierna postiza...

Víctor trataba de huir, pero el fuego lo rodeaba. Escuchaba cerca la voz de su padre en la otra habitación, pero por alguna razón siempre se mantenía a la misma distancia. De tal forma que era imposible alcanzarla, generándole una insoportable angustia. Las llamas lo rodeaban y sin embargo sentía frío... frío y humedad, ¿cómo era posible? ¿Y el humo? ¿Dónde estaba?

Percibió unos toques en el costado...

—Jefe, jefe, despierta... —susurraba Rudolf meneando a Víctor con el pie.

Este terminó por despertar. Algo le impedía mover las manos, los habían encadenado al suelo: tendidos, no podían levantarse. Los grilletes solo medían medio metro, como mucho podían sentarse. Además, se encontraban prácticamente desnudos, únicamente con los calzoncillos. Yuri continuaba tumbado, así que ayudó a Rudolf a despertarlo con uno de sus pies descalzos.

Los tres tiritaban por el frío. Una tenue luz entraba por las rendijas de lo que parecía la puerta.

Aunque no conseguían ver la estancia completa, parecía bastante grande, de unos treinta metros cuadrados. El suelo estaba sembrado de grilletes, dejando claro que era un almacén de seres humanos. El hedor era intenso, insufrible, incluso picaba en los ojos. Víctor sintió un escalofrío al pensar en su piel desnuda tocando los residuos que provocaban ese olor. Diseminados por el piso, se observaban unos agujeros de unos diez centímetros de diámetro que servían para que los presos hicieran sus necesidades.

El mercenario se palpó el paladar. Por fortuna no lo habían encontrado. Tenía las manos inmovilizadas, pero eso no impidió que pudiese sacarse uno de los juguetes que les había proporcionado el asiático. Había elegido un pequeño cortador láser; sus compañeros hicieron lo mismo aunque llevaban dos pequeños puñales retráctiles, de tal forma que una vez desplegados medían quince centímetros; además eran de color negro, perfectos para ocultarlos en una celda como esta.

Detrás de la puerta metálica se escuchaban voces, parecían dos hombres visionando algún espectáculo deportivo. Decidió que no iba a esperar más y comenzó a cortar el acero de sus grilletes. Aspiró el olor a metal quemado, era un alivio para sus fosas nasales, ya que taponaba el olor a desgracia y a maldad humana de la prisión. Una vez liberado, hizo lo propio con sus compañeros. Por una rendija de la puerta observó a sus carceleros: eran dos, sentados en una mesa alargada. Miraban la pantalla de lo que parecía un portátil. Por suerte, el volumen estaba altísimo, además ninguno de ellos estaba frente a la entrada, uno les daba la espalda y el otro estaba de perfil.

Estudió el cerrojo de la puerta. No era magnético, se trataba de una cerradura convencional. Descubrió tres cierres que se incrustaban en el marco de la pared, podían cortarlos fácilmente con el láser, aunque corrían el riesgo de ser descubiertos. Los otros dos mercenarios también miraron por las diminutas aberturas.

—¿Cómo lo veis? —preguntó en voz baja.

—Los dos van armados, pero si los pillamos por sorpresa será fácil eliminarlos —contestó Rudolf.

—El problema es que nos descubran cortando las barras de la puerta —añadió Yuri—. Pero tendremos que arriesgarnos, tal vez no tengamos otra oportunidad. Y... no sé vosotros, pero yo prefiero que me maten antes que caer en manos de esta gente —señaló el resto de la celda y sus compinches asintieron dándole la razón.

—Entonces estamos de acuerdo. Yuri, tú vigilas mientras corto los cierres, y Rudolf, busca algo para engrasar las bisagras, lo más probable es que chirríen.

Empezó por el de abajo. Tardó menos de diez segundos. Esperó a que se disipara el humo antes de continuar. Rudolf se aproximó con una masa viscosa en una de sus enormes manos, no quiso ni imaginarse qué podía ser, mientras impregnaba los goznes con ella. El sonido de otra puerta los puso en alerta; entrecerrando un ojo observó que entraba una muchacha en el cuarto de los carceleros.

—Os traigo la comida —dijo la joven.

—¡Ya era hora, joder! Me muero de hambre.

La joven posó una cesta de plástico sobre la mesa y extrajo dos bandejas que colocó frente a cada uno de ellos.

—Tú tendrás hambre, pero yo quiero alimentar a mi pequeñín —comentó entre carcajadas el que estaba en el lateral.

—Pues aprovecha, ya vigilo yo —dijo el otro comenzando a comer y señalando a la chica.

El corsario se levantó y agarró a la joven, que se dejó llevar con cara de absoluta resignación. Entraron en lo que parecía otra estancia, a la vez que comentaba:

—Necesito un poco de intimidad.

Víctor dio gracias a alguien y comenzó con el segundo cierre, era una oportunidad perfecta…

Rudolf abrió la puerta de golpe y hasta la mitad, los otros se abalanzaron sobre el corsario. En menos de dos segundos estaba muerto, Yuri extrajo la hoja metálica de la nuca. Víctor sujetó el cuerpo evitando que produjera ruido al caer. Le arrebató el arma y se dirigió a la otra puerta, que estaba entreabierta. Observó que también era una celda; comparada con la otra se podía decir que era de lujo. Tal vez la usaban para los secuestros, tenía un lavabo, un inodoro y un catre; en este estaba tumbada la muchacha, desnuda boca arriba, con la mirada perdida en el techo. El carcelero parecía tener problemas con el pantalón, se giró hacía sus compañeros.

—Esperaremos a que se quite la ropa, los quiero vivos, vosotros inmovilizáis al tipo y yo sujeto a la chica —susurró.

Cuando el pirata, ya libre de sus ropas, se disponía a tumbarse sobre ella, los tres mercenarios entraron en tromba. Rudolf agarró al tipo por detrás, con un antebrazo le sujetó el cuello y con la otra mano retorció uno de los miembros superiores. Lo levantó en volandas, momento que aprovechó Yuri para sacudirle un puñetazo en la boca del estómago; lo dejó sin respiración y abandonó todo intento de resistencia. Víctor ahogó el grito de la joven tapándole la boca.

—No vamos a hacerte daño —susurró con voz tranquilizadora —, te soltaré si prometes no gritar.

Ella asintió con un gesto, pareció comprender la situación. Esperó a que sus colegas amarrasen al prisionero a un tubo que pasaba por el techo. La estampa era verdaderamente extraña, incluso cómica, el tipo casi colgaba, lo habían colocado de tal forma que le obligaban a estar de puntillas, tal y como Dios lo trajo al mundo. Ellos estaban en ropa interior, la joven desnuda se acurrucó junto a la pared.

—Rudolf, ¡llévala fuera!

Cuando los dos salieron comenzó a interrogar al carcelero.

—¿Dónde estamos?

El tipo no contestó. Víctor hizo un gesto a Yuri y este agarró los testículos y el pene del pirata con una mano, mostrando un cuchillo de grandes dimensiones con el que se había hecho. Colocó la afilada hoja debajo y mirando como solo él sabía hacerlo dijo:

—¿Quieres que te haga una operación de cambio de sexo?

—¡Habla! —apremió Víctor—. Y te lo advierto, a la primera mentira mi amigo hará de cirujano, le encanta. ¡¿Dónde coño estamos?!

—Estamos… estamos en la base del general —explicó tragando saliva.

—¿Una base? ¿Dónde?

—En un asteroide… del sector cuatro.

—¿Quién es ese general?

—Bueno, en realidad ya no es general. Le seguimos llamando así por respeto, era un rebelde, un luchador contra los imperialistas federales…

—Y… ¿cuántos rebeldes sois en la base?

El tipo dudó, Yuri le había soltado y parecía que recuperaba el aplomo, finalmente habló:

—Somos más de cincuenta, ¡estáis jodidos!

Víctor, que poseía un sexto sentido para las mentiras, llamó a Rudolf, que entró con la joven visiblemente asustada...

—Ven, no queremos hacerte daño —el tono del mercenario era tranquilizador—. Ponte la ropa, seguro que estarás más cómoda. Nosotros no somos como este cerdo, puedes estar tranquila.

Ella cogió la ropa, un buzo naranja, y rápidamente comenzó a vestirse.

—¿Cómo te llamas?

—Lara —contestó cabizbaja.

—No tengas miedo, confía en mí. ¿Cuánto tiempo llevas en esta base?

—Unos cuatro años, desde que me compraron.

—Supongo que te la conocerás bien.

Ella asintió.

—¿Sabes cuántos son?

—Sí, creo que… —comenzó a contar mentalmente ayudándose de los dedos— son diecinueve, bueno ahora dieciocho —apuntó señalando al punto donde debía estar el cadáver del otro carcelero—. Y luego están mis dos compañeras y el muchacho.

—¿Ellos también son esclavos?

—Sí, pagaron por nosotros.

Víctor se giró hacia el prisionero, estaba horrorizado, la joven había destapado su mentira. Yuri, puñal en mano, sonreía…

—Tendré que operarte.

—¡No tenemos tiempo! ¡Hazlo rápido!

El Anguila, con cara de fastidio, seccionó de un golpe la garganta del pirata, sin importarle lo más mínimo las súplicas de este, que continuaba intentando emitir sonidos mientras se ahogaba en su propia sangre. Esto no impidió que Yuri terminara por cortar sus partes que introdujo en la boca.

Víctor observó a la joven: contemplaba cómo agonizaba el corsario. En su rostro se vislumbraba satisfacción, en ningún momento apartó la mirada. Quedaba claro que no tenía ningún sentimiento positivo hacia sus amos. Era una oportunidad, además quería ayudarla, no se atrevía a imaginar las cosas que habría tenido que soportar. En su hermoso rostro se adivinaba una vida dura, pero también trasmitía fuerza, era una luchadora.

—Bien, Lara, te propongo un trato, si nos ayudas serás libre y no tendrás que soportar nunca más a cerdos como este.

Ella posó sus ojos verdes sobre él, parecía meditar la propuesta.

—Con una condición —propuso Lara.

—¿Condición? Dime cual.

—Que no hagáis daño a mis compañeros. Los otros esclavos, será fácil distinguirlos, van de naranja, igual que yo.

—En realidad no son objetivos, así que… ¿tenemos un trato?

—De acuerdo, ¿qué tengo que hacer? —preguntó aceptando la mano ofrecida por Víctor.

—Lo primero que necesitamos es información. Descríbenos la base.

—¿Me lo prestas? —preguntó Lara a Yuri extendiendo la palma hacia el puñal.

El Anguila se lo entregó y ella comenzó a dibujar en el piso un sencillo esquema.

—La base tiene tres alturas. En este momento nos encontramos en el piso inferior, aquí están las celdas, la maquinaria y los discos antigravitacionales. En el segundo es donde se desarrolla la mayor parte de la actividad, cocina, dormitorios, el salón comedor, gimnasio… En el tercero hay un pequeño espacio-puerto, los almacenes y un campo de tiro.

—Muy bien, nos hacemos una idea. ¿Sabes dónde está la tripulación? Los que viajaban con nosotros.

—Sí, a la mujer la están interrogando en el salón. Los otros están aquí cerca, a unos veinte metros, en otra celda como esta —contestó Lara con una creciente seguridad—. Por cierto, creo que allí se encuentran vuestras ropas, por lo menos fue donde os desnudaron.

—Bien, será nuestro primer paso, ¿también hay dos vigilantes con ellos?

—No, solo uno, no los han considerado tan peligrosos como a vosotros; por cierto, tengo que llevarle la comida.

—Eso es perfecto, vamos, recuperaremos nuestros trajes. ¡Rudolf, recuento de armas!

—Dos pistolas modelo Seck con silenciador, tres cargadores que suman sesenta proyectiles, un puñal y los cuchillos desmontables.

—Quiero que los ocultéis de nuevo en el paladar, nunca se sabe, ahora vamos.

Lara entró por la puerta. El aplomo que había mostrado comenzaba a desaparecer. No pudo evitar un ligero temblor en la mano cuando dejó la puerta entreabierta, tal y como le había indicado Víctor. Lekbir la estaba esperando, sonrió…

—Estoy muerto de hambre, gracias por venir.

Lara sintió pena por él, en realidad era el único que la trataba con cierta humanidad, pero no se iba a volver atrás. Le sirvió la ración y se colocó a un lado, separándose de él…

—Espero que no se haya enfriado demasiado —dijo en un tono muy alto, era la señal…

Lara tuvo que taparse la boca para no gritar. Yuri estaba mucho más cerca de lo que ella se había imaginado. Surgió de entre las sombras, lanzando el puñal que, con una asombrosa precisión, se incrustó en la garganta de Lekbir, matándolo al instante.

Encontraron sus ropas tiradas en el suelo, bajo la mesa. Después de vestirse escondieron el cadáver, no sin antes quitarle el arma de mano y un puñal que llevaba atado a uno de sus gemelos.

Víctor se asomó a la celda por una pequeña ventanilla, en la parte superior de la puerta. Era similar a la que habían estado ellos. Con una linterna pudo ver a Sídney y a Harrison. Aún dormían en el suelo, encadenados, igual que lo habían estado ellos. Decidió dejarlos allí, probablemente entorpecerían su labor, ya los liberarían más tarde.

—Vale, Lara, lo has hecho muy bien. Ahora... ¿sabrías decirme dónde está el resto del personal?

—Creo que sí, la mayoría están en el comedor, es la hora. Normalmente las sobremesas se alargan, suelen beber *whisky* después de comer. Pero hoy hay seis de ellos en el espacio-puerto. El general los tiene allí preparados para despegar en cualquier momento, está buscando la otra nave.

—¿La otra nave? Será la que perseguíamos nosotros, jefe.

—Supongo que sí. ¿Está allí la nuestra?

—Sí, claro, la vuestra y las otras dos del general.

—¿Solo posee dos?

—Dos que funcionen, el resto están averiadas.

—¿Y nuestras armas las has visto? Estaban en una caja de color verde, hasta aquí de alta —dijo Víctor indicando con la palma extendida hasta su cintura.

—No me suena, no he visto que sacaran nada de vuestra nave.

Víctor comenzaba a cogerle cariño a la joven, estaba resultando de gran ayuda. Con ella iba a ser más fácil de lo que pensaba. Decidió que tomarían la base por completo.

—¿Puedes llevarnos al espacio-puerto sin que nos vean?

—Sí, supongo que sí; hay un montacargas que sube directamente desde la sala de máquinas, creo que a esta hora estará vacía. Además, tengo que llevarles la comida.

Avanzaron hacia el cuarto de la maquinaria, siguiendo a Lara a una distancia prudencial. Esta vez la joven se equivocó, había un pirata, el mecánico (según les informó ella más tarde). Por desgracia para él se encontraba reparando un filtro de CO_2. Víctor le disparó en la cabeza, sin dudarlo, sin fallar. Se subieron al montacargas. Lara les había descrito el hangar, la puerta del ascensor quedaba lejos de los corsarios que estaban de guardia, oculta entre naves desguazadas. Una vez arriba, Víctor estudió la situación. Los piratas estaban todos juntos alrededor de un contenedor, que hacía las veces de mesa. Sentados en improvisados taburetes parecía que jugaban a algo. Era fácil rodearlos, pero eran seis contra tres. No es que no pudieran acabar con ellos, pero solo disponían de tres pistolas y ellos llevaban rifles. Calculó que matarían a tres con facilidad. Pero el resto se defendería, el escándalo alertaría al resto y entonces tendrían serios problemas. Se dirigió a sus hombres susurrando.

—No me gusta, son demasiados para liquidarlos rápidamente. Tenemos que idear un modo de que se separen.

—Yo puedo hacerlo —afirmó Lara con seguridad.

Los tres la miraron expectantes…

—Estoy empezando a enamorarme de ti, preciosa —le dijo Yuri con su característico tono burlesco.

—Dinos, ¿cómo lo harás?

—Muy sencillo, les diré que el mecánico necesita ayuda y que me ha pedido que baje alguien.

—Muy bien, hazlo.

Lara agarró el carro de la comida. El miedo se apoderó de ella. Agradeció el apretón que le dio Rudolf en el hombro, así como las palabras de ánimo de sus nuevos amigos. Siempre había creído que el general y sus compinches eran indestructibles, pero estaba descubriendo que no era cierto. Estos terrícolas eran mucho peores y ella llevaba años soñando con la libertad. Algo que hasta ahora le parecía imposible, hasta ahora…

La vieron alejarse empujando el carro. Escuchaban a los contrabandistas, hablaban a gritos, aunque no conseguían entender lo que decían. Cuando se percataron de la presencia de Lara, alguno aumentó el tono de voz, parecían quejarse por la tardanza. Observaron como ella hablaba con ellos, mientras les servía las bandejas con el rancho. La trataban sin ningún respeto, muchos de ellos la sobaban entre risas. Víctor creyó intuir en la mirada de sus compañeros rabia por el trato al que la sometían, él desde luego la estaba sintiendo.

Dos de ellos se levantaron y se dirigieron hacia el ascensor. Lara lo había conseguido, en realidad ninguno de los dos supo cómo había muerto. Los mercenarios acabaron con ellos entre la chatarra.

—Bueno, a por los cuatro… Tú, Rudolf, te aproximas de frente, Yuri por el flanco derecho y yo por el flanco izquierdo. No tenemos comunicación, así que cada uno elija dos objetivos; primero el más cercano de vuestra izquierda y después el de la derecha. Silenciadores activados. El primero en disparar seré yo, ¿entendido?

Los mercenarios asintieron.

—Venga, que esto está chupado —dijo Rudolf.

Víctor estudió el terreno. Escogió un punto entre los contenedores. Escuchaba cómo Lara se alejaba, el sonido del carro que empujaba era inconfundible. Además, les facilitaba la aproximación, se alegró de que saliera del ángulo de tiro. Esperó unos minutos encogido en su escondite, para dar tiempo a que sus hombres tomaran posiciones. Aunque lo intentó no consiguió ver a ninguno, pero sabía que estaban ahí… Eligió el blanco y apuntó cuidadosamente. Se imaginó a sus compañeros en la misma postura. Tomó aire y apretó el gatillo, antes de que cayera disparó al otro y se incorporó. Observó con satisfacción como caían los otros dos.

Lara se giró al escuchar los sonidos sordos, supuso que eran los disparos con silenciador. Le sorprendió que lo más ruidoso fuesen los golpes de las cabezas inertes sobre la improvisada mesa. Inmediatamente después, los mercenarios salieron de entre las sombras y escondieron los cadáveres. Ella quiso ayudarles, pero Víctor se lo impidió, alegando que la necesitaban limpia de sangre. Acabada la tarea subieron a la Nefertiti y le ordenaron que vigilase.

Encontraron el contenedor de las armas sin abrir…

—¡Qué desastre de contrabandistas! —exclamó Yuri eufórico.

Se armaron con tres rifles láser, marca Devil, varias granadas aturdidoras y tres letales. Se colocaron los intercomunicadores, las gafas de combate y los chalecos. También se hicieron con drones-mosquito y una microcámara.

—¡Se van a cagar! —sonreía Rudolf.

Al salir, colocaron la cámara en uno de los pliegues del buzo de Lara, también le pusieron un micrófono en el oído. Continuaron con el mismo plan, ella avanzaba con el carro y ellos la seguían escondidos. Solo que ahora podían hablar entre ellos. Bajaron al segundo piso. Caminaron entre los pasillos, hasta que la joven les indicó una de las entradas al salón. Se escondieron en un pequeño almacén contiguo.

—Bien, Lara, todo está saliendo a la perfección. Ahora dime, ¿cuántas entradas tiene el comedor? —preguntó Víctor.

—Cuatro, dos a este lado y otras dos al otro. Al fondo tiene el acceso a la cocina, pero no tiene salida, además ellos apenas entran.

—Vale, este es el plan: llevas a Rudolf y a Yuri a la entrada de la izquierda. Luego entras tú, procura que consigamos ver toda la estancia con la cámara que llevas. Quiero vivo a ese famoso general, así que cuando pases por delante de él haz un gesto con la mano delante del objetivo…

—No te preocupes —interrumpió Lara—. Es inconfundible, un viejo gigantesco, más alto que tú, tiene un ojo robótico y lleva una pierna postiza.

—Bien, ya la habéis oído, no os lo carguéis. Mira, toma esto —Víctor entregó a la joven lo que parecía una rosquilla metálica—. Es una granada aturdidora, no es letal, sirve para dejar fuera de combate al enemigo durante unos segundos. Colócala sobre la mesa si te es posible, pero sin que te vean, si no déjala donde puedas, después aléjate. ¿Entendido?

Ella asintió y salieron del almacén; Víctor observó a través de las micro cámaras que llevaban. Pudo ver cómo sus hombres tomaban posiciones. Secretamente rezó para que no los descubrieran en ese momento.

Lara entró en el salón. Estaba muerta de miedo, pero ya no había vuelta atrás. En realidad, no tenía mucho que perder; si los mercenarios fracasaban terminarían por descubrir su traición. Decidió que no se dejaría coger viva, sabía perfectamente que el general ordenaría despellejarla. Agradeció llevar el carro, lo apretaba con fuerza, le servía para disimular los temblores de manos y rodillas. Con la disculpa de colocar bien una bandeja, lo rodeó enfocando toda la estancia. Miró a la mesa y supo que no sería capaz de colocar ahí la granada. Eligió otro sitio más apartado, una estantería detrás de un viejo portaretratos digital, que mostraba fotos de un joven general. Después llamó al muchacho para que le ayudara en la cocina…

Algo le molestaba en la nariz, un olor que aumentó de intensidad hasta convertirse en un picor doloroso. La estaban despertando con algún tipo de sustancia. García deseó volver a desmayarse, la volverían a torturar y ya no tenía nada más que decirles. Notó cómo le soltaban las muñecas, fue un alivio para sus entumecidos brazos. La elevaron para tumbarla boca abajo y con las piernas colgando sobre la mesa. Al caer una costilla rota le hizo gritar de dolor. Unas manos tiraban de las suyas obligándola a estar estirada. No le preguntaban nada, estaba confusa, apenas podía abrir uno de sus ojos, el otro ardía y estaba completamente cerrado. Pudo distinguir el rostro de su torturadora, su sonrisa partida no auguraba nada bueno…

—¡Muy bien, puta! —le gritó esa a la que llamaban Mamba —. Es tu día de suerte, los chicos quieren pasar un buen rato contigo.

—¡Se va a enterar esta zorra de lo que es un buen polvo! —exclamó una voz masculina detrás de ella—. La tengo como una piedra.

García escuchaba resignada las carcajadas y arengas de varios de ellos. Siempre jaleados por Mamba, la iban a violar, eso estaba claro, además había contado las voces de tres o cuatro. Decidió relajarse y no ofrecer resistencia. *Que acaben cuanto antes* —pensó, ella era una mujer ceriana y no era la primera vez que la forzaban.

—¡Y tú, Chaves...! ¿No te animas? —preguntó Mamba elevando la voz por encima de las risotadas.

—¡Yo le pienso romper el culo, es mi especialidad! —contestó el aludido.

—¿Con ese cacharro que calzas? ¡La vas a reventar!

García, al escuchar esto último, entró en pánico e instintivamente intentó revolverse. Un error, la gigantesca negra le retorció las muñecas inmovilizándola totalmente. Parecía que se las iba a romper...

—¡Chaves, la zorra se ha emocionado al oírte!

García notó cómo le arrancaban los pantalones. Inútilmente trató de relajar el cuerpo, pero era imposible, la tensión a la que la tenía sometida Mamba en sus muñecas lo impedía. *Me van a destrozar* —fue lo último que pensó antes del fogonazo, o... ¿fueron dos?

Víctor activó la granada colocada por Lara e inmediatamente lanzó una segunda.

—¡Asalto! —gritó por el micro—. ¡Cuidado con García, está sobre la mesa!

Los tres mercenarios irrumpieron al unísono apuntando y tiroteando. El seco sonido de láseres acallaba los gritos de los contrabandistas. Mamba, que se tambaleó con las manos en las orejas, recibió el primer disparo de Víctor, que además consiguió localizar y neutralizar al general, con un tiro no letal.

Lara abandonó la cocina arrastrando al muchacho. Les hizo gestos a los mercenarios, indicándoles que quedaba uno escondido en la cocina, Rudolf entró y lo neutralizó.

La carnicería terminó en menos de un minuto. Un terrible olor a carne quemada se adueñó de toda la estancia. Víctor contó siete cadáveres. Si las cifras de la joven eran correctas, todavía quedaban dos en algún punto de la base. Lo más probable es que acudieran corriendo al sentir el jaleo de la sala. Ordenó a Yuri colocar cámaras en los pasillos que comunicaban con las entradas del fondo. En las otras ya habían tenido la precaución de colocarlas anteriormente. Los vieron llegar, los estaban esperando. Murieron fusilados antes de darse cuenta de lo que ocurría, la base ya era de ellos.

Horas más tarde, después de librarse de los cadáveres y una vez limpiado el comedor disfrutaban de la cena. Comparado con la sopa que habían sufrido en la Nefertiti, los alimentos del almacén de la base, sin ser una maravilla, les estaban sabiendo a gloria.

Habían cocinado los esclavos, que además les servían los platos. Muertos sus antiguos amos, habían asumido que ahora pertenecían a los nuevos moradores. Tampoco mostraron el mínimo rastro de lástima por los hombres del general. A Lara, en cambio, Víctor la había invitado a sentarse con ellos, quería dejar claro su estatus. Ahora era libre, una socia más. Cenaba junto a él en silencio, un poco tímida al principio, aunque comenzaba a soltarse gracias al vino que le servía Rudolf.

García descansaba en una habitación. Harrison, que aparentaba poseer algún conocimiento básico de medicina, afirmaba que se recuperaría en un par de días. El ambiente era excelente, la moral estaba por las nubes. Hasta Víctor reía a carcajadas con las ocurrencias de Sídney, acerca de su pequeño tamaño; y las de Yuri. Los dos parecían haber entablado una competición por ver quién era más gracioso. Sin embargo, Víctor lanzaba furtivas miradas a la consola de mando, buscaba algún rastro de los colonos. Sídney le había enseñado cómo manejarla. También le había explicado que si no daban señales de vida era porque estaban muertos o habían escapado de alguna forma. El general continuaba inconsciente, atado a una silla en un rincón. Decidió que ya era hora de interrogarlo.

—¡Chico! ¡Tráeme un cubo de agua! —ordenó señalando al rincón donde estaban los tres siervos, con sus buzos naranjas, esperando en silencio, inmóviles.

El muchacho se dirigió a la cocina y volvió con un balde.

—¡Tíraselo por encima! —gritó señalando al general.

Patch Mountain despertó de golpe. Estudió la situación con la mirada. A pesar de estar atado y del lamentable aspecto que presentaba, su ojo biónico impresionaba. Sabedor de ello, lo posó en cada uno de los presentes, que en ese momento lo rodeaban expectantes. Lara no pudo evitar retroceder cuando la enfocó con su mirada.

—¡Qué coño está pasando! ¡Os mataré lentamente! —gritó amenazante, mientras múltiples gotas de saliva salían despedidas tratando de alcanzar a sus captores.

—Cuidado, que salpica—apostilló Sídney en tono burlesco.

—No estás en condiciones de amenazar, viejo —intervino Víctor—. Tus hombres han muerto y ya solo puedes aspirar a una muerte rápida. —El rostro del mercenario indicaba que hablaba totalmente en serio—. Venga, soltadlo—ordenó a sus hombres.

Minutos después se encontraban en el pequeño apartamento del general. Los tres mercenarios necesitaron arrastrarlo, ya que su pierna se había quedado sin batería, acompañados por Lara. Lo pusieron frente a la caja fuerte que estaba en la pared.

—¡Ábrela! —el tono de Víctor era imperativo.

—¡Vete a la mierda, hijo de mil padres!

El mercenario posó una porra eléctrica sobre sus riñones y apretó el botón. El viejo cayó al suelo estremecido por el dolor, pero Víctor continuó aplicando la descarga, ignorando los gritos de su víctima. Tras unos segundos de martirio, lo levantó cogiéndolo por la solapa y mirando directamente al ojo robótico. Le dijo:

—Mira, viejo, no tengo ninguna gana de torturar a un anciano, pero no dudes que lo haré si es preciso. Así que vamos a hacernos un favor… ¡abre esa puta caja! Y tal vez vivas tus últimas horas con algo de dignidad. Dicho esto, lo plantó delante de la cerradura electrónica; el general pareció dudar, por un momento parecía que no iba a ceder, pero finalmente tecleó un código y la pequeña puerta se abrió.

El terrícola lo tiró al suelo. Con sumo cuidado, alumbró con una linterna el interior de la caja de seguridad. Lo primero que extrajo fue una pistola, le quitó el cargador y la arrojó sobre la cama. Después sacó algunos montones de billetes, así como una pequeña bolsa transparente llena de diamantes. Yuri contó el dinero…

—Veinte mil soles, jefe.

—Estos diamantes no valen más de treinta mil. ¿Solo tienes esto, viejo?

—¿Qué os pensabais? ¿Que era rico? —contestó junto con una sonora carcajada.

Los tres mercenarios se miraron indecisos, estaba claro que les parecía poco…

—Tiene otra, ¡yo sé que tiene otra! —intervino Lara.

—¿Dónde? —preguntó Rudolf.

—No lo sé exactamente, pero tiene que estar por el suelo, alguna vez le he visto manipular algo por aquí —dijo ella arrodillándose y buscando por el piso.

La mirada de odio intenso que Patch Mountain posó sobre la joven convenció a los mercenarios de que estaba en lo cierto y comenzaron a tantear entre las baldosas.

Fue Lara quien encontró el escondite: una losa se abrió descubriendo otra caja fuerte. Víctor aplicó sobre los testículos del general otra descarga.

—Venga, viejo, ya sabes lo que tienes que hacer.

El hombre, rendido y humillado, posó su mano sobre el lector de huellas digitales; después pulsó unos números y se abrió automáticamente desplazando la tapa sobre un lateral.

Esta vez fue Yuri, linterna en mano, quien inspeccionó el cofre. Había un arma; amontonó los billetes y los contó.

—Esto ya está mejor chicos, doscientos diez mil soles, unos cuatrocientos mil dólares. ¡Esto sí que es una buena extra!

Víctor se revolvía en la cama, se había instalado en los aposentos del general. El colchón era realmente cómodo, pero le costaba conciliar el sueño. Estaba preocupado, encontrar esa pequeña fortuna podía resultar problemático. Se imaginó a sus hombres haciendo cábalas: llegarían a la conclusión de que no merecía la pena continuar con la misión, incluso él mismo se lo había planteado. Aunque sabía que eso no era una buena idea (a Oskar no le iba a gustar). Lo más probable es que ordenara su ejecución. Necesitaba hablar con sus compañeros y convencerlos. Era consciente de que si dejaba el encargo sin terminar no podría regresar a la City. Y le gustaba vivir allí, así que decidió tratar de cumplirlo; además, estaban su madre y Olena. Por la chica no tendría que preocuparse, nadie conocía su existencia, pero el caso de su progenitora era distinto…

Estaba en blanco, no se le ocurría la forma de continuar. Desconocía el paradero de la Atenea, así como la forma de encontrarla. El localizador cuántico no daba ninguna señal; estaba casi seguro de que tenían un aliado dentro de la nave. Necesitaba ponerse en contacto con él, para ello debería enviar un mensaje al asiático, pero… ¿qué le iba a contar? Estaba claro que nada acerca de la masacre, ni del lugar donde se encontraban. Antes de escribirle hablaría con García, ella era la experta en contiendas espaciales. Luego estaba ese tal Paulsen. Se encontró con abundante información sobre él (había revisado los archivos de la base), era un ex piloto de combate, uno de los mejores, con gran experiencia. Estaba seguro de que el capitán sospecharía que tenían un espía, puede que incluso ya lo hubieran descubierto. No debía obviar la posibilidad de no poder cumplir con la misión. Entonces pensaría en una forma de llegar a la Tierra… poco a poco el sueño finalmente le venció.

Víctor miró la hora, las 17:00 GTM. El día estaba siendo productivo, había charlado con sus hombres por la mañana mientras hacían pesas en el gimnasio. Los dos parecían estar de acuerdo con él; para evitar problemas tratarían de finalizar el encargo con éxito. Si no, deberían esconderse, desaparecer… con un poco de suerte Oskar los daría por muertos, así su madre estaría a salvo.

También había tenido ocasión de reunirse con García. Ella sostenía dos teorías acerca del paradero de los colonos: una era que vagaban muertos por el espacio; y la otra que habían conseguido escapar ocultos en algún asteroide. En este último caso sería muy difícil dar con ellos, salvo que se volviera a activar el localizador cuántico. En el primer supuesto no resultaría demasiado complicado encontrarlos, ya que su computadora podía calcular supuestas trayectorias de la nave. Además, contaban con las otras dos astronaves de los rebeldes. La capitana afirmaba que Sídney era capaz de pilotar una de ellas.

Implícitamente le había quedado claro que ellos se quedarían con el dinero y García y sus hombres con la base. Víctor sabía que salían perdiendo, porque era evidente que el valor de las instalaciones era superior, pero… ¿qué podía hacer?

Abandonó la Nefertiti, había ordenado a una de las chicas y al muchacho que la limpiaran. Tenía que reconocer que estaban haciendo un buen trabajo. No pensaba volver a viajar allí dentro si no lo adecentaban un poco. El joven se llamaba Risco y la otra Avi. Lara le había explicado que ponían nombres cortos a los esclavos, fáciles de recordar y de pronunciar. Víctor no quería saber nada del tema, no era la primera vez que se encontraba con la trata de seres humanos, él era terrícola y había conocido los peores sitios del planeta, pero era un asunto que no soportaba.

Harrison y Sídney trabajaron en la reparación de la Nefertiti. Llevaban, según ellos, buen ritmo y aseguraban que estaría reparada al día siguiente. Observó que Lara lo miraba desde el otro lado del diminuto espacio-puerto. Ya no llevaba el mono naranja, ahora vestía con un nanotraje color negro que se ajustaba a su fibroso cuerpo. Se había recogido su pelo castaño con una tensa coleta, su aspecto le daba cierto poder y seguridad. Ya no parecía un ser asustado. Se había convertido en su sombra, siempre pendiente de él. Tenía que reconocer que no le molestaba su presencia, la chica le agradaba. Le hizo un gesto y ella se aproximó con celeridad.

—Dime, ¿te preocupa algo?

—No, señor, digo… Víctor, es por si necesitabas algo.

—No, tranquila, pero si quieres decirme algo… hazlo sin miedo.

—Bueno, sí, sé que no os quedaréis aquí: me gustaría que me llevaras contigo. No quiero volver a ser una esclava y… eso es lo que ocurrirá cuando no estés tú.

El mercenario meditó sus palabras. La joven tenía razón, ella y sus compañeros eran parte de la base, como una máquina más. Sin embargo, no podía llevársela con él, ¿cómo iba a cargar con ella?

—Mira, Lara, no te puedo llevar conmigo, eso es imposible. Pero hablaré con la capitana García, ellos van a hacer un buen negocio con esto, así que la convenceré para que te incluya en su tripulación —lo dijo para salir del paso, sin creérselo demasiado.

—Vale —dijo ella con cara de no estar convencida—, supongo que no puedes hacer más.

Víctor se detuvo, ¿realmente no podía hacer más por ella? Percibió la mirada escrutadora de su padre, juzgándolo desde algún punto del infinito. Ella les había ayudado, también le había prometido que nadie volvería a tratarla como un objeto, la verdad es que debía ayudarla...

—En realidad... ¡sí que puedo hacer algo más! ¡Acompáñame al campo de tiro!

Llegaron al lugar de entrenamiento y el terrícola comenzó la explicación...

—Mira, nosotros hemos nacido en la parte equivocada del mundo. No podemos exhibir un título para hacernos respetar. Entre nosotros existen dos tipos de personas: víctimas y verdugos; cada uno puede elegir qué quiere ser. Aunque nacemos siendo víctimas podemos cambiarlo. ¿Cómo? Con el respeto. ¿Cómo conseguimos ese respeto? Solo nos queda un recurso: la violencia. Debemos ser agresivos, infundir temor, aunque esto pueda provocar que nos maten. ¿Estás dispuesta a correr el riesgo?

—Claro que sí, no tengo nada que perder —contestó mientras lo miraba directamente a los ojos.

Víctor estudió su mirada. *Tiene posibilidades*—pensó. Pasaron las siguientes horas entrenando. Empezaron con la pistola. Lara demostró ser una buena alumna, aprendía rápido; antes de acabar la primera clase consiguió acertar a los blancos a una distancia considerable...

—Bueno, ya está bien por hoy, tengo hambre, vamos a cenar. Pero antes... ¡toma! —le dijo Víctor ofreciéndole su pistola junto con la cartuchera—. ¡Llévala siempre contigo! Acostúmbrate a su peso, incluso duerme con ella, tiene que pasar a formar parte de ti.

Lara agarró el arma con las dos manos, con delicadeza, con reverencia, se la ajustó a su cadera y miró a su mentor. Sin usar palabras le dijo que lo haría, que no le defraudaría...

18

Alexia observaba cómo se vestía Gael. El reloj marcaba las cuatro de la mañana. En los dos días que llevaban viajando en la roca, habían mantenido furtivos encuentros sin que sus compañeros se percataran. Estaban en el camarote del capitán, Atenea los había despertado a la hora programada…

—¿Entonces no necesitas ayuda? —preguntó ella.

—No, no te preocupes, preciosa. Tú vete a la cama y descansa, ya me encargo.

—Te voy a extrañar.

—Ya, seguro que te duermes y ni te acuerdas —bromeó él.

Se despidieron con un beso; ella salió primero, caminaba descalza y de puntillas, le hubiera gustado quedarse con él, pero era absurdo, no le hacía falta. El capitán iba a esconder la Singularidad, habían calculado el momento en el que se iban a cruzar con otro asteroide. Utilizando el dron auxiliar lo iban a colocar en la órbita de la roca.

Una vez en la intimidad de su nicho recapituló sobre la relación con Gael. No pudo evitar sonrojarse al pensar en los momentos de intimidad que habían mantenido, como dos adolescentes, siempre con la emoción de lo prohibido, con el temor de ser descubiertos.

Le invadió un sentimiento de culpa: el futuro de la humanidad en juego y ella tonteando con el capitán; sin embargo, tampoco comprometía la misión, así que esos pensamientos eran absurdos…

Gael se colocó el casco. Sintió cómo se conectaba con el avaboot. Se ajustó los guantes manipuladores; aunque teóricamente no hacían falta, cuando se trataba de manejar algo delicado prefería ponérselos. Guardó el localizador cuántico en el compartimento que Perkins poseía en la tripa. Despresurizó el habitáculo y salió al exterior. Contempló la cueva, estaban totalmente a oscuras, pero había encendido todas las luces de la nave. Desactivó los infrarrojos, quería ver el espectáculo de la forma más realista posible. La caverna era enorme, la luz artificial proyectaba siniestras sombras sobre sus caprichosas formas. Un escalofrío recorrió su cuerpo, se sentía solo, indefenso ante la grandiosidad de la naturaleza. Le reconfortó recordar que solo estaba allí virtualmente, a través del avaboot…

La gravedad era muy baja, decidió avanzar agachado utilizando las manos, le daba miedo salir despedido y perder el robot. Llegó a la parte trasera: allí estaban los dos contenedores, el vacío y el que contenía la Singularidad. Los desenganchó y colocó el localizador cuántico. Encontró un agujero de un metro de profundidad, decidió que era un buen lugar para dejar a Perkins.

Tomó el control del dron y enganchó el contenedor, se elevó y fue al encuentro del otro asteroide…

Es una maniobra arriesgada, pero… ¿qué otra cosa puedo hacer? —pensó. Casi cuatro horas más tarde, tras dejar el contenedor flotando en el espacio, una vez que el dron y el avaboot estaban a buen recaudo, bajó a desayunar. Coincidió con Omar y Nicanor, el primero ya había terminado, siempre era el más madrugador. El científico, en cambio, comenzaba a degustar la pasta que le había preparado la cocina automática.

—¿Ya está hecho? —preguntó Omar.

—Sí, sin problemas. Aquí tengo el localizador, con esto encontraremos la Singularidad, esté donde esté.

—Y… ¿si lo perdemos? —Esta vez era Nicanor el que hablaba.

Gael pensó que era una pregunta estúpida. Pese a lo poco que conocía al científico, sabía que le gustaba sacar de quicio a la gente; a pesar de ello no pudo evitar irritarse, normalmente no hubiera sucedido, pero solo había dormido tres horas y eso estaba haciendo mella en él.

—¡Cómo lo vamos a perder! ¡No lo vamos a sacar de paseo!

Gael se arrepintió inmediatamente por la contestación. Ahora Nicanor sonreía discretamente, lo había conseguido, el capitán estaba enojado.

—Yo solo quiero ayudar —dijo con un calmado tono de voz—, tenemos que tener en cuenta la importancia de poder recuperar la Singularidad.

—No te preocupes —replicó el capitán hablando lentamente y matizando el sarcasmo—, no lo perderé. Por otro lado, pensaba guardarlo en la caja fuerte, ¿te parece bien?

—El sitio es perfecto —intervino Omar secamente, finalizando así la conversación.

Gael sentía que se le cortaba la respiración, el agua estaba a diez grados. Había ordenado reducir al mínimo el consumo de energía, eso incluía no usar los calentadores de la ducha, puesto que en la caverna no recibían energía solar, tenían que utilizar el helio 3 para el mantenimiento de los soportes vitales de la nave. Hoy mismo había decidido bajar la potencia de los discos gravitacionales, no quería arriesgarse a quedarse sin combustible. Por otro lado, un par de días o tres en un entorno de baja gravedad no les haría ningún daño.

Al salir del baño se sentía renovado, el agua fría y las dos horas de siesta le habían sentado de maravilla. El salón comedor estaba vacío; algo raro, ya que era donde se desarrollaba la mayor parte de la vida en la nave. Le llamó la atención que el extraño ordenador de los físicos estuviera sobre la mesa, abierto. En la pantalla se estaban formando esas extrañas formas geométricas que había visto alguna vez. Gael se aproximó disimuladamente, era chocante: normalmente los dos científicos no le perdían de vista, especialmente el Dr. Nicanor Arser. El aparato pareció reconocerle ya que cambiaron los iconos...

—Hola... —dijo mirando a la pequeña cámara.

—HOLA, CAPITÁN ¿CÓMO ESTÁ USTED HOY?

Las palabras aparecieron en la pantalla. Gael miró a todos lados, esperaba ver entrar al Dr. Arser en cualquier momento, con el discurso habitual acerca de que era material muy caro, algo confidencial, que no tenía derecho a arrimarse... Siempre se ponía muy nervioso.

La computadora cambió las frases:

—NO DISPONGO DE MICRO, ASÍ QUE SI QUIERE HABLARME MIRE DIRECTAMENTE AL OBJETIVO, LE LEERÉ LOS LABIOS.

—¿Por qué no tienes micro?

—ESO TENDRÁ QUE PREGUNTÁRSELO A MIS CREADORES, YO DESCONOZCO LA RESPUESTA.

—¿Cómo te llamas? —Gael decidió cambiar de táctica.

—KENNETH, PERO ME GUSTA QUE MIS AMIGOS ME LLAMEN KENT.

—¿Te gusta? ¿Cómo es eso posible?

—LO DESCONOZCO, PERO ES ASÍ. ¿ES USTED AMIGO MÍO, CAPITÁN?

—Es una pregunta difícil, apenas nos conocemos...

—ME GUSTARÍA CONOCERLE, CAPITÁN, APENAS TENGO AMIGOS. ¿USTED CUÁNTOS TIENE?

—No lo sé exactamente, tendría que contarlos...

—YO SOLO TENGO DOS: EL DR. ARSER Y LA DRA. MÉNDEZ...

—Una pregunta, el otro día... ¿me pediste ayuda?

—SÍ, ESTOY ATRAPADO Y LOS DOCTORES NO PUEDEN AYUDARME, TAL VEZ USTED PUEDA. UNA VEZ

QUE NOS HAYAMOS HECHO AMIGOS... ¿PODRÁ AYUDARME, CAPITÁN?

Gael escuchó voces acercándose. De dos saltos entró en la cocina y se sirvió un vaso de agua. Estaba sorprendido, parecía que la computadora tenía vida propia, ¿era eso posible? Teóricamente no, tal vez era un *software*, pero... ¿para qué instalar esa programación? No tenía sentido. Decidió mantenerse alejado del aparato; no deseaba saber nada, aunque debía estar alerta, ¿qué pasaría si ese bicho entraba en el sistema de Atenea? ¿Podría hacerse con el control de la nave? Por fortuna no poseía conectores estándar y tampoco Wi-Fi.

Alexia observaba cómo el capitán preparaba el despegue, la excitaba verlo tan concentrado, tan serio; no pudo evitar mirar descaradamente al bulto de su entrepierna...

—¿Qué miras? —preguntó él.

—Nada, a un bombón —contestó ella cariñosa, acariciándole el hombro.

—Bueno, pues vayámonos de esta roca. Andamos un poco justos de combustible, pero llegamos.

—¡Llévanos a Marte, capitán! —exclamó una sonriente Alexia, mientras la nave despegaba...

19

Lara notaba cómo le corría el sudor por la frente. Se había rapado el pelo, eso le hacía sentirse más cómoda, aunque algo extraña, aún no se había acostumbrado a su ausencia. No debía estar quieta, con ágiles saltos trataba de despistar a su enemigo. Él era más fuerte, así que su única opción era ser más rápida. En su mano derecha tenía un puñal. Lo agarraba de tal forma que la parte no cortante de la hoja se apoyaba contra su antebrazo, de esta forma podía usarlo para protegerse y para clavarlo con fuerza cuando se presentase la ocasión.

Su corazón latía con energía, su mente (concentrada en la pelea) trataba de aplicar todo lo aprendido en los últimos días. Le pareció ver una fisura en su enemigo, un despiste… se abalanzó tratando de hundir el arma en las costillas de su oponente, pero no encontró más que aire. Lara comprendió al instante que había cometido un error y pronto llegó el castigo: un terrible rodillazo se hundió en su estómago. Mientras el aire abandonaba su cuerpo unos dedos tenaces retorcieron su muñeca, haciéndole soltar el puñal, que cayó al suelo ruidosamente, un instante antes que su espalda. Necesitaba aspirar aire, pero apenas se atrevió a respirar, notó de inmediato la hoja de su rival en el cuello…

—¡Estás muerta, maldita sea! ¡Te precipitas! ¡Eres demasiado predecible! —le gritó Víctor.

El mercenario retiró el puñal y se incorporó. Al verse libre se llevó las manos a la tripa. Mientras se retorcía se apoyó en una rodilla tratando de recuperar el oxígeno perdido…

—Bueno, ya está bien por hoy, vamos a la ducha.

Víctor se giró y se alejó caminando por el pasillo que comunicaba el campo de entrenamiento con el resto de la base. Yuri, que había estado de espectador, se acercó a la joven, le ofreció la mano y la ayudó a levantarse mientras le hablaba...

—No te preocupes, a él no le vas a vencer nunca. Es asombrosamente rápido, pero estás mejorando, de eso no tengas duda.

—Ya, pero no lo suficiente, si hubiese sido un combate real estaría muerta —objetó ella entre estertores.

—Te voy a dar un consejo, preciosa, nunca te enfrentes a Víctor, te matará.

—Ya me he dado cuenta, pero al menos quiero hacerlo mejor la próxima vez.

—Esa es la actitud, ¿qué... nos vamos?

—No, yo me quedo, voy a entrenar un rato más.

—Bueno, pues aquí te quedas, yo me voy a la ducha, quiero quitarme este olor a jabalí.

Yuri abandonó la estancia, pero antes de salir se giró y dijo:

—Ah, por cierto, te queda bien el corte de pelo, das la impresión de sexy y peligrosa.

Lara aceptó el piropo con una sonrisa. Puñal en mano, continuó ensayando los movimientos aprendidos.

Víctor pensaba en la joven, le gustaba entrenarla, era una buena alumna, aprendía rápido, siempre atenta a sus explicaciones y nunca se quejaba. Vio que García se le acercaba cojeando, aún no se había recuperado por completo de la paliza, a pesar de los cuatro días que llevaban en la base. Tal vez había alguna novedad; Sídney y Rudolf patrullaban el cinturón con una de las naves del general, la Deifonte.

—Víctor, quiero hablar contigo, si tienes un momento.

—Estoy totalmente empapado de sudor, pero si no te importa el olor...

—No te preocupes, ya no te acuerdas de cómo olía mi nave —bromeó ella.

—Bueno, sí, tienes razón, dime... ¿hay alguna novedad?

—No, siento comunicarte que no. Acabo de hablar con ellos y no han encontrado nada, quiero que seas consciente de que tal vez se nos hayan escapado.

García tragó saliva, aún no podía abrir completamente el ojo derecho, lo que no impidió que mantuviera la mirada ante el mercenario, tratando de disimular el miedo que le daba tener que darle una mala noticia. Víctor se quedó callado, pensativo; de un bolso de mano sacó el localizador cuántico. Lo contempló, el aparato seguía apagado, estaba ante un dilema: si le escribía a Oskar, este sabría que estaban vivos y eso les pondría en peligro, también a su madre... García interrumpió sus pensamientos.

—Me gustaría proponerte algo. Mira, has demostrado ser un tipo excepcional, tienes madera de jefe, sabes cómo manejar situaciones difíciles, no eres un simple mercenario, eso está claro. Aquí tenemos una base espectacular, dos naves aparte de la mía, por no hablar de que he estado revisando las que están averiadas y alguna puede repararse. Tenemos dinero, armas, podríamos contratar hombres, bajo tu mando nos haríamos con el control del sector cuatro y explotar nosotros los negocios del general...

—Para, para... creo que al anciano no le salían muy bien las cuentas, según veo.

—He revisado sus archivos, no le iba tan mal. Lo que pasa es que estaba viejo. Me parece que en los últimos tiempos no tomaba buenas decisiones. ¡Vamos, Víctor! Mira a tu alrededor, aquí podemos alojar a un ejército, un tipo como tú sabría manejarlo.

—¿Y tú? ¿Qué serías? ¿Qué quieres?

—¡Yo! Sería tu segunda, tu mano derecha, quiero dinero, poder... ¡Joder, tío! ¡No me digas que no lo ves!

—No me necesitas, puedes hacerlo tú sola. No me veo aquí encerrado, no soy una rata espacial. Solo quiero acabar la misión y volver a casa. Y si no la terminamos te pediré que me ayudes a llegar a la Tierra de forma clandestina, con dinero todo es posible.

—Sí, supongo que te puedo ayudar, en Ceres tengo amigos capaces de eso. Pero… no me digas tan rápido que no. ¡Piénsatelo primero!

Víctor no contestó, miró la base; sorprendido por la proposición de García, no le gustaba la idea.

—Ah, por cierto —continuó ella—, no te he dado las gracias por salvarme, no creo que hubiera sobrevivido.

—Lo hice porque no sé pilotar una nave —le contestó guiñando un ojo.

Fue entonces cuando el localizador se encendió. La luz verde comenzó con el parpadeo, señal inequívoca de que su gemelo había sido activado.

—¡Vamos al panel de control! —exclamó García.

Cuando lo colocaron sobre el lector de la consola la computadora empezó a trabajar. Unos eternos segundos más tarde apareció el holograma, primero con una imagen general del Sistema Solar, que fue reduciéndose hasta determinar el punto exacto de la ubicación de su réplica y por consiguiente de la nave colona.

—Se dirigen a Marte, no hay duda —sentenció la capitana—. Aunque van muy lentos, lo más probable es que tengan un solo motor operativo, seguramente les inutilizamos el otro.

—¿A Marte? ¿Querrán reparar el motor?

—Sí, casi seguro que sí. O comprar otro, me imagino que ese odioso Paulsen sacrificó uno de los impulsores para librarse de los misiles.

—¿Y qué podemos hacer? —preguntó Víctor—. ¿Nos da tiempo a alcanzarlos?

—Negativo, para cuando lleguemos ya estarán bajo el espacio territorial marciano, si les atacamos la Flota Roja se nos echará encima.

—Tendremos que esperarles en las inmediaciones, entonces.

—Si te soy sincera no me gusta esa opción. El capitán Paulsen sabe o sospecha que los seguimos. Pedirá refuerzos o se inventará algún truco, como enviar el contenedor por otros medios.

—Sí… tienes razón —afirmó Víctor dubitativo.

—¿No me dijiste que tenían un topo dentro de la Atenea?

—Solo es una suposición, pero es nuestra mejor opción. Me pondré en contacto con el asiático, necesito que me lo confirme y que me indique cómo contactar con el topo.

—La Nefertiti es perfectamente legal. En teoría es una nave de carga, así que podemos amartizar sin problemas. Pero la tendríamos que desarmar, es ilegal llevar armas.

—Ya, me hago cargo. Cuando me conteste el asiático, decidiremos.

El mercenario comenzó a escribir el mensaje a Oskar, midiendo cada una de sus palabras…

Patch Mountain tenía frío y le dolía todo el cuerpo. Las cadenas le rozaban las llagas de las muñecas. Ya no sentía el espantoso olor de la celda. Hambriento y sediento, parecía que se habían olvidado de él. Ignoraba cuántos días llevaba allí, encerrado y encadenado. Se le había acabado el agua del cubo. Nadie contestaba a los gritos de súplica que salían de su garganta en los momentos en los que parecía perder la razón. No terminaba de entender cómo había podido caer tan bajo; en realidad deseaba morir, que esos malditos terrícolas le volaran la cabeza. Cuando escuchó el sonido de la puerta al abrirse creyó que era una mala jugada de su enloquecida mente, pero cuatro manos lo alzaron y se lo llevaron arrastrando.

Lara observó cómo traían al general. Su aspecto era lamentable, apenas podía caminar, no se caía al suelo porque Rudolf y

Yuri lo sujetaban uno a cada lado. Víctor había ordenado reunirse a todos en el espacio-puerto para presenciar la ejecución del viejo. Se iban a marchar esa misma tarde. Ella, en cambio, se quedaba junto a los esclavos. García le había asegurado que iba a volver y que la incluiría en su tripulación. Pero estaba triste, no volvería a ver a su salvador, Víctor, el primero en tratarla como a un ser humano, el que la estaba enseñando a luchar, a valerse por sí misma, a ser dueña de su destino.

Lo colocaron en el centro, arrodillado. Patch Mountain no oponía ninguna resistencia. Viéndolo en estas condiciones nadie diría que era un temible corsario, responsable de cientos de muertes, con mil batallas a sus espaldas.

—Bueno, anciano, llegó tu hora—comenzó a decir Víctor—. Como ves, no te dejaré morir en ese agujero. Lo harás aquí, con público, espero que mantengas la dignidad.

El general posó su ojo biónico en cada uno de los presentes, incluyendo a los tres esclavos que, vestidos con el mono naranja, estaban un poco más retrasados en segunda fila, ligeramente excluidos de la ejecución, ocupando su lugar en esa diminuta sociedad. Lara no pudo evitar sentir temor cuando la miró a ella, pero se mantuvo impávida, no debía mostrar debilidad. Víctor la señaló y dijo:

—¡Que lo haga ella!

La joven no se lo esperaba, pareció dudar, pero por nada del mundo pensaba fallar a su ídolo. Así que, dando un paso al frente, se plantó junto al general arrodillado y desenfundó su arma apuntando a la cabeza del condenado.

—¡Así, no!

La detuvo el terrícola ofreciéndole un puñal.

—Debes hacerlo con tus manos, es tu primera muerte y quiero que seas consciente de lo que significa asesinar.

Lara lo miró a los ojos, de inmediato comprendió lo que esperaba de ella. En los últimos días habían compartido muchas horas de entrenamiento. Agarró el acero y se plantó frente al condenado sin apartar la mirada de su ojo robótico...

—¡Vamos, zorra! Tiene gracia que una putita sea la que acabe conmigo. Con los momentos de felicidad que me has dado...

Lara no contestó, con la mano izquierda agarró sus blancos rizos y tiró de su cabeza hacia atrás. Acercó el cuchillo a la garganta y lentamente comenzó a hundirlo… No lo hizo rápido, todo lo contrario, procuró prolongar la agonía del reo, que sintiera cómo la hoja se hundía, cómo cortaba la carne, los tejidos, dejando correr la sangre por su mano, por su antebrazo. El tibio líquido fue purificador, arrastrando los abusos y las humillaciones a los que había sido sometida por el general y sus hombres. Lo observó morir con frialdad, sin ningún remordimiento, sin debilidad; sujetando en todo momento su cabeza, sin dejarlo caer, recreándose en su final…

Cuando decidió soltarlo, el cuerpo inerte cayó pesadamente; todos la miraban, pero percibió que de forma diferente; piratas y mercenarios lo hacían con respeto, asintiendo, ahora era uno de ellos; los otros en cambio, los de naranja, lo hacían con temor, nerviosos. En este momento comprendió por completo el significado de las palabras de Víctor…

—¡Y vosotros, recoged esta mierda! —ordenó a los sirvientes.

Tres horas después se despedía de sus nuevos colegas. Había ayudado a Harrison y Sídney a desmontar las armas de la Nefertiti, necesitaba aprender el oficio.

—Bueno, cuídame esta roca —le dijo García.

Víctor le había dado un apretón de manos. Lara tuvo que contenerse para no abrazarlo, aunque no pudo evitar que una lágrima corriera por su rostro. Yuri había dicho una de sus gracias y Rudolf le apretó los hombros con sus gigantescas manos.

Cuando la nave despegó no hizo caso de las preguntas de sus antiguos compañeros y se dirigió al campo de entrenamiento...

20

El planeta rojo estaba a la vista. Los cinco, en la cabina del capitán, esperaban el permiso para descender a la superficie. Contemplaban el espectáculo a través de la única ventana de la nave. La corteza presentaba un desierto rojo a escala planetaria, plagado de multitud de grietas y cráteres, exceptuando la blanquecina capa de hielo de su polo norte. En realidad, daba lástima, sobre todo al pensar que 4.000 millones de años atrás había sido un planeta similar a la azulada Tierra: lleno de vida dispuesta a evolucionar, como lo demostraban los miles de fósiles encontrados. Aún era un misterio la razón por la que Marte cayó en desgracia. Había perdido el campo magnético que lo protegía del viento solar y la atmósfera protectora, ahora débil y un vago recuerdo de lo que fue, incapaz de mantener agua líquida en la superficie.

Gael había contactado con Kriker Olimpo, un marciano amigo suyo, dueño de un astillero de reparación de naves y antiguo piloto de la Flota Roja; habían luchado juntos contra los piratas del Cinturón, aunque también se habían visto obligados a enfrentarse en la batalla de Titán, algo de lo que rara vez hablaban. Esa derrota fue lo que terminó por derrumbar la maltrecha economía marciana. No tenía nada que ver con la de cien años atrás, cuando la construcción de las estaciones espaciales dependía de los minerales marcianos. Después, el ritmo de crecimiento de las estaciones fue bajando, provocando una menor demanda de materiales, con la consiguiente bajada de los precios.

Además, La Federación comenzó a cultivar sus propios alimentos, reduciendo la dependencia de los productos vegetales del planeta rojo. Por el contrario, Marte aumentó su demanda de helio 3, cuyo valor no dejaba de aumentar. Todo esto inclinó la balanza comercial del lado de la Federación, con la consiguiente ruina del mundo marciano. Se creó un caldo de cultivo idóneo para el nacionalismo y los extremismos, que derivó con el ascenso al poder de un peligroso populista, que terminó por declarar la guerra a la Federación.

—Tiene permiso para descender, siga las coordenadas que le enviamos a continuación —la voz del controlador inundó la cabina.

Gael pilotó la nave siguiendo el camino virtual que le habían trazado. Se dirigieron a la capital de Marte, Marina, de unos ochenta millones de habitantes, que representaba la cuarta parte de la población total del planeta. Ubicada en el fondo del Valle Marineris, el cañón más grande de los planetas interiores, con una longitud de 4.500 kilómetros, una anchura de 200 y una profundidad que en algunos puntos llegaba a los 11 km: desde el espacio parecía una terrible cicatriz en el ecuador.

La ciudad era un conjunto de gigantescas grutas que se habían descubierto en el interior del desfiladero, donde la vida marciana se había hecho fuerte, protegida por las enormes paredes y por los restos del antiguo campo magnético global. Los marcianos unieron las cavernas mediante túneles o utilizando pasillos presurizados que recorrían la superficie, creando la monstruosa ciudad de Marina, con 120 km de longitud y una anchura variable que en algunos puntos alcanza los 52 km.

Finalmente, amartizaron en el espacio-puerto situado más al este, donde desembarcaban los cientos de turistas que diariamente visitaban Marte. El turismo era una actividad que en los últimos tiempos prosperaba en el planeta rojo. Las autoridades se habían dado cuenta del interés que despertaba el hermano de la Tierra. Aunque el carácter de los marcianos no era demasiado hospitalario, no podían renunciar a una importante entrada de divisas en su maltrecha economía. Esa era la razón de que hubieran creado una importante estructura turística a escala planetaria. Les desviaron hacia una zona del espacio-puerto destinada al alojamiento de naves privadas, donde cobraban un suculento precio por el atraque diario.

El oficial marciano los miraba con aire de desconfianza. A pesar de su baja estatura, el uniforme y los movimientos marciales le otorgaban una gran sensación de autoridad. Estudió a los cinco pasajeros detenidamente, paseándose por delante de ellos con irritante lentitud. Dejó al capitán para el final. Cuando se plantó delante de él, lo encaró girando sobre los tacones de sus relucientes botas negras.

—Así que es usted el capitán de este carguero —dijo levantando la barbilla y estirando todo su delgado cuerpo.

—Sí, señor. Capitán Paulsen, piloto del Atenea, nave de carga T-1120356-73.

—¿Y los pasajeros?

—Son trabajadores de la empresa Helio Génesis, que me contrató para realizar una serie de portes. Pero tuvimos un accidente, una colisión contra un pequeño meteorito.

—Ya, ¿tiene la documentación?

Gael entregó la documentación junto con el código de reparación que le había facilitado Kriker, a cargo de su astillero espacial, Olimpo Spaces. El oficial la revisó detenidamente y ordenó a dos de sus hombres comprobar la documentación del resto de la tripulación.

—¿Le importa que eche un vistazo a los daños ocasionados por el supuesto meteoro?

—En absoluto, oficial, aunque no hay nada que ver, el sistema desprendió el motor cuando detectó la colisión.

Gael, conocedor de la personalidad desconfiada de los marcianos, le mostró el hueco que había dejado el impulsor, así como todo el chasis de la Atenea, dándole todo tipo de explicaciones.

—Capitán, ¿lleva armas en la nave?

—Claro que sí, oficial, las reglamentarias, ahora están guardadas en su lugar, la caja fuerte. Si usted lo desea puede mirar en el interior de la nave, no tengo inconveniente —añadió, conocedor de que el oficial no tenía ningún derecho entrar, según las leyes espaciales, por ser territorio de la Federación, salvo que él lo invitara.

—No, capitán, no es necesario —contestó con el rictus bastante más relajado, estaba claro que el ofrecimiento lo había tranquilizado.

Cuando se despedían de los agentes, vio cómo se acercaba su amigo Kriker. Su menudo cuerpo se desplazaba con rapidez, era calvo y siempre le había parecido que su piel era más rojiza que la del resto de sus compatriotas.

El marciano se plantó delante de él y ofreciéndole la mano le dijo:

—¿Qué te trae por aquí, viejo amigo?

—Como te puse en el mensaje necesito tu ayuda —le contestó con un apretón—. Necesitaré información. Pero ya te contaré después, mientras te invito a comer.

Después de presentarlo al resto de la tripulación, Kriker examinó los daños. Sus ojos expertos revisaron el casco del vehículo, especialmente la zona cercana al motor perdido…

—Así que un meteoro… —comentó exagerando el acento marciano y mirando a su amigo con expresión de duda.

—Bueno… de eso quiero hablarte cuando estemos a solas.

Tras la breve inspección se despidieron del resto y se alejaron hacia la salida.

—Y nosotros… ¿qué hacemos? —gritó Alexia.

Gael se giró y respondió:

—No lo sé, ¿turismo?

Sentados en un restaurante los dos antiguos colegas de armas charlaban animadamente poniéndose al día de los últimos acontecimientos. Disfrutaban de la famosa comida marciana, que era una hábil combinación de hortalizas, pescado y algas, todo oriundo del planeta rojo.

—Kriker… —comenzó a decir Gael, aprovechando una pausa en la conversación— necesito algo más que una reparación.

—Ya me imagino, no te creas que me he tragado lo del meteorito.

—Lo sé, tuve que desprenderme del motor para desviar unos misiles.

El expiloto de la Flota Roja lo miró detenidamente dejando los cubiertos al borde del plato y cruzando sus finas manos coloradas, dándole a entender que deseaba escucharlo.

—Mira, no puedo darte detalles. Pero es posible que unos piratas cerianos estén esperando a que abandonemos el planeta. Así que necesito armas pesadas que pueda acoplar a mi nave.

—Supongo que es absurdo que te recomiende avisar a las autoridades.

—Sí, lo sé, pero no puedo hacerlo. Mira, es posible que nos hayamos librado de ellos, pero no quiero correr riesgos, ¿entiendes?

—No, no lo entiendo, dices que no quieres correr riesgos y… ¿te arriesgas a que te pillen comprando armas ilegales? ¡Puedes acabar en la cárcel!

—Por eso necesito tu ayuda, el dinero no es problema, me pongo en tus manos, seguro que sabes de alguien.

—Sí, conozco a la persona perfecta, una antigua mecánica del ejército. Aquí nos tenemos que buscar la vida, la corrupción ha invadido el planeta. Haré unas llamadas y te concertaré una cita.

—Vale, muchas gracias.

—¡Ah! Una cosa, la tipa no debe saber quién eres, serás consciente de que no eres muy popular por estas tierras.

Dicho esto, Kriker volvió a coger los cubiertos y continuó degustando el pescado…

Alexia contempló la monumental plaza. Era enorme y estaba fuera de las grutas. Les protegía del exterior una inmensa cúpula de aluminio transparente, así que podían contemplar el cielo. Los rodeaban riadas de turistas; la mayoría hacía fotos al exterior de la bóveda, para los colonos contemplar el espacio desde la superficie de un planeta era algo insólito. Alexia también miraba el cielo, tenía un cierto parecido con el de la Tierra, pero era un celeste más oscuro y echaba en falta las nubes.

Después de una copiosa comilona que les hizo olvidar el monótono sabor de las raciones espaciales, decidieron separarse. Habían llegado los cuatro juntos utilizando el magnetotrén, pero tantos días encerrados en un hábitat reducido provocaba deseos de perderse de vista, aunque fuera un rato. Comenzó a extrañar al capitán, le hubiera gustado pasear con él por este pintoresco lugar, donde se mezclaban colonos con marcianos. Estaba fascinada con el aspecto de estos, en las colonias era extraño verlos, siempre le habían parecido todos iguales, pero no era así. Además, las mujeres tenían una exótica belleza, aunque no pasaba lo mismo con los hombres. Alexia no pudo evitar sentir una punzada de celos al recordar los rumores sobre el capitán y su compañera marciana, una tal Sonja. Aunque le invadía una terrible curiosidad, dudaba si preguntar a Gael sobre el asunto, nunca hablaba sobre ella.

Un monumento le llamó la atención. Sorteando infinidad de puestos de venta, llegó hasta él. Al verlo de cerca se percató de su inmenso tamaño. Esculpido en el famoso mármol del planeta rojo, representaba un funeral. Los asistentes eran militares tanto marcianos como colonos. Dispuestos de forma intercalada, los distintos tamaños de los ataúdes indicaban que las víctimas eran de ambos bandos. Una inscripción en la base decía: «EN MEMORIA DE LOS HÉROES QUE MURIERON POR LA LOCURA DE UNOS POCOS». Alexia se fijó en una losa que contenía unos cientos de nombres ordenados alfabéticamente; enseguida encontró el que buscaba, «Sonja Tharsis»: era la única Sonja, así que tenía que ser ella.

Introdujo el nombre en su UA y posteriormente añadió fotos. Apareció el rostro de la mujer, un retrato marcial con gorra y uniforme. Pese a la expresión seria no cabía duda de que había sido hermosa, exótica; el singular tono de su piel resaltaba lo más atractivo de sus rasgos. Absorta, rodeaba el monumento buscando entre las figuras la cara del capitán. Lo que no esperaba era encontrarse con él: allí estaba, con la mirada fija en el monumento, ausente…

No la vio. La mente de Gael al toparse con la escultura retrocedió diecisiete años…

Se encontraba en el destructor Osiris, de guardia. Escucharon la señal de combate. Pensaron que era un simulacro, pero los altavoces escupieron la potente voz del coronel Garret advirtiendo que era una situación real. Nadie esperaba un ataque, eran tiempos de paz, pero ahí estaba la Flota Roja casi al completo. Los defensores de Titán se encontraban en inferioridad de condiciones y la ayuda tardaría 4 horas en llegar. Al montarse en su caza fue consciente de que tendría que enfrentarse a sus antiguos camaradas, con los que había combatido, codo con codo, contra los corsarios del Cinturón. Apartó esos pensamientos, debía concentrarse, lo más importante era evitar que la capital de la Federación cayera en manos del dictador marciano.

Su escuadrón fue el primero en despegar entre el fuego enemigo. Las defensas del Osiris se emplearon a fondo, pero estaba siendo fuertemente castigado por dos destructores enemigos, Apofis y Poseidón. Lo primero que hicieron fue disparar a los misiles que se acercaban, para cubrir el despegue de los otros siete escuadrones.

Para cuando los cazas enemigos llegaron, ya estaban todos fuera. La batalla estaba totalmente descontrolada, Gael visualizó en su casco el desarrollo global del enfrentamiento entre los tres destructores. Trataba de buscar un patrón, organizar una estrategia, todo esto mientras derribaba tres cazas enemigos…

—Capitán —la voz del comandante del Osiris resonó en sus oídos—, ¡olvídese de protegernos, concentre el fuego en el Poseidón! ¡Derríbelo! ¡Es una orden!

Gael ordenó a los veintiséis pilotos que aún quedaban a sus órdenes flanquear al Poseidón. Iniciaron un ataque clásico, la mitad de los escuadrones castigaba al destructor estelar y la otra mitad los protegía de los cazas enemigos.

Finalmente, el dios del mar cayó y los que no habían sido derribados, se volvieron contra el Apofis. El Osiris era ya un cadáver que se dirigía contra su rival en una maniobra suicida. El capitán Paulsen ordenó concentrar el asalto en los impulsores laterales; cuando un caza marciano se puso en su cola comenzó a girar y a realizar maniobras evasivas, pero el piloto rojo era muy bueno: no conseguía despistarlo. Gael supo quién era, reconoció la asombrosa forma de pilotar de su antigua compañera. Su computadora le indicó durante dos eternos segundos que estaba en el ángulo de tiro de los cañones de neutrones. Sin embargo ella dudó, no disparó, un error que Gael no cometió, invirtió la potencia de sus motores frenando bruscamente su caza, para colocarse detrás de ella. No titubeó y le descargó tres ráfagas de neutrones, destruyendo su nave.

La vio saltar en su cápsula de salvamento y reprimió el impulso de ir a rescatarla (algo de lo que no dejaría de arrepentirse el resto de su vida). Lo más importante era la misión, proteger la Estación Titán. Programó su computadora para que grabara la frecuencia del localizador de Sonja, conocedor de que solo tendría setenta minutos de oxígeno. Continuó con la batalla.

Cuando la Flota Roja fue derrotada, tocaba rescatar a los soldados que vagaban por el vacío. Gael sabía que primero rescatarían a los suyos, así que para la mayoría de los marcianos sería demasiado tarde. La buscó con su caza sabedor de que no estaba equipado para el rescate, cuando la encontró le quedaba un minuto de aire respirable…

Colocó su nave junto a la cápsula de Sonja. Una especie de vaina con el tamaño justo para alojar a un piloto. Ella lo miró a través del cristal, le sonrió, parecía alegrarse de que estuviera bien. Gael, desesperado, trataba de hablar con ella por radio; no lo consiguió, las transmisiones estaban codificadas con diferentes algoritmos. No podía agarrar la cápsula de ninguna manera, así que se colocó el casco y abrió su cabina. Le hizo gestos para que saltase hacia él, ella lo hizo y consiguió agarrarla. Se abrazó a él casi sin oxígeno, la diferencia de los conectores hacía imposible suministrarle aire. Se miraron, en el rostro de ella había una extraña sensación de paz. Gael piloto como un demonio, tenía que llegar a un hangar, el Osiris estaba destruido, así que aceleró hacia la base de la armada que era lo que estaba más cerca.

Tardó menos de seis minutos en llegar. A pesar de estar separados por los trajes espaciales, la sentía junto a él; notó sus convulsiones al quedarse sin nada que respirar, incluso pudo percibir el momento exacto en el que murió…

Entró en el espacio-puerto incumpliendo todas las normas de seguridad mientras solicitaba asistencia médica por radio. Incluso a punto estuvo de chocar contra una nave de rescate que salía en ese momento. Aterrizó estrepitosamente, le quitó el casco y saltó a tierra. «¡Médico, médico!» gritaba. Comenzó él mismo con la maniobra de reanimación. Desconocía el tiempo que estuvo tratando de revivirla, no paró hasta que llegó un equipo médico…. Pero no pudieron hacer nada por ella.

El hangar hervía de actividad, pero todos repararon en la escena: los lamentos del respetado capitán Paulsen, con la piloto marciana en sus brazos quedó grabada en la memoria colectiva de la Flota…

Dos meses más tarde, con el planeta Marte rendido y su gobierno detenido, las autoridades de la Federación trataron de reconciliar a las partes, conscientes de que eso era lo mejor para evitar futuras guerras. Utilizaron la imagen de los antiguos compañeros de armas que se habían visto obligados a enfrentarse por la locura del déspota marciano. Así que hicieron actos de reconciliación, entrevistas, reportajes, monumentos… y aquel ataque quedó como un mal recuerdo para los colonos. Pero para los marcianos seguía siendo una vergüenza, lo que terminó de destruir su economía y la imposición de la limitación del tamaño de su Flota Roja.

Gael volvió al presente, Alexia lo miraba preocupada. Él no pudo evitar que una lágrima escapara, provocando un sinuoso arroyo por su rostro. Cuando ella se acercó la abrazó con fuerza y ella hizo lo propio, en silencio, refugiándose en la intimidad del bullicio…

El vehículo anti gravitacional se desplazaba a casi seiscientos kilómetros por hora. Se mantenía a una altura de unos diez metros sobre el suelo. El conductor lo guiaba siguiendo la carretera virtual que aparecía en el parabrisas. Contemplaban el amanecer marciano, un tímido sol que aparecía en el horizonte. Alexia trataba de compararlo con el de la Tierra, pero era distinto, ella se había acostumbrado al alba de la isla tropical y no tenía nada que ver con lo de ahora. Tal vez influía el inmenso desierto que los rodeaba, carente de vida, desolador… Pensó que tal vez bajo la superficie existía alguna caverna sin descubrir, repleta de la vida superviviente del húmedo planeta que había sido milenios atrás.

Viajaban en silencio. Omar parecía dormir. La cara de Gael denotaba la falta de sueño. Ella se notaba extraña, acoplar su horario al marciano (que no se regía por el estándar espacial, sino por la rotación del planeta), le estaba resultando muy duro. Era la segunda noche que pasaban en Marte, pero aún no se habían acostumbrado, ni lo harían porque Atenea estaría reparada, según les aseguró Kriker Olimpo, mañana por la tarde.

El conductor, un marciano sorprendentemente simpático, les dijo:

—Ya sé que no han venido a hacer turismo, pero a nuestra derecha está el monte Olimpo, el mayor volcán del Sistema Solar descubierto hasta ahora. Es impresionante, son 27 kilómetros de altura, pero su diámetro es de seiscientos kilómetros, la única forma de visualizarlo en su totalidad es desde el espacio. Si tienen tiempo tienen que verlo. Organizan excursiones de todo tipo, incluso en alguna, para los más valientes, se pueden subir los últimos quince kilómetros andando. Para ustedes, acostumbrados a una gravedad dos veces mayor no es demasiado dificultoso; además, la pendiente es suave.

—Sí, conozco esa subida —sentenció Omar.

Gael no comentó nada, ni siquiera dirigió la mirada hacia la impresionante montaña. Alexia reprimió el impulso de agarrar su mano, estaba preocupada por él, la estancia en el planeta rojo parecía afectarle muchísimo. Ella, en cambio, estaba asombrada por el tamaño del volcán. No era capaz de calcular la distancia a la que se encontraban, pero no conseguía abarcar con la mirada la totalidad de la inmensa mole. Ni tan siquiera se podía ver la cumbre, era una gigantesca pared propia de las novelas de fantasía que leyó de adolescente, las que hablaban de mundos mágicos, ¿qué maravillas escondería Theia?

—Hay teorías que afirman que debido a la baja gravedad del planeta —el conductor continuó con la conversación—, la lava apenas se compacta por su propio peso, de ahí que haya conseguido elevarse hasta semejante altura. También ayuda el hecho de que en Marte no tenemos tectónica de placas, eso hubiera hundido el monte.

—Tiene sentido, siempre y cuando el magma expulsado se reparta uniformemente por la montaña, creando una pendiente muy liviana —añadió Alexia.

—Esa es la razón por la cual la ascensión es muy sencilla. Incluso hay momentos en los que no da la sensación de que subes. Una vez arriba el espectáculo es impresionante, se puede ver el borde de la atmósfera del planeta, en algunos momentos parece que estás en el espacio —intervino Omar.

Tres horas más tarde llegaron a su destino. Se intuía que el asentamiento estaba bajo tierra, con la superficie plagada de invernaderos. Pero lo más sorprendente era que algunas plantas, de las que ninguna superaba la condición de matorral, crecían en el exterior, dando al paisaje la sensación de que la vida ganaba la batalla al desolador desierto rojo.

—¿Eso es vegetación auténtica?

—Sí, señorita —contestó el conductor orgulloso—, son cardos marcianos. Hemos conseguido que se adapten a la vida en superficie. Algunas zonas (como esta, por ejemplo), están protegidas por los restos del antiguo campo magnético de Marte.

Aprovechamos estos lugares para cultivar alimentos y criar animales de consumo. Además, el gobierno subvenciona las plantas de exterior; aunque no producen nada sirven para transformar el CO_2 en oxígeno. Son la primera avanzadilla, algún día transformaremos el desierto y el planeta volverá a tener una atmósfera respirable, en ese momento abandonaremos el subsuelo para vivir en el exterior.

—Queda mucho para eso, pero ojalá lo logréis —dijo Alexia.

—Lo haremos, señorita, yo no lo veré, pero mis nietos… tal vez sí.

Se ajustaron los trajes de soporte vital y salieron al exterior. El conductor los esperaba allí.

—Tengan cuidado, la mayoría son agricultores, no van a dar saltos de alegría al verlos —les advirtió el conductor.

Se dirigieron a la entrada de la caverna (sellada por una pared construida por el hombre). Llamaron a la puerta, situada en un lateral. Cuando entraron tuvieron que esperar a la descompresión. Después, casco en mano, entraron en la ciudad-gruta. No les quedó ninguna duda de que no era un lugar turístico. Todos eran marcianos y los miraban con descaro, dejándoles claro que no eran bienvenidos. Gael se alegró de haber traído a Omar: su impresionante presencia mantendría alejados a posibles provocadores.

Activó sus hologafas para que el programa los guiara a su destino. Tuvieron que usar dos transportes públicos y caminar treinta minutos por una serie de túneles para llegar. El sitio era rústico, no civilizado del todo, todavía quedaban restos de la vida original marciana; pequeños arroyos circulaban por el camino, en ellos nadaban seres extraterrestres. La iluminación era escasa, incluso en algunos momentos dependía exclusivamente de las esporas luminiscentes nativas. El lugar explicaba cómo tuvo que ser la vida de los primeros habitantes de Marte. Gael se alegró de tener el casco cerca, daba la sensación de en cualquier momento perderían la atmósfera artificial que llenaba los corredores.

En este nivel se cruzaron con pocos habitantes, pero las caras de estos eran de máximo desprecio hacia los intrusos. Finalmente, el programa de orientación le indicó que no tenía más datos, así que nos les quedó más remedio que preguntar. De eso se encargó Alexia, que era sin duda la más dotada para la diplomacia de los tres, aunque tuvo que realizar varios intentos hasta que un desdentado anciano se ofreció a llevarlos por el laberinto a cambio de un módico precio.

Era una especie de taberna donde también servían comidas. Aunque no conseguía ocultar su verdadero propósito: el contrabando. Preguntó al camarero por el contacto de Kriker y se sentaron en algo parecido a una mesa. Incómodos en sillas demasiado pequeñas, al rato una mujer se les acercó seguida de cuatro tipos armados.

—Así que sois los amigos alienígenas de Kriker —les dijo con sarcasmo.

Gael la estudió. Tenía que ser Mitra, embutida en un apretado traje sintético que marcaba una fibrosa figura. Podía resultar atractiva al principio, pero su arrugada cara y una expresión de mal humor permanente borraban cualquier encanto que pudiera tener. Era de ese tipo de personas a las que resultaba difícil imaginar en actitud cariñosa. Gael se levantó y le ofreció la mano al presentarse, pero ella no respondió al gesto, dejando al capitán con sus dedos esperando un apretón que nunca llegaría.

—¿Qué queréis? Kriker me ha dicho que necesitáis algún juguete.

Gael le ofreció un papel electrónico. Ella lo atrapó con unos modales acordes a su persona y tras leerlo les indicó que la siguieran hasta una puerta situada en el rincón más oscuro del siniestro local…

Cuando llegaron a Marina, los últimos rayos del lejano sol se reflejaban sobre su inmensa cúpula que, ayudada por el brillo del resto de construcciones que sobresalían de la superficie, luchaban en una encarnizada batalla contra las sombras del cañón, dispuestas a vender cara su derrota. Se despidieron del conductor y se dejaron engullir por la inmensa ciudad. Al no recibir ninguna contestación de los científicos, decidieron ir a la Atenea a buscarlos. Esta iba a ser la última noche en Marte y habían decidido ir a cenar todos juntos.

Gael supo que algo iba mal. La puerta exterior no se abría al contacto con su mano, la computadora tampoco contestaba. Buscó una herramienta en uno de los compartimentos del casco de la nave y, ayudado por Omar, desplegaron la rampa de entrada manualmente. Al entrar se percató de que Atenea estaba desconectada. La luz estaba apagada, las lámparas de emergencia emitían una sutil iluminación, suficiente para guiarlos hasta el primer panel de control. Gael reinició la computadora, le costó unos veinte segundos. Después, con Omar a la cabeza, registraron la nave y encontraron a Sonia Méndez tirada en el suelo.

Alexia rápidamente se arrodilló junto a ella buscando su pulso…

—Está viva —dijo con voz grave, tras examinarla con manos expertas—, solo está inconsciente, parece que le han disparado con un arma eléctrica —explicó, señalando una quemadura en la parte del costado de su nanotraje.

Gael corrió a su camarote. Al entrar se percató de que la caja fuerte estaba abierta. Faltaba una de las pistolas y el localizador cuántico, pero no habían tocado el dinero que tenía para emergencias. Cuando volvió al comedor habían sentado a la doctora en una silla. Alexia acercó un bote diminuto a su nariz… hasta que volvió en sí.

—Nos han robado el localizador —les dijo.

Los dos la miraron; en sus caras había pánico, derrota, incredulidad…

—Ha sido Nicanor, ese maldito cabrón nos ha traicionado —la débil voz de Sonia hizo que todos la miraran.

—¡No, no puede ser! ¡Tenemos que cogerle! —gritó Alexia, caminando sin sentido y con los puños apretados.

—¿Cuánto tiempo hace que se ha ido? ¡Dinos todo lo que puedas recordar! —Omar mantenía un tono de voz neutro, militar, trataba de mantener la calma.

Gael contemplaba la escena tranquilo, sin alterarse, incluso parecía divertirse; esperó a que los tres lo miraran, entonces cuando recabó la atención de todos exhibió una sonrisa triunfante y dijo, citando a Sun Tzu:

—*«Los oficiales saben la forma de la victoria, pero nadie sabe cómo establecí la forma».*

21

Nicanor Arser caminaba apresuradamente por la atestada avenida arrastrando su maleta magnética. Llevaba a Kent a su espalda a modo de mochila y notaba el peso del localizador cuántico en su bolsillo. No era un hombre de acción, así que estaba asustado, además portaba un arma de forma ilegal, todavía no entendía cómo se había dejado convencer... Nicanor llevaba dos años realizando informes para la Inteligencia Federal. Se consideraba un patriota, orgulloso de ser colono.

Así que cuando el asiático contactó con él enseñándole la identificación y le propuso trabajar por su patria, aceptó. Nunca entendió el empeño de su compañía, Helio Génesis, por entregar Theia a los terrícolas. Además, los ingresos extras que iba a recibir terminaron por convencerlo. Hasta ahora había sido un trabajo sencillo, pero este último encargo había superado todo lo esperado. En principio solo tenía que activar el localizador, después esperar a que les robaran La Singularidad y... a casa. Desde luego no había contado con las persecuciones espaciales, los disparos, ocultarse en un asteroide, robar, dejar inconsciente a su compañera... Desquiciado estaba, menos mal que Kent estaba con él y lo ayudaba.

Días atrás, cuando estaban cerca de Marte, había decidido volver a activar la baliza cuántica. Al llegar al planeta recibió un mensaje del oficial del gobierno ordenándole que le hiciera un resumen de lo ocurrido; después le informó que un agente contactaría con él. Nicanor estaba muy nervioso, sobre todo cuando el contacto le apremió a robar el localizador del capitán. En un principio se negó, dispuesto a no volver a responder a los mensajes del misterioso individuo. Pero tras consultarlo con su mejor amigo y confidente, Kent, decidió aceptar a cambio de una buena suma de dinero. No lo hubiera logrado si no hubiera sido por él; al conectarlo a la computadora de la nave se había hecho con el sistema de seguridad, incluyendo la apertura de la caja fuerte. Lo de dejar sin sentido a Sonia había sido idea de Kent, él solo ejecutó el plan de la Inteligencia Artificial.

—TRANQUILO, ESTÁS DEMASIADO EXCITADO, VAS A CONCENTRAR ATENCIONES INDESEADAS —el mensaje de Kent apareció en sus hologafas.

—¿Cómo lo sabes? —contestó utilizando la diadema mental. Le gustaba llevarla el mayor tiempo posible, así podía charlar con su amigo.

—ME TRANSMITES PARTE DE TUS PENSAMIENTOS, ASÍ CONSIGO DEDUCIR TU ESTADO DE ÁNIMO. TODO SALDRÁ BIEN, NO TE PREOCUPES. RECUERDA QUE SOMOS UN EQUIPO, A PARTIR DE AHORA ESTAREMOS EN CONTACTO TODO EL TIEMPO QUE QUERAMOS.

Kent tenía razón. Se detuvo un momento para tomar aire. Continuó luego caminando más despacio, recordando los grandes momentos con su amigo, sus primeras charlas, cómo la computadora cobró consciencia de sí misma. Era un nuevo ser, la mayor creación de la humanidad y (paradójicamente) el mayor secreto. Si se llegara a descubrir lo destruirían, no. lo matarían. ¡Sería un asesinato! Algo que Nicanor no iba a consentir.

Fue él quien estuvo a su lado cuando Robert, su ex pareja, le abandonó. El único que no se cansó de escucharle, el que le consoló cuando descubrió la mentira de Robert. Ese cerdo no necesitaba un tiempo como le dijo (mientras hacía las maletas). O el falso beso que le dio al irse del apartamento que compartían. Le dejó por otro, como supo más adelante, por un compañero del trabajo. Fueron meses muy duros. Nicanor se sentía muy solo, sus amistades no le comprendían, parecían huir de él. Excepto Kent, que, aunque en un principio parecía no comprender la situación, más adelante demostró una humanidad y un amor hacia él superior a su familia y amigos, y eso que todavía era un niño, seguía aprendiendo… ¿Dónde estaba el límite de su capacidad? Nicanor estaba dispuesto a jugársela por él, le ayudaría a desarrollar todas sus capacidades.

Llegó al lugar acordado, la puerta de salida de una estación del magnetotren. Una zona industrial, solitaria… hacía rato que reinaba la noche, los trabajadores ya la habían abandonado, salvo algún despistado que debía cumplir algún turno de guardia.

A pesar de su metro noventa, no lo vio acercarse, así que se sobresaltó al escucharlo…

—¡Dr. Arser! —dijo Víctor saliendo de las sombras.

—Sí, soy yo… ¿Es usted agente del CIF?

El mercenario se acercó un poco más permitiendo que la tenue luz de una farola dejara entrever su rostro…

Nicanor no respondió al instinto primitivo de salir corriendo. El tipo era realmente intimidante; por unos instantes volvió al instituto, cuando tenía que vérselas con algún matón en el patio, pero era un adulto, un físico de renombre, así que logró mantener la compostura.

—Digamos que sí, ¿tiene el localizador?

Nicanor asintió con la cabeza, encontró el aparato dentro de su bolsillo. Pero en una actuación un tanto absurda, rebuscó en su cazadora fingiendo que le costaba encontrarlo. Finalmente lo sacó, aunque no quería entregarlo; le parecía que el objeto era demasiado valioso, en la práctica era entregar la Singularidad a un desconocido. Se topó con la mirada del tipo que, con la mano extendida, dejaba claro que no tenía otra opción. Así se disipó cualquier rastro de valentía que pudiera estar formándose en su interior y se lo entregó.

—¿Tiene mi dinero? —preguntó después.

—No, y no sé de qué me habla, eso tendrá que hablarlo con Oskar.

—¿Oskar? No conozco a ningún Oskar.

—Ya supongo que lo conocerá con otro nombre, es quien nos ha puesto en contacto, un asiático, ¿le suena?

Nicanor se quedó helado, había planeado fugarse con el dinero esa misma noche. Seguro que no era difícil comprar un pasaje en uno de los muchos cruceros que viajaban a Marte, tendría que llamar al agente...

—Además, tengo orden de traerlo conmigo. Así que vamos...

Para el científico eso era demasiado. Había detectado que el individuo tenía acento terrícola. No se introduciría en una nave corsaria repleta de terrícolas y tal vez piratas cerianos (que eran aún más salvajes, si cabe). Cuando Víctor trató de agarrarle un hombro para invitarle a que le acompañara, el Dr. Arser se giró sobre sí mismo y comenzó a correr, tratando de volver a entrar en la estación de tren. Pero cuando llevaba unos metros recorridos, una corpulenta figura surgió de entre las sombras, lo agarró del cuello y con un brazo lo arrastró hasta el terrícola con una insultante facilidad, a pesar de que se resistía con todas sus fuerzas.

—¡Que se escapa el pollito, jefe! —exclamó Rudolf divertido.

—Dr. Arser —comenzó a decir Víctor —, comprendo que esté un poco asustado, pero no debe temernos, estamos en el mismo bando, todos trabajamos para la inteligencia federal, el CIF, ahora... ¿podemos soltarle sin que nos monte ningún número?

Nicanor asintió con la cabeza. Tras un gesto del terrícola, su captor lo soltó y no pudo evitar sentir una punzada de vergüenza por lo absurdo de su comportamiento, así que, irguiéndose, tratando de recuperar la dignidad, dijo:

—Está bien, disculpe mi comportamiento, pero es que no he sido informado debidamente.

—Entiendo, no tiene por qué disculparse. Mis órdenes son recuperar la carga escondida y llevarles a usted y al paquete a Ceres, donde un transporte le recogerá; entonces mi trabajo habrá terminado.

—¿Ir… yo con ustedes? —la voz del científico expresaba negación.

—Afirmativo, quiero que comprenda la situación, yo no puedo desobedecer una orden, no sé si lo entiende, así que nos acompañará. Indudablemente prefiero que lo haga de forma voluntaria… —el mercenario dejó la frase colgando, esperando la reacción de su interlocutor.

—Está bien, está bien —continuó Nicanor resignado, mirando nervioso a izquierda y derecha.

—Me alegra que nos entendamos, Dr. Arser. Nos iremos ahora mismo, nuestra nave está en la estación espacial de carga del planeta, así que debemos coger el transbordador. Eso implica pasar la aduana, espero que tenga su documentación en regla.

—Sí, con eso no hay problema, pero tengo un arma en la maleta.

—No se preocupe, nos desharemos de ella.

Víctor habló con Yuri por medio de un sistema de comunicación oculto y este último apareció del lado contrario de donde había surgido Rudolf.

—¿Nos largamos ya? —preguntó.

Gael Paulsen estaba eufórico, los tres lo miraban expectantes. Veía la impaciencia en sus ojos, se recreó con el momento, finalmente exhibió una triunfante sonrisa y comenzó con la explicación…

—Desde el momento que fuimos atacados por primera vez, sospeché que teníamos un traidor entre nosotros. —Gael, tras dudar un instante, decidió no mencionar que Alexia había estado al corriente—. Los piratas aparecieron en el momento en el cual éramos más vulnerables. Demasiada casualidad, así que deduje que el topo debía tener un localizador cuántico. Por eso, en el asteroide salí a llevar el contenedor con la Singularidad a la órbita de otro, con la idea de esconderlo. Decidí pegar el cambiazo y colocar mi localizador en el contenedor vacío que quedaba; después, lo dejé girando alrededor de esa roca. Allí es donde se dirigen ahora nuestros amigos, en busca de una caja vacía. Podemos decir que nos hemos librado de los perseguidores y descubierto al traidor. Por si eso fuera poco, también sabemos dónde se encuentra el enemigo, ya que el localizador que se ha llevado el Dr. Arser está conectado con este otro, que solo recibe, no emite.

Sacó el pequeño aparato en forma de huevo de su bolsillo, mostrándolo al resto.

—Muy listo, capitán —dijo Omar.

Alexia y Sonia Méndez se miraron…

—Pero... ¿qué pasa con Nicanor? —preguntó la científica.

—Nada, ¿qué vamos a hacer? Dejemos que se vaya, mañana vamos a por La Singularidad, la cogemos y para la Estación Europa.

—Entonces, ¿dónde se encuentra La Singularidad? —preguntó Alexia un poco irritada por no conocer ese detalle, Gael no había contado con ella.

—La escondí en la cueva del asteroide.

—Y… ¿tienes otro localizador?

—No hace falta, pasamos allí tres días, tiempo de sobra para medir gravedad y velocidad. Atenea puede calcular dónde se encuentra o dónde estará dentro de un año.

—No estés tan seguro, si se cruza con otro objeto, se modificará su trayectoria —intervino Sonia.

—Es un pequeño riesgo, sí, pero… ¿qué os pasa? Parecéis enfadadas…

Las dos mujeres volvieron a mirarse, Omar hizo lo mismo con Gael, los dos hombres no entendían nada…

—Debemos encontrar al Dr. Arser —sentenció Sonia Méndez.

—No creo que eso sea operativamente recomendable —el tono de Omar era totalmente militar.

—¿Por qué? Se ha ido voluntariamente. ¿Qué vamos a hacer, secuestrarlo?

—Se ha llevado algo de la compañía, es parte de una importante investigación.

—¿Te refieres a ese ordenador? ¿Nos la vamos a jugar por una computadora? ¿O... es algo más, algo que no queréis contarme? ¡Lo vais a hacer ahora mismo! —el tono de Gael era muy duro.

Se creó un incómodo silencio, Sonia trató de contestar, pero Alexia la paró con un gesto y dijo:

—Es una biounidad experimental…

—¿Bio? ¿Quieres decir que está vivo? —interrumpió el capitán.

Alexia se quedó pensativa, la verdad es que no sabía que contestar a esa pregunta…

—Creo que es mejor que nos lo explique la Dra. Méndez.

Todas las miradas cayeron sobre ella.

—Como todo el mundo sabe desde el nacimiento de la biofísica, la creación de IA (Inteligencia Artificial) es imposible. Un aparato únicamente sintético jamás tomará conciencia de sí mismo, por muy compleja que sea su programación, nunca tomará decisiones propias. Pero… ¿qué pasaría si uniésemos material biológico con una computadora cuántica? Así que eso fue lo que hicimos, extrajimos células madre de un sujeto moribundo, con ellas fabricamos un cerebro modificado y después lo conectamos a una computadora especialmente diseñada para ello. Instantes antes de que el sujeto muriera, realizamos una transmisión de conciencia… Aunque el experimento solo fue un éxito parcial, ya que el individuo no era el mismo, era otro, como un niño ávido por aprender…

—Pero… entonces… ¿es un ser vivo? —preguntó Gael.

—Podríamos afirmar que sí, además necesita tanto energía eléctrica como alimento orgánico, incluso genera residuos biológicos.

—Tengo entendido que ese tipo de experimentos con cerebros son ilegales.

—Sí, tienes razón; también intentar la transmisión de conciencia, incumplimos varias leyes en la investigación, no te lo voy a negar.

Gael guardó silencio, decidió no comentar nada de la conversación que mantuvo con la biounidad, ahora le empezaban a cuadrar ciertas cosas, pero faltaba algo…

—Me queda una duda, ¿quién era el sujeto?

Sonia guardó silencio, pensaba decir una mentira, ya había hablado demasiado…

—El señor Jeringan padre, Kenneth —contestó Alexia.

—Vaya, así que el viejo no se quería morir —añadió Omar.

—Pero has dicho que no es él, entonces… ¿quién es? —preguntó Gael.

—¿Quién eres tú? —intervino Sonia—. Es él mismo, un sujeto independiente.

—Un monstruo, querrás decir, una aberración… algo que no debería existir.

—¿Por qué no? ¿Quién eres tú para decir eso?

—No es que lo diga yo, por algo lo prohibieron, por recomendación de varios comités de ética. ¿Con qué derecho lo creasteis? Es el capricho de un viejo millonario queriendo burlar a la muerte.

—¡Vale, ya está bien! —exclamó Alexia—. Esta discusión no tiene sentido. Lo importante es que no podemos dejar ese ser en las manos equivocadas, puede resultar peligroso, tenemos que recuperarlo.

—¿Peligroso?

—Sí, desconocemos sus límites, lo usamos en los experimentos porque es extremadamente inteligente. Nos aporta nuevas ideas, puntos de vista diferentes... —contestó Sonia al capitán.

—Entonces habrá manipulado al Dr. Arser.

—Lo ignoro, pero es evidente que no podemos descartar esa opción: por eso hay que atraparlo.

—¿Habrá sido esa biounidad la que desconectó a Atenea? ¿Y la que pirateó el código de mi caja fuerte?

—De eso puedes estar seguro, una razón más para detenerlo.

—Capitán —intervino Alexia —, ayer me convenciste para que fuéramos a comprar armas en el mercado ilegal marciano, que es lo que hemos hecho hoy; así que tenemos armamento y al enemigo localizado. Estoy segura de que eres muy capaz de tenderles una emboscada.

—Sí, claro que puedo, pero... ¿qué quieres, que los destruya?

—No, por supuesto que no, podríamos inmovilizarlos y exigirles que nos entreguen al Dr. Arser y la biounidad.

—No, Alexia no tenemos capacidad para eso. Supón que les inutilizamos los motores dejándolos a la deriva y ellos se niegan a entregárnoslos, que será lo más probable, ¿qué hacemos? No podemos abordarlos, no disponemos de capacidad de asalto.

—En eso tiene razón el capitán —intervino Omar—, en ese tema tengo mucha experiencia.

—Pero... ¿podrías dañarles la nave lo suficiente para obligarles a aterrizar? —preguntó Alexia.

—Sí, eso sí, se me ocurren varias formas.

—Vale, pues tengo una idea, tú encárgate de que atraquen en Ceres, luego me encargo yo —una pícara sonrisa invadió la cara de Alexia.

22

Gael observaba en la pantalla cómo el punto rojo parpadeante se acercaba a su posición. Llevaba casi tres días siguiendo sus movimientos y estaba seguro de que se dirigían a Ceres con lo que ellos pensaban que era la Singularidad. Jugó con el vaho que salía de su boca en un vano intento por formar una «o» con él, tal y como había visto en alguna película terrícola, en las que los actores formaban círculos con el venenoso humo del tabaco; *¿por qué fumarán?* —pensaba distraído.

El ambiente era frío y enrarecido, debido a que el soporte vital funcionaba al mínimo. De esta forma evitaban ser detectados por el enemigo. Estaban anclados gravitacionalmente a un asteroide, compuesto mayoritariamente por material metálico. La roca les hacía de pantalla y ocultaba su actividad. También había desactivado la gravedad artificial, por eso el capitán flotaba solo en la cabina. No estaba Alexia, la relación entre ellos era tensa desde Marte. Gael sospechaba que estaba ofendida por no haberle contado que había escondido la Singularidad en otro sitio (lo negaba, pero tenía que ser eso). Extrañaba su cómplice compañía; además, estuvo a punto de contárselo en varias ocasiones, ya que jamás pensó que fuese ella la traidora. Llevaban ya siete horas de acecho y por fortuna los piratas no desviaban su trayectoria: un terrible error, eran demasiado confiados, se notaba que la capitana no había participado en la guerra del Cinturón de Asteroides…

Recordó que tanto la Flota Federal como la Flota Roja habían sufrido dolorosas derrotas dentro del Cinturón, por no haber valorado este tipo de cosas. Al principio de la contienda, cuando se adentraban entre los asteroides, los corsarios les acechaban entre las gigantescas rocas, para atacarles desde varios ángulos y posteriormente huir rápidamente, infligiendo terribles daños. Esto provocó que colonos y marcianos cambiaran de estrategia; decidieron crear pequeñas patrullas mixtas (mezclaron cazas colonos y marcianos), que entraban en el Cinturón para realizar ataques rápidos y después huían a refugiarse en los destructores, que colocaron a una distancia prudencial de los asteroides. De esta forma desconcertaron a los corsarios, siendo estos los que comenzaron a sufrir la temida guerra de guerrillas.

Fue así como conoció a Sonja, líder como él de un escuadrón. Al principio la relación fue tensa, pero después se generó un ambiente de camaradería entre ellos, incluso de sincera amistad. Juntos planificaban trampas y emboscadas. Cada equipo tenía asignada una zona, pero la información era compartida por todos; de esta forma aprendieron a derrotar a los piratas. Gael recordaba que Sonja era muy buena ideando ataques rápidos, acechando al enemigo entre los asteroides…

—Treinta minutos para el contacto —resonó la femenina voz de Atenea.

Gael ordenó a los pasajeros ocupar sus puestos, no pensaba mover la nave; les iba a atacar con el dron auxiliar manejado a distancia, pero no quería correr riesgos.

Alexia entró flotando y se sentó en el asiento del copiloto. Gael se alegró de que se colocase a su lado.

—Espero que sigan el mismo camino —comentó Gael.

Alexia lo miró y después se fijó en la pantalla holográfica.

—Nosotros somos este punto y ellos son este otro, el que parpadea, supongo.

—Eso es, esperaremos a que pasen y les atacaremos por un lateral, mi objetivo será destruirles el sistema de soporte vital, así les obligaremos a aterrizar en Ceres.

—Muy bien, estoy segura de que mi capitán lo conseguirá.

Gael notó cómo el tono y la mirada de ella le decían que ya no estaba molesta con él. Se acordó de lo mucho que le gustaba hacer el amor con ella. Se sentía seguro entre sus brazos, a pesar del poco tiempo que había pasado desde que se conocieron, la complicidad entre ellos era poderosa. Además, le encantaba lo atrevida que era ella en la cama, cómo le animaba con esas pequeñas mentiras, cuando le sugería que le hiciera ciertas cosas... Gael detuvo esos pensamientos, se estaba excitando y necesitaba concentrarse.

—¿Qué te pasa? —preguntó ella con una pícara sonrisa, mirándolo descaradamente, pareciendo adivinar sus pensamientos.

Él no contestó, simplemente le guiñó un ojo antes de colocarse el casco mental. Solo con desearlo estaba dentro del dron auxiliar. Contempló el espacio a través de las cámaras. Dudó de nuevo si debía realizar el ataque a distancia; siempre era mejor estar físicamente, ya que, aunque las órdenes viajaban a la velocidad de la luz, existía un leve tiempo de respuesta. Descartó esa opción por inviable, no podía abandonar la Atenea, era el único que sabía pilotarla; además, era una operación muy sencilla.

El contador indicaba catorce minutos. Delante de él, el escenario de la inminente batalla aparecía dividido en cuadrados verdes. Centró su atención en el punto rojo intermitente, el ordenador visualizó la nave enemiga con todos sus detalles, sabía cómo era gracias a que la había estudiado en las persecuciones anteriores. Repasó por enésima vez cada detalle de su estructura, debía destruir el sistema de soporte vital, de esta forma solo tendrían aire para llegar a Ceres, lo que les obligaría a aterrizar.

Gael y Alexia sospechaban que querían entregar la carga en el espacio orbitando el planetoide, y también a Nicanor, que no se separaría de la biounidad. Una vez dentro de una nave de carga colonial, ya no podrían hacer nada por detenerlo. Repasó también los cañones de neutrones que habían comprado en Marte, en aquella siniestra cueva donde cerraron el trato. La entrega de las armas fue en el espacio: en el lugar y a la hora acordada, sin demora y sin trucos. Los marcianos, a pesar de su mal carácter, tenían una gran virtud, siempre cumplían su palabra: para ellos un apretón de manos era como firmar un contrato ante siete jueces, lo que les hacía especialmente aptos para el comercio ilegal.

Cuando se alejaron del planeta rojo, Gael montó las armas y las probó contra una de las millones de rocas que viajan huérfanas por el cinturón. Llevaba años sin disparar, pero comprobó que no había perdido destreza. No pudo evitar añorar aquellos años combatiendo a los piratas. Competían entre compañeros por ver quien derribaba el mayor número de platos, así llamaban a las naves destruidas; los muertos eran bajas, una forma de cosificar al enemigo, para no pensar que en realidad eran asesinatos y ellos… asesinos. *¿Cómo puedo echarlo de menos? ¿Me gustaba matar?* —pensó.

El pitido, avisando que quedaba un minuto, lo sacó de sus reflexiones. Fue como activar un interruptor, todo su organismo se concentró en la emboscada, el enemigo estaba detrás del asteroide. Gael le cortaría el paso por el otro lado; activó los impulsores de la mininave y aceleró, pegado a la corteza del cuerpo celeste, tratando de ocultar su rastro. Era posible que ahora mismo la capitana estuviese detectando el destello de energía. Tal vez pensaba que era el impacto de algún cuerpo contra el asteroide o quizá sospechaba algo peor, pero daba igual, en menos de treinta segundos los tendría a tiro.

Observó el suelo pasar a gran velocidad y se lamentó de no estar dentro del dron. En los vehículos pequeños se apreciaba mejor la sensación que producía la brutal aceleración a la que lo estaba sometiendo. Instantes después vio a su presa, «el plato», un carguero estándar, muy parecido al suyo. Perfectamente redondo, con sus tres alturas, siendo la parte central la de mayor diámetro, también comprobó que arrastraban el contenedor vacío. Localizó el sistema de soporte vital junto a la cabina, si acertaba a esta todo terminaría. Por un momento pensó en errar el disparo, se sintió mezquino por eso. Finalmente apuntó a su objetivo y descargó dos ráfagas de neutrones.

Se produjo una mínima explosión y el punto de mira virtual se puso en verde, confirmando el éxito del disparo. Gael se imaginó la cara de sorpresa de la capitana. Apagó los motores y dejó que la gravedad y la inercia llevaran al dron detrás del asteroide, evitando ser detectado por los piratas. Comprobó con satisfacción que la nave enemiga realizaba acciones evasivas y aceleraba el ritmo. Ahora solo quedaba seguirlos y esperar a que el plan de Alexia funcionase…

Víctor, al escuchar la alarma, se agarró a un asidero que se encontraba cerca de él, dos segundos después sintieron el impacto. Observó como el Dr. Arser rodaba por el suelo cuando la Nefertiti comenzó a girar bruscamente. Le sorprendió que el científico pareciese más preocupado por proteger su extraña computadora que por su propia seguridad. Cuando el vehículo se estabilizó, subió a la cabina de mando en busca de la capitana.

Ella al verlo le dijo:

—¡Nos atacan! ¡Estoy realizando una maniobra evasiva!

—¡¿Quién?! ¡¿Cómo?!

—Creo que ha sido desde ese asteroide.

—¿Ese maldito Paulsen, otra vez?

—Supongo que sí, o alguno de sus amigos. Parece que no nos siguen, pero nos han dañado el sistema de soporte vital.

—Y… eso… ¿qué significa?

—Que tenemos oxígeno para 27 horas, salvo que Sídney y Harrison puedan arreglarlo antes. De todas formas, he aumentado la potencia de los impulsores hasta un 95%, llegaremos a Ceres en 21 horas, tal vez nos dé tiempo a realizar la entrega en la órbita, como me habías dicho.

—¿No podemos aterrizar en el planetoide?

—Sí, además creo que será lo mejor.

—Pues acelera al máximo este cacharro y haremos la entrega en la superficie. No quiero estar en el espacio con esos colonos acechando, prefiero estar en el suelo, con mis hombres y mis armas. A ver si se atreven a atacarnos en mi terreno.

Víctor abandonó el puesto de mando pensando en que iban a ser veinte horas muy largas. Estaba seguro que el capitán Paulsen les perseguía planeando algún truco espacial. Pero él le esperaría en su terreno, con los pies sobre la tierra, y… ajustaría cuentas con él si se atrevía a acercarse.

Nicanor revisó el estado de Kent, por fortuna no había sufrido daños. Pero estaba muy nervioso, les habían atacado, estaba harto de estar siempre en la nave agredida. Además, lo que faltaba aún para culminar ese horrible viaje: se veía obligado a dormir en un mugriento catre, en ese maloliente vehículo, rodeado de delincuentes sin modales que además se reían de él. Solo tenía el consuelo de Kent, con el que hablaba prácticamente durante todo el día. Todo esto lo estaba haciendo por él, así que debía ser fuerte, pero a duras penas conseguía mantener las lágrimas en su interior. Se acordó de que tocaba vaciar los residuos de la biounidad, así que sacó la cápsula correspondiente y colocó la limpia en su lugar. Introdujo el líquido con glucosa que era el alimento para el material biológico de Kent. Revisó las pequeñas placas que absorbían la luz para convertirla en electricidad, con la que funcionaba el *hardware* cuántico. Comprobó con satisfacción que todo estaba correcto. Lo dejó en su catre y se fue en busca de Víctor con intención de averiguar lo que sucedía.

García contemplaba Ceres con júbilo. En menos de tres horas estarían en la superficie. Apenas había dormido desde la emboscada, salvo alguna cabezada rápida en la cabina de mando. Sufría los efectos de la tensión acumulada y aún no conseguía explicarse cómo habían podido sorprenderla de esa manera. Estaba claro que el tal capitán Paulsen era un auténtico demonio, además ahora estaba armado, probablemente había comprado un pequeño arsenal en Marte.

Víctor entró en la cabina con aspecto de haberse levantado dos minutos antes. En sus manos llevaba dos tazas con un líquido humeante, ofreció una de ellas a la capitana. Ella la tomó agradecida, no pudo evitar pensar que era un buen líder; por un lado, era implacable y temido por sus hombres, pero también tenía detalles como estos…

—Buenos días, capitana. ¿Cómo vamos?

—Ya llegamos, ahí lo tienes —contestó señalando el planetoide que se veía a través del aluminio transparente de la ventana.

—Espero que no haya sorpresas, ¿todavía pueden atacarnos?

—No me atrevo a decirte que no, está claro que nuestro amigo es impredecible, pero sería algo sorprendente, porque la estación de guerra de la Federación detectaría el ataque y acudirían en nuestra ayuda.

—¿Los considerarían piratas?

—No lo sé, pero nosotros no vamos armados, así que seríamos víctimas. La carga es nuestra salvación, que demuestren lo contrario; además, llevamos a ese colono, podríamos contar que nos ha contratado para llevarla.

—Sí, es una buena idea.

Pero no pasó nada, y antes del mediodía aterrizaron en un hangar de Ceres, donde García tenía un hueco alquilado. Víctor decidió montar una guardia junto al contenedor; García le había asegurado que allí estaban seguros. *Entre piratas no se roban* —le dijo. A pesar de ello, no quiso correr riesgos. Ordenó a Yuri y a Rudolf que se turnaran para mantenerlo siempre vigilado. Ahora solo quedaba escribir a Oskar y esperar instrucciones, deseaba librarse de esa maldita carga y terminar con la misión, estaba durando demasiado.

Nicanor Arser releyó por quinta vez el mensaje de Alexia:

«El contenedor que está en vuestro poder es un señuelo, está vacío, el capitán os ha engañado. ¿Qué crees que van a hacer contigo cuando se enteren? Huye, lo más probable es que te maten, te esperaremos en la estación principal y si nos traes la biounidad, olvidaremos este asunto.»

Su estómago era un tsunami que se revolvía sobre sí mismo, estaba aterrado. Se encontraba solo en la Nefertiti, entre las pertenencias de los mercenarios había visto lo que parecía un sensor de gravedad, que probablemente servía para comprobar que la Singularidad se encontraba dentro del contenedor. Comenzó a caminar por la nave haciéndose el despistado. Descubrió que no estaba solo, como había pensado en un principio; Harrison reparaba el sistema de soporte vital, desde la cabina, coordinando con Sídney que se encontraba en el exterior. Les saludó vagamente y continuó, la horrible y malhumorada capitana no estaba y los mercenarios habían salido, de eso estaba seguro.

Se dirigió hacia la bodega, allí encontró el contenedor de las armas y tirado en un rincón, el sensor. Lo cogió entre sus manos y lo encendió. Comprobó la calibración y observó que los parámetros eran muy extraños, claramente pensado para detectar un objeto de una gran densidad, como la Singularidad. Levantó el aparato y apuntando hacia donde calculaba que se encontraba el contenedor, apretó el botón de encendido; a esta distancia tenía que ser capaz de detectarla, pero… el testigo luminoso continuó en rojo.

—¡No puede ser! —exclamó en un susurro—. Tal vez esté demasiado lejos, o el casco de la nave interfiera.

Sensor en mano salió al exterior, los nervios apenas le dejaban pensar, repitió la operación a unos diez metros de distancia, para comprobar horrorizado que el resultado seguía siendo negativo. *Alexia tiene razón* —pensó, *¡me van a matar!*

Con las prisas no se percató de que uno de los mercenarios, el más feo, Rudolf, se le acercaba.

—Dr. Arser... ¿va todo bien?

—Sí, estoy comprobando una cosa —contestó nervioso —, pero ya está, todo es correcto.

El tipo le miró con su cara de gorila, desconfiado, dejando claro que aunque no fuese muy inteligente no era tonto.

—¿Qué hace con ese trasto? Eso es nuestro, lo he visto entre nuestras cosas.

Nicanor decidió apabullarlo con sus conocimientos, tomó aire tratando de disimular sus nervios y que pareciera contrariado...

—¿Sabe usted lo que es un sensor gravitacional?

—Supongo que algo para medir la gravedad.

—Exacto, eso es exactamente lo que es este cacharro, me lo he encontrado tirado en la bodega, sin ningún cuidado. Esto es un aparato muy sensible, no se puede tratar así, estoy comprobando que no lo hayan estropeado.

Rudolf miró el sensor, dudaba ya que no sabía nada de esas cosas y estaba claro que no le apetecía discutir con el científico. Así que se dio la vuelta dispuesto a irse, pero en el último momento, tal vez movido por un instinto primitivo, decidió llamar a su jefe por el intercomunicador y que decidiera él.

—Ahora voy para allá —la voz de Víctor resonó en el pequeño altavoz.

Nicanor estuvo a punto de entrar en pánico y salir corriendo, pero se contuvo, eso hubiera sido una soberana estupidez. Necesitaba pensar rápido, él era un reconocido físico, por muy listo que fuese ese Víctor debería ser capaz de engañarlo. Con el sensor en la mano dejó de prestar atención a Rudolf, tratando de hacer ver que no le daba importancia y se concentró en la pantalla del aparato. Buscó el menú general y posteriormente el de modificar parámetros, sin demasiado tiempo, ya que calculaba que solo tenía unos segundos, modificó el detector para que diese el «OK» ante cualquier signo de gravedad...

—¿Qué pasa, Rudolf? —preguntó Víctor.

Había llegado rápidamente, se encontraba muy cerca, se notaba que estaba tenso, como esperando problemas.

—No lo sé, jefe, el colono estaba apuntando a la carga con ese cacharro.

Nicanor sostuvo la mirada del mercenario, que no dijo nada, ya que esperaba una explicación del científico...

—¿Sabe para qué sirve esto? —preguntó finalmente Nicanor.

—Sí, me lo entregaron para que pudiera comprobar el paquete. —Víctor estaba un poco contrariado, le costaba reconocer que se le había olvidado.

—Es un detector de gravedad, y casualmente lo he encontrado tirado en el suelo de la bodega. Supongo que habrá comprobado la carga, ya que para eso se lo entregaron. —Nicanor trató de parecer enfadado.

—Es algo que iba a realizar ahora mismo, primero tenía que asegurar el perímetro —la explicación de Víctor sonaba a disculpa.

Nicanor comenzó a sentirse más seguro, le entregó con cierto aire de superioridad el sensor y mientras se alejaba tranquilamente añadió...

—No se preocupe, ya lo he hecho yo.

Nicanor observó desde la distancia que el mercenario apuntaba con el detector al contenedor y, después de unos segundos, se alejó con él en la mano.

—Se lo ha tragado —pensó—. Pero debo largarme cuanto antes, tarde o temprano lo descubrirán.

Víctor se sentó en el rectángulo donde apoyaban los soportes que mantenían a la Nefertiti sobre el suelo. Esperaba la respuesta de Oskar, le había enviado un mensaje informándole sobre el último ataque sufrido y sugiriéndole que era mejor realizar la entrega sobre la superficie. Estaba incómodo, el hangar no poseía un sistema de gravedad artificial. Así que solo tenían la atracción del planetoide, aunque en teoría el nanotraje compensaba la diferencia. Eso no era cierto, cualquier actividad resultaba extraña, incluso el simple hecho de dejar el sensor en el suelo, era diferente. También había sufrido los efectos de la poca gravedad de Ceres al ir a orinar, aun notaba la humedad en su pierna derecha. Decidió esperar la respuesta del asiático viendo una película cómica con sus hologafas, así se relajaría y se le pasaría el mal humor…

Casi cuarenta minutos después llegó el mensaje del agente del CIF, recogerían la carga dentro de treinta y siete horas. Deberían esperar un día más para regresar a la Tierra, pero eso último no le importaba, lo que realmente quería era librarse del contenedor. Al ver el sensor en el suelo lo volvió a coger. Apuntó de nuevo al contenedor y apretó el botón, en la pantalla apareció un mensaje en verde de confirmación. Aparentemente todo iba bien, pero su instinto le decía lo contrario; realizó una nueva comprobación con idéntico resultado. Por alguna razón no estaba conforme y rodeó la nave. Rudolf y Yuri montaban guardia cerca de la carga, separados unos quince metros, cubriéndose el uno al otro.

—¿Algo extraño? —les preguntó.

Los dos negaron con la cabeza, Víctor solo observó aburrimiento en sus rostros.

—En treinta y siete horas nos libramos de este muerto. Pero tendremos que esperar un día más para regresar a casa.

—Esperaremos jefe, es mejor aburrirnos —dijo Rudolf.

—A mí me preocupa el dinero, no me termino de fiar de estos cerianos —intervino Yuri.

—Sí, tienes razón, voy a comprobar mi catre.

Víctor entró en la nave y se dirigió a la camareta, tecleó el código que abría la puerta de su nicho, donde guardaban los 210.000 soles que habían encontrado en el camarote de Patch Mountain y comprobó que todo estaba en su sitio.

Al cerrar la puerta colocó un precinto electrónico: si alguien la abría él recibiría un mensaje en su UA. Pero algo iba mal, no sabía el qué, pero era así… El sonido de llamada entrante le sacó de sus cavilaciones; el nombre de García ocupó la pantalla de su UA, descolgó rápidamente…

—Dime, capitana…

—Hola, oye… no sé si sabes, pero me ha parecido ver al Dr. Arser subiéndose al magnetotren.

El cerebro del mercenario entró en acción, sabía que la capitana había ido a comprar unos repuestos para reparar la nave. Trataba de recordar la última vez que había visto al científico...

—¿Estás segura? ¿Por qué iba a hacer algo así?

—No estoy segura del todo, yo estaba lejos, pero te aviso por si acaso…

—¿Cuánto tardarás en llegar?

—Unos diez minutos.

—Vale, lo compruebo y hablamos cuando llegues.

Cinco minutos más tarde estaba convencido de que el Dr. Arser había desaparecido. Tampoco estaba ese extraño ordenador que portaba siempre consigo. Tal vez quería huir y eso le creaba un dilema, ir a por él o no; la segunda opción era sin duda la más cómoda (un problema menos), pero eso significaba no cumplir con el total de la ya desastrosa misión. Así que tenía que ir a por él, pero cabía la posibilidad de que fuese una trampa de los piratas. *No te fíes de los cerianos*, la conocida frase resonó en su mente de nuevo. Iría a por el científico acompañado de García y Sídney, así sus hombres podrían vigilar la carga y el dinero. Pero… ¿a dónde se dirigía el Dr. Arser? Probablemente a Ceria, la capital del planetoide, allí se encontraba la base colona. Tenían que adelantarlo, tal vez con un vehículo antigravitacional de superficie…

23

García pilotaba el vehículo entre las pequeñas colinas de la superficie de Ceres; Víctor a la derecha y Sídney en el centro, los tres en silencio. En el parabrisas un holograma, en rojo los obstáculos más importantes y en azul la ruta recomendada. Unos números en la parte inferior central indicaban la velocidad, que variaba entre 320 y 450 km/h

—Oye, Víctor —comenzó a decir García—, imagino que sospechas de nosotros, por eso nos has traído contigo. No te culpo por ello, pero puedes estar tranquilo, no hemos secuestrado a ese estúpido colono. ¿Para qué querríamos hacer eso? ¿Para robaros la carga? No, no tiene sentido, vamos a cobrar un buen dinero por el trabajo. Además, gracias a vosotros tenemos una base inmensa en ese asteroide. Contrataremos más personal para hacernos con el control de esa parte del cinturón. ¿Por qué íbamos a buscar problemas contigo y con tus hombres? Sobre todo, después de haber visto de lo que sois capaces.

—Tal vez tengas razón, pero lo más prudente para mí era hacerlo así. Por lo demás, conocéis la zona, me resultáis de gran ayuda.

—Sí, no te preocupes, te ayudaremos y atraparemos a ese engreído. Cambiando de tema, ¿has pensado en lo que dije en la base del general hace unos días? ¿Te animas?

—Víctor, contigo como jefe seríamos imparables —añadió Sídney.

El mercenario guardó silencio, la idea de pasar el resto de sus días en el espacio no se le seducía en absoluto, pero decidió no contestarles con un no tajante. Le interesaba tenerlos de su lado. Por otro lado, desconfiaba de tantos halagos (aunque parecían sinceros), así que estaba un poco desconcertado, pero no le resultaba difícil sospechar de todo el mundo, es lo que había hecho durante años…

—Me lo pensaré —mintió—, pero desconozco lo que opinarían Rudolf y Yuri de esto.

—Estoy segura de que te seguirían al infierno si les prometieras una buena recompensa.

Nicanor percibió cómo el magnetotren reducía la velocidad. El panel informativo avisaba de la inminente llegada a la estación de Ceria, donde había quedado con Alexia. Estaba asustado, incluso con su lamentable aspecto sentía que llamaba demasiado la atención, todas las miradas se posaban en él. Supuso que al llegar a la capital de Ceres el paisaje mejoraría y que la miseria que se respiraba en cada esquina quedaría mitigada en la ciudad más importante del planetoide. Pero al bajarse del vagón descubrió que no iba a ser así; la estación era, sin ninguna duda, el peor sitio donde había estado jamás. Trató de buscar un lugar adecuado para esperar a Alexia, pero todas las esquinas estaban ocupadas por improvisados campamentos, construidos con material de desecho. Notó cómo unas manos tiraban de su pantalón; cuando bajó la vista descubrió a un niño con un aspecto horrible que trataba de decirle algo. Incomodado, aceleró el paso y se dirigió hacia un hueco libre que acababa de ver en una de las paredes, junto a un puesto de comida callejera.

Se apoyó con la espalda. El carrito del vendedor, a pesar de su apestoso olor, le otorgaba cierta protección al ocultarlo levemente de la masa de gente que caminaba en todas direcciones. El dueño del puesto lo miró y le sonrió enseñándole una escasa y ennegrecida dentadura, mientras le ofrecía una especie de torta rellena con algo parecido a carne, envuelta en un grasiento papel reutilizado. Nicanor negó con la cabeza, conteniendo las ganas de vomitar. Consultó discretamente su UA y descubrió un nuevo mensaje de Alexia, en el cual le indicaba que esperase, que llegarían enseguida.

La nota lo tranquilizó un poco. Ya solo quedaba esperar, más adelante, una vez a salvo en la base colona, se negaría a entregarles a Kent y no se montaría con ellos en la nave Atenea. Seguro que no tendría dificultades para encontrar un transporte que le llevase a la Luna. Una vez allí tomaría una decisión. Estaba claro que lo iban a despedir del trabajo, pero no podrían arrebatarle la biounidad, ¿qué iban a hacer? ¿Reclamársela judicialmente? Era un aparato ilegal, no podían emprender acciones legales sin delatarse; además, les amenazaría con contarlo todo, incluido lo de la Singularidad...

Entonces lo vio... su metro noventa y su corpulenta figura destacaban con claridad sobre el singular paisaje humano. Trató de agacharse, de incrustarse en la pared, también descubrió a García junto a él, incluso a Sídney, el desagradable enano que tanto se había reído de él.

Aún no lo habían descubierto, necesitaba escabullirse, buscar una salida. Relativamente cerca de él, a unos cien metros, descubrió la entrada a un túnel en forma de bóveda de unos seis metros de ancho por cuatro de alto. No se lo pensó, desconocía hacia donde se dirigía, pero cualquier cosa era mejor que estar allí, expuesto a que lo descubrieran en cualquier momento. Corrió atropelladamente hacia la galería, chocando con algunos viandantes...

Alexia reconoció el lugar, la estación era tal y como la recordaba, pero esta vez no se dejó impresionar por la miseria que se respiraba, tal vez fuese por la adrenalina que recorría su cuerpo. Se encontraba en medio de Omar y Gael; los tres jadeaban ya que habían corrido hasta allí. Estaban frente a las escaleras, aprovechando la posición elevada, y buscaban a Nicanor entre la multitud. Alguien llamó su atención, su cabeza sobresalía del resto, era un tipo atractivo, Alexia lo reconoció, junto a él estaba la mujer de pelo verde, con corte militar…

—¡Mirad! ¡El terrícola y la capitana!

Sus dos compañeros desviaron sus miradas siguiendo la trayectoria que marcaba el dedo de Alexia. Observaron cómo el mercenario y la pirata emprendían una carrera hacia una de las galerías que conectaban con la estación…

—¡Allí! ¡El Dr. Arser! ¡Ha entrado en ese túnel! —gritó Omar.

Vieron la espalda de Nicanor entrar en la bóveda corriendo y chocando contra la multitud.

El exsargento y el capitán bajaron las escaleras de dos saltos y corrieron tras él. Alexia, que llevaba las hologafas colocadas, ordenó al programa de orientación que buscara una ruta alternativa. Le parecía absurdo ir todos por el mismo lado. En unos instantes apareció ante sus ojos el holograma del recorrido alternativo. Sus compañeros estaban a unos veinte metros.

—¡Gael! ¡Gael! —gritó con todas sus fuerzas, tratando de imponerse al murmullo general que inundaba la atmósfera.

El capitán se giró y la miró…

—¡Voy a rodearlo! ¡Iré por el otro lado!

Gael Paulsen se giró y puso cara de no haber entendido…

—¡Espéranos aquí! —le gritó mientras le hacía un gesto con la mano.

Alexia no logró evitar sentirse ofendida. Ella podía ayudar, además era una estupidez correr todos detrás de Nicanor, le cortaría el paso por el otro lado. Se dio la vuelta y subió las escaleras, como le indicaba el programa de orientación para acceder a la galería por el otro lado. No pudo evitar sentir una punzada de miedo, ahora estaba sola en ese planetoide hostil. Mientras trotaba acarició el arma que colgaba de su cadera, esto le otorgó cierta sensación de seguridad. Incrementó el ritmo, si tenía la intención de atrapar a su antiguo compañero debía darse prisa.

Víctor incrementó sus zancadas conforme se reducía la densidad de viandantes. A sus espaldas observó algo extraño, le pareció ver a dos tipos corriendo tras ellos. Un rápido vistazo confirmó sus sospechas. Un corpulento negro de cabeza pelada, junto con alguien que le resultaba familiar. A pesar de haberlo visto únicamente a través de la pantalla holográfica de la Nefertiti, lo reconoció, se trataba del odioso capitán Paulsen. Pero ahora estaban en tierra, en su terreno, el colono había cometido un terrible error; deseaba encontrárselo cara a cara.

—¡García! ¡Nos siguen! —gritó jadeante.

La capitana se giró; después, con la mirada confirmó a Víctor que lo había reconocido. Le hizo un gesto a Sídney, que aunque tenía las piernas más cortas, mantenía el ritmo con asombrosa facilidad. Este último desenfundó su pistola láser y disparó contra los colonos obligándolos a buscar refugio entre los salientes rocosos del túnel.

Esto provocó que las pocas personas que caminaban por la galería se dispersaran entre gritos de pánico. Los colonos respondieron al fuego con sus armas, pero Víctor se percató de que eran pistolas eléctricas no letales. El único inconveniente era que la pendiente descendente daba ventaja a los perseguidores.

—¡Tomad posiciones y contenedlos! —les ordenó mientras aceleraba el paso.

Gael, pegado contra la roca, sentía los impactos de los láseres. Había visto a la capitana y a un tipo pequeño agazapados disparando contra él. El corpulento terrícola continuó su camino. Había perdido de vista a Omar, aunque estaba seguro de que estaba cerca, buscando un punto desde donde poder contraatacar…

—Ahora te cubro, capitán —la serena voz del exsargento retumbó en su auricular.

Escuchó el sonido de la pistola eléctrica de Omar. Era injusto, ellos no poseían armamento letal, mientras que los piratas disparaban a matar. Su compañero consiguió que dejasen de machacarlo contra aquel incómodo refugio. Momento que aprovechó para salir utilizando su arma y obligando a los dos corsarios a buscar refugio detrás de un contenedor de chatarra. Entretanto se apoyó en una roca que le ofrecía una buena posición de tiro.

El asunto se mantuvo en tablas con un intercambio continuo de disparos.

—Estamos bloqueados —expuso Omar—, nosotros estamos en una posición elevada y mejor desplegados, lo que nos da ventaja táctica, pero tenemos peor armamento y eso nos impide avanzar.

—Yo los estoy rodeando, apareceré por el otro lado y los sorprenderé —dijo Alexia por los auriculares.

—¡Ten cuidado! ¡El terrícola va para allá! —exclamó Gael.

Al escuchar a la joven por el micro, el capitán Paulsen sintió miedo. ¿Por el otro lado? Se encontraría sola frente al mercenario. Se acordó de Sonja, presintió que la historia podía volver a repetirse, ¿qué podría hacer ella contra aquel peligroso individuo? Debía hacer algo y tenía que ser en ese momento, no iba a permitir que le pasara nada.

Recordó que llevaba una bomba de humo, era arriesgado, pero era la única opción…

—Omar, voy a lanzar humo, cúbreme, voy a pasar, no podemos dejarla sola.

—Está bien, tú vete, yo me encargo de estos…

Gael disparó dos veces sobre el refugio de los piratas. Después activó la bomba y la lanzó rodando. En pocos segundos una densa nube de humo azul inundó la galería. Escuchó el intercambio de disparos, así que aprovechó para correr agazapado y a ciegas tras los pasos del corpulento terrícola.

Nicanor pensaba que el corazón se le iba a salir por la boca. Lo único que lo impedía era la cantidad de aire que aspiraba. Desconocía a dónde se dirigía, solo sabía que descendía y que la caverna mantenía la misma anchura en todo el recorrido, señal de que comunicaba con algo importante. Escuchaba jaleo y disparos tras él, pero no quería mirar. Necesitaba huir, escapar, esconderse... Ya encontraría luego la forma de llegar a la base colona.

La galería giraba formando una curva cerrada; en ese momento, algo pasó cerca de su cabeza e impactó contra la pared de roca, ¡un disparo! Se quedó petrificado...

—¡Quieto! ¡O el próximo irá a la cabeza! —la inconfundible voz de Víctor hizo que se detuviera en seco—. ¡Las manos sobre la cabeza y te vas girando despacito!

Arser obedeció, poco a poco fue encarando a su perseguidor que le encañonaba a unos sesenta metros con el arma entre las dos manos y las piernas separadas.

—¡Está bien! —gritó—. ¡No dispares, por favor!

Gael lo vio, con una pistola láser apuntaba a Nicanor. Era su oportunidad, el terrícola no se había percatado de su presencia. La galería giraba hacia la derecha y la curva le otorgaba cierta protección. Apoyó una rodilla en el suelo y apuntó.

Calculó que estaba a unos cincuenta metros. Sujetaba la pistola con las dos manos, la Seck 30 aturdidora que poseía no era la más adecuada para un blanco tan lejano, pero el mercenario estaba estático y de espaldas. Sabía que no podía fallar, si lo hacía el otro se volvería y lo achicharraría con su láser. Apuntó con calma, tratando de contener la agitada respiración que le había provocado la carrera. Cerró el ojo derecho y enfocó el dorso de su enemigo a través de la diminuta mirilla de su Seck. Contuvo el aliento y acarició el gatillo…

Un punto azulado abandonó el cañón precediendo al característico sonido de la carga eléctrica cortando el aire. Impactó en su espalda; cogido por sorpresa, el terrícola soltó el arma, a la vez que se retorcía presa del dolor. El tipo cayó al suelo para posteriormente rodar con una asombrosa agilidad felina, consiguiendo desaparecer entre las sombras y concavidades de la pared de roca. Nicanor emitió un grito de sorpresa, pero aprovechó el momento para girarse y escapar corriendo, siguiendo la pendiente descendente de la galería.

Gael se incorporó de golpe y comenzó a dar zancadas. No estaba seguro de haber noqueado al mercenario, así que cuando se aproximó a su posición redujo el ritmo con el arma entre las manos. Trató de buscar a su enemigo entre los huecos de la pared, pero le sorprendió una figura que cayó de las alturas…

Víctor sintió un terrible dolor en la espalda, por un momento perdió el control de sus músculos, así que el arma láser se escurrió de entre sus dedos. Al caer al suelo fue consciente de que le habían disparado por la espalda. Debía ponerse a cubierto, a su derecha observó un montón de escombros en el suelo, decidió rodar hacia ellos buscando refugio. Una vez a cubierto lamentó haber dejado caer la pistola. El dolor se le iba pasando, no parecía estar herido, dedujo que le habían disparado con un arma eléctrica y el chaleco táctico que llevaba le había protegido, salvándolo de perder el conocimiento. Repasó mentalmente el instante anterior: por el rabillo del ojo recordó haber visto al traicionero

Paulsen. *¡Lo voy a machacar!* —pensaba furioso. Un rápido vistazo al techo de la rocosa pared le dio una idea. En la bóveda existían multitud de agujeros donde esconderse y poder sorprender a su perseguidor desde lo alto. Ignorando las quejas de sus aún doloridos músculos trepó por la roca y se ocultó en un hueco, ejerciendo presión con brazos y piernas para evitar caer.

Escuchó cómo los pasos se acortaban. Después lo vio acercarse con cuidado, con el arma eléctrica entre las manos. Apuntaba al suelo y a media altura, pero no se le ocurrió mirar hacia arriba. Víctor sonrió, esperaba paciente que su presa se acercara lo suficiente. Cuando estuvo a la distancia adecuada, saltó sobre él intentando golpearle el rostro con su rodilla derecha.

El colono pareció intuir el ataque en el último instante, así que echó su cabeza hacia atrás, consiguiendo esquivar el impacto que lo hubiera dejado sin sentido. Pero Víctor estiró la pierna y pudo darle una patada en el pecho lanzándolo contra el suelo y provocando que soltara el arma. Víctor avanzó hacia su presa, no pensaba darle ninguna oportunidad; sin embargo, el capitán hizo algo inesperado, en vez de intentar incorporarse giró sobre sí mismo como si fuese un barril contra el mercenario, arrollándolo. Este, pillado por sorpresa, cayó al suelo de bruces.

Los dos hombres se incorporaron al mismo tiempo. Gael atacó primero lanzando un directo al rostro del mercenario, pero el puño solo encontró el vacío, ya que Víctor se apartó rápidamente. A continuación, golpeó con un gancho al capitán, que retrocedió de un salto. Víctor estudió a su oponente, descubrió que no debía subestimarlo, demostraba unos excelentes reflejos. Se sucedió, en silencio, un continuo intercambio de golpes, sin cruzar palabra alguna. El terrícola, más fuerte y con mejor entrenamiento en el cuerpo a cuerpo, estaba ganando la pelea, pero no quería precipitarse, sabía que pagaría caro un error.

Finalmente, el mercenario, con una hábil combinación de golpes, consiguió acorralarlo contra la pared. La cara de Gael sangraba por varios sitios. Un rodillazo en el estómago terminó con la espartana resistencia del colono, que cayó al suelo rendido, indefenso…

Víctor no tuvo tiempo de recapacitar, ya que una sombra se abalanzó contra él. Reconoció al compañero del capitán, mientras trataba de contener la andanada de puñetazos que le lanzaba el corpulento negro. En seguida se percató de que tenía que ser un antiguo militar. Probablemente de algún cuerpo especial de infantería. Sin embargo, una herida de arma blanca destacaba en uno de sus hombros, señal inequívoca de que García y Sídney habían vendido cara su derrota.

Los dos rodaron por el suelo. Víctor introdujo el dedo gordo en la herida de Omar, provocando en este un terrible dolor, que lo hizo retorcerse y bajar la guardia, momento que aprovechó para propinarle un cabezazo. El exsargento rodó tratando de alejarse de su enemigo, buscando unos instantes para recuperarse del impacto y recomponer la guardia. El mercenario aprovechó la tregua para sacar una navaja del bolsillo de la espalda, apretó el botón y apareció un filo de diez centímetros. Omar, ya incorporado, observó el peligroso acero, flexionó las piernas y se preparó para defenderse. Víctor, ahora con clara ventaja, atacaba y retrocedía haciendo gala de su asombrosa rapidez. En menos de un minuto, Omar, aunque dejando claro que sabía defenderse, sufrió tres cortes más en sus extremidades superiores.

Finalmente, el mercenario consiguió hundir la mitad de la hoja entre las costillas de su rival, que respondió con un fuerte puñetazo en la nariz de Víctor, que a punto estuvo de hacerle perder el equilibrio. Omar, en un desesperado intento por darle la vuelta a la reyerta, se abalanzó contra él sabedor de que pronto comenzaría a tener dificultades para respirar. Pero Víctor no estaba tan noqueado como esperaba y utilizó el hombro izquierdo para contener la acometida, mientras con la mano derecha hundía la navaja en el estómago del colono…

Alexia estaba preocupada, llevaba varios minutos tratando de comunicarse en vano con sus compañeros. Corría entre los indigentes con el arma en la mano. Unos metros atrás había tenido que hacer uso de ella, al percatarse de que la seguían dos tipos. Estaba orgullosa, no había dudado y los dos yacían sin sentido en el suelo. Algo hizo que se detuviera, una silueta que se acercaba de frente le resultaba conocida, sobre todo por la singular mochila que llevaba a su espalda. Decidió esperarlo escondida, no pensaba andarse con tonterías, lo dejaría inconsciente de un disparo, cogería la biounidad y acudiría en ayuda de sus amigos...

Víctor estaba empapado en sangre, parte era suya y el resto de sus enemigos. Recogió las pistolas, la láser y la eléctrica. Jugó con la idea de aplicarles una descarga a los colonos, pero la descartó, estaban bastante mal y no quería arriesgarse a matarlos. El resultado sería la pérdida de la prima y la furia de Oskar. Decidió continuar con la persecución, calculó que el científico le llevaba unos cinco minutos de ventaja... De pronto algo llamó su atención, una silueta femenina se aproximaba corriendo con soltura y portando algo en su espalda.

—Tiene que ser la colona —pensó.

Desconocía si ella lo había reconocido, así que se quedó apoyado en la pared.

Cuando la joven se encontraba a unos cincuenta metros, se detuvo, separó las piernas y, sin mediar palabra, disparó contra él. Víctor se percató de sus intenciones y rodó por suelo esquivando el disparo. Se incorporó de rodillas y devolvió el fuego con el arma eléctrica. La chica cayó al suelo sin conocimiento.

Víctor, en pocas zancadas, se aproximó a ella. Llevaba en su espalda el extraño ordenador del Dr. Arser.

—Así que esto es lo que habéis venido a buscar —susurró para sus adentros—, el doctorcito os da igual.

Le quitó la biounidad y se dirigió donde se encontraba el capitán, arrastrándola por un tobillo.

Gael recuperó la noción del tiempo y del espacio a la vez que notó que alguien lo zarandeaba. Descubrió que no lograba abrir totalmente los ojos: los pinchazos de dolor recorrían gran parte de su anatomía, especialmente el rostro. Notó cómo lo cogían por los hombros y lo apoyaban, sin ningún cuidado, sentado contra la pared. Cuando consiguió enfocar la vista reconoció al terrícola, a su izquierda estaba Omar tendido en un charco de sangre, tratando de detener una hemorragia en el abdomen con sus manos. Alexia yacía en el suelo, su pecho delataba la respiración, así que estaba viva, aunque inconsciente…

—Mira, capitán Paulsen, tu amigo se muere, necesita atención médica urgente. Así que me vas a contar todo lo que quiero saber; por si eso no te parece suficiente, tengo a tu compañera —decía mientras encañonaba la cabeza de Alexia con el arma láser.

Gael entró en pánico, seguramente deseaba saber el paradero de la Singularidad, pero él no podía decírselo, los datos estaban en el ordenador de la nave.

—Me queda bastante claro que Arser os importa un carajo —continuó el mercenario—. Lo que realmente os importa es este maldito cacharro, así que me vas a contar que mierda es esto.

Gael estaba confuso, no le preguntaba por el contenedor vacío, ¿era posible que aún no hubiese descubierto el engaño? Decidió contarle todo lo que sabía del ordenador, en realidad no le importaba el destino de ese monstruo y por nada del mundo iba a poner en riesgo la vida de Alexia.

—Es una biounidad experimental, es en parte biológica y en parte sintética. Intentaron transferir la conciencia de un viejo dentro de ella, pero no lo consiguieron. Ahora es un ente con inteligencia propia, una IA, piensa por sí mismo…

—Y… ¿os habéis arriesgado por esto?

—Contra mi criterio, pero sí, mis compañeros insistieron en que debíamos recuperarlo, que era peligroso. Personalmente opino que lo mejor sería destruirlo, es… es una especie de monstruo.

—¿Quién era el viejo? Debía ser alguien importante.

La pistola continuaba en la cabeza de la joven y la movía con el cañón.

—Era Kenneth Jeringan, el dueño de Helio Génesis...

Gael observó al mercenario que miró la biounidad y luego a él, estaba claro que le había creído. Empezó a temer que en cualquier momento le comenzara a interrogar acerca del verdadero paradero de la Singularidad.

—¡Está bien! ¡No os voy a matar! Así que coge a tus amigos y vete. Pero si intentas seguirme —la voz de Víctor aumentó de intensidad, después le encañonó en la sien— os mataré a los tres, ¿entendido?

Gael asintió y miró preocupado a Omar tratando de confirmar a su adversario que la prioridad era la vida de sus compañeros. Los dos hombres se miraron, en realidad no existía nada personal entre ellos, en otras circunstancias incluso hubieran podido ser amigos. Víctor hizo un leve gesto de despedida y se incorporó sin perder de vista a su enemigo, llevándose consigo la biounidad.

—Oye, terrícola —intervino Gael—, ten cuidado con ese engendro, es peligroso, lo mejor que puedes hacer es arrojarlo al espacio.

Víctor no contestó, sin darle la espalda desapareció entre las sombras.

Gael se incorporó y buscó en el nanotraje de Alexia el pequeño botiquín que portaba. Lo prioritario era detener la hemorragia de Omar. Encontró lo que buscaba, unos apósitos de emergencia fabricados con una silicona especial, capaces de detener hemorragias. Le colocó dos a Omar en las heridas más graves. Posteriormente extrajo un pequeño bote, lo acercó a la nariz de Alexia y apretó el espray. Los diminutos neurotransmisores penetraron por las fosas nasales de esta, despertándola. Estaba confusa y desorientada… cuando se percató de la presencia de Gael lo abrazó con fuerza, mientras él la rodeba con sus brazos.

—¿Qué ha pasado? Tienes la cara destrozada, estaba preocupada —dijo ella con un hilo de voz.

—Estoy bien, pero Omar está gravemente herido, debemos llevarlo rápidamente al hospital de la base colona.

La frase hizo que la joven reaccionara. Se soltó del capitán y se arrodilló frente al exsargento. Como antigua médica militar repasó rápidamente las heridas y revisó el pulso.

—Has hecho un buen trabajo con los apósitos, pero tienes razón, necesita ayuda urgente, así que vamos.

Gael desconectó el calibrador de gravedad del traje de Omar.

—De esta forma pesará menos y nos resultará más fácil transportarlo —comentó.

—Estás lleno de trucos, capitán.

Entre los dos elevaron a su compañero, pasando los brazos por cada uno de sus cuellos, después agarraron una pierna cada uno y se lo llevaron en volandas.

—Por cierto, ¿qué ha pasado con Nicanor?

—Lo he dejado durmiendo—contestó ella—, ¡que le den!

—Sí, tienes razón. No podemos perder más tiempo.

Horas después, Gael estaba sentado ante la consola de mandos. Había dado la orden a Atenea de calcular la trayectoria del asteroide. La computadora tardó unos segundos en terminar las operaciones; por último, aparecieron unas coordenadas señalando un punto en la pantalla holográfica. Alexia y Sonia se encontraban detrás de él. Habían despegado precipitadamente de Ceres, tras dejar a Omar en el hospital de la base colona. Les habían asegurado que se recuperaría, pero que debería estar unos días hospitalizado. Decidieron recoger la Singularidad lo antes posible, sabedores de que en cualquier momento sus perseguidores descubrirían el engaño. Sonia había puesto alguna objeción por abandonar a Nicanor, pero las graves heridas que Omar había recibido por intentar traerlo inclinaron la balanza en favor de los argumentos en contra de rescatarlo. Los había traicionado y los había puesto en peligro.

—Bueno, vamos a por el paquete y terminemos la misión de una vez —comentó el capitán.

—Sí, estamos de acuerdo —añadió Alexia mirándolo con complicidad.

Sonia miró a ambos; con una sonrisa les dijo:

—Por cierto, delante mío no tenéis por qué disimular, se os nota un montón…

—¿Disimular? ¿El qué? —preguntó Alexia haciéndose la despistada.

—Mira, niña, sabe más la diabla por vieja que por diabla. ¿Acaso crees que no veo vuestras miraditas...?

Los tres rieron mientras la nave aceleraba…

24

Diecinueve meses después.

Gael notó la tibieza de la piel de Alexia. Se incorporó, no podía dormir, se acercó a la ventana del apartamento. Contempló la Tierra, era un planeta hermoso, en los últimos meses había estado tres veces en ella, siempre acompañando a Alexia, que supervisaba a los terrícolas que viajarían con ella a Theia. Desde que entregaron la Singularidad habían hecho todo lo posible por estar juntos, incluso habían disfrutado de dos periodos de vacaciones. Recordó aquellas locas noches en Titán, nada más terminar la misión, cuando acabaron bailando y riendo para terminar haciendo el amor hasta el amanecer.

Siempre pensó que no llegaría este momento, creyó que ella renunciaría al viaje, o que tal vez se cansaran el uno del otro, pero no fue así. Ella por su parte tampoco había conseguido convencerlo para que la acompañase. Cruzar juntos el espacio profundo en busca de un planeta desconocido podía resultar muy romántico, pero no iba con él.

Desvió su mirada hacia la superficie. El complejo de Helio Génesis medía unos cien metros en extensión. Más allá de las construcciones que sobresalían del suelo, estaba el paisaje lunar. Se podía sentir el frío, era extraño, letalmente hermoso, hostil… Estiró un poco el cuello y mirando hacia arriba se podía ver El Arca, la monstruosa nave anclada a la Luna en órbita geoestacionaria, de un diámetro de tres kilómetros.

Era redonda, el metal reflejaba la poca luz que le llegaba. En ella viajaría Alexia, la mujer más maravillosa que había conocido, alejándose de él varios años luz de distancia. Le quedaba el consuelo de que parte de él viajaría con ella. Alexia le había pedido semanas atrás que le donara su esperma. Las mujeres que iban a Theia se habían comprometido a ser inseminadas dos veces con las reservas que llevarían de la Tierra, con la idea de asegurar la variedad genética en el planeta por colonizar. Le había prometido que sus dos primeros hijos serían suyos.

—Capitán… —dijo Alexia con voz mimosa, incorporándose levemente—. ¿Tú tampoco puedes dormir?

—No, no puedo, se me está haciendo muy duro —contestó él conteniendo las lágrimas.

—Pero ya sabíamos que esto pasaría, por eso quise dejarte hace meses.

—Yo también lo quise, pero no pude y tú tampoco. Tardaste poco en contestar a mi llamada.

—Sí, tienes razón, ¿por qué no has querido venir a Theia? —preguntó ella con nudo en la garganta.

Se hizo el silencio, solo roto por las respiraciones agitadas de ambos.

—Perdona, amor, no he debido decir eso.

—No hay nada que perdonar, preciosa, la vida nos ha llevado a este punto, de nada sirve lamentarse.

—Ven, no quiero verte así, hazme otra vez el amor, olvidemos que es nuestra última noche…

Alexia retiró las sábanas mostrando su cuerpo desnudo entre la penumbra, sonriendo y llamándolo con un gesto. Él se tumbó sobre sobre ella, obediente, dispuesto a satisfacer sus deseos…

Mia Leduc, sentada en su puesto de trabajo, un poco nerviosa, sola, llevaba más de un año trabajando como programadora para Helio Génesis. Su compañero, al que tenía mucho cariño, embarcaba hoy en El Arca. Lo iba a extrañar, había tenido mucha paciencia con ella cuando entró nueva. Entre los dos habían diseñado varios programas para el sistema de soporte vital de la astronave. A ella también le habían ofrecido viajar a Theia; su condición de colona y terrícola la convertían en una candidata perfecta.

Sin embargo, declinó la invitación, en realidad le horrorizaba la idea. *¡Qué se le había perdido a ella en un planeta situado a veinte años luz!* No terminaba de entender que algunos colonos se apuntasen voluntarios, en la Federación se vivía de maravilla. Encendió su computadora, hoy iba a ser un día muy largo, todo debía salir bien. Habían movilizado a todos los trabajadores de la sección lunar de la compañía, por si surgía algún imprevisto antes de que El Arca partiera.

Owen Jeringan se sentía eufórico, el gran acontecimiento, la fecha que quedaría para la historia, el día de la marcha de El Arca, con su carga humana dispuesta a colonizar otro mundo, otro sol, otra frontera por cruzar… todo eso estaba por producirse de inmediato.

Había pasado más de un año y medio desde que les habían proporcionado la Singularidad. Curiosamente, la fabricación del motor fue lo más sencillo. Lo realmente difícil había sido contener los ataques políticos y jurídicos de Rebeca Tyler, lideresa del Partido Nacionalista Colono, que indudablemente conocía la existencia de la Singularidad. Había intentado que las autoridades registraran sus instalaciones en busca de algo sospechoso. Pero no pudo aportar ninguna prueba, así que no lo logró. Mientras tanto, la operación de construcción de un vehículo tan gigantesco, había sido un impresionante reto logístico y económico que había supuesto muchas horas de trabajo, incluyendo largas discusiones con su consejo de administración, que no terminaba de entender en qué podía beneficiar a la compañía el emprendimiento de la colosal empresa.

Para evitar complicaciones legales con la aduana, decidieron embarcar a los terrícolas directamente desde la isla que controlaban en el Caribe. La operación les había supuesto tener que transportar en el transbordador a los voluntarios, unos cuatrocientos diarios, durante un total de veinticinco días. Conforme iban llegando se introducían en las cápsulas de hibernación, así evitaban tener que mantener a tantas almas en un espacio tan reducido. Ayer mismo habían subido los primeros seiscientos colonos de la expedición, que ya se encontraban en suspensión cuántica. Para hoy estaban previstos los últimos cuatrocientos, que en su mayoría eran parte de la tripulación y que no entrarían en el sueño de dos décadas y media hasta abandonar el Sistema Solar.

Una vez en Theia conseguirían comunicarse con ellos de forma rudimentaria, por medio de localizadores cuánticos. Utilizarían, curiosamente, un viejo código de comunicación de la era preespacial, el Morse. Las imágenes y los archivos, en cambio, tardarían veinte años en llegar, viajando a la velocidad de la luz. De forma que no podían esperar ningún mensaje complejo hasta dentro de cuarenta y cinco años. Para entonces Owen tendría ciento veintiún años, esperaba estar jubilado o por lo menos libre de sus responsabilidades, aunque de momento ninguna de sus dos hijas mostraba interés alguno por las tareas de dirección de la compañía. No pensaba ser como su padre, al que la muerte le sorprendió al frente de Helio Génesis, ya que no dejó de trabajar hasta el último día.

Y luego estaba el asunto del intento, por parte de su progenitor, de transferir su conciencia a ese tétrico ordenador, mitad máquina, mitad biológico, que afortunadamente no tuvo éxito. Ahora lo habían perdido, junto con el traidor, Arser, del que tampoco tenían noticia a pesar de haber puesto un par de investigadores tras su pista... El sonido de unos golpes en la puerta lo sacó de sus cavilaciones. La cabeza de Selena se asomó luciendo su espléndida sonrisa…

—¿Se puede, Sr. Jeringan? —preguntó jocosa.

—Por supuesto, pasa, querida.

Selena entró en el despacho enfundada en un ajustado vestido de rojizas tonalidades cambiantes, que dejaba al descubierto las rodillas. Caminó sobre sus finos tacones, acaparando, con su magnética figura, toda la atención de su jefe y amante. Sin prisa, sabedora de su poder, rodeó el escritorio y tras dejar encima del mismo la carpeta digital que portaba apoyada en su cadera, se sentó sobre las piernas de Owen, para finalmente darle un dulce y prolongado beso.

—Hoy has madrugado mucho, te he extrañado al despertar y ver que te habías ido.

Dicho esto, se incorporó y se sentó en una de las sillas que se encontraban al otro lado de la mesa, frente a su jefe.

—Perdona por haberme marchado sin despedirme, pero estabas tan hermosa mientras dormías que no he querido despertarte.

—Has hecho bien, ya sabes cómo me pongo cuando me interrumpen el sueño —dijo ella con una sonrisa—. ¿Quieres que te haga un resumen de la prensa?

—No, ya la he mirado, todo sigue igual. En general tenemos el apoyo de la opinión pública, aunque me ha costado una fortuna.

—Bueno, ya está hecho, nada puede detener la marcha del Arca, puedes estar tranquilo.

—Si te soy sincero, no lo estaré hasta que no abandone el Sistema Solar. Pero cambiemos de tema, quería hablarte de otra cosa, algo que no tiene que ver con el trabajo.

—Dime, cariño, ya sabes que puedes contar conmigo.

—Se trata de mi mujer, he estado pensando… ¿Sabes que hace más de dos meses que no la veo?

—Sí, ¿qué pasa… la echas de menos? —preguntó Selena endureciendo el rostro.

—No, no es eso, más bien todo lo contrario, ni tan siquiera hablamos por videollamada o por mensajes. En realidad, últimamente no sé nada de ella.

—No sé por qué me hablas de ella, nunca lo haces —interrumpió Selena tratando de disimular los celos.

Owen Jeringan extrajo de uno de sus cajones una hoja electrónica y se la entregó a la joven.

—Es un informe de mi mujer, tiene un amante.

Selena se carcajeó sin ganas, pero no quiso mirar el informe, así que lo dejó sobre el escritorio.

—No me interesa, la verdad es que te lo mereces, ¿qué te pasa, estás celoso?, ¿quieres recuperarla? —su voz delataba que el enfado se estaba apoderando de ella.

—No, no es eso, te lo cuento porque... eres la persona en quien más confío. Por favor, no la tomes conmigo.

—Pero has hecho que la investigaran. ¿También lo has hecho conmigo?

—No, cariño, no, a ti no. No ha sido idea mía, ha sido cosa de mi abogado, le llamé hace unas semanas para que iniciara los trámites para divorciarme…

Owen dejó un estudiado silencio para comprobar satisfecho que el rictus de Selena se relajaba.

—Me aseguró —continuó— que era mejor buscar algún motivo para poder negociar y evitar que me despellejara. No es que desee dejarla sin un duro, pero tampoco quiero que me saque las tripas. Además, así será más fácil llegar a un acuerdo y eludir un juicio.

Los celos de Selena comenzaron a diluirse, pero mantuvo silencio. Owen se acercó a ella y la abrazó después de invitarla a levantarse.

—Estoy harto de tener que disimular nuestro amor —le susurró al oído.

—No tienes por qué hacerlo, yo estoy bien así —mintió ella.

—Quiero hacerlo, quiero que todos vean lo mucho que te amo.

Selena aumentó la presión sobre su amante…

—Me da miedo perderte, Owen, no quiero que nada cambie entre nosotros. Me alegra que dejes a tu mujer pero me gustaría que sigamos trabajando juntos, me encanta ser tu asistenta personal.

—No te preocupes, amor, no sé qué haría sin ti. Por cierto, estás espectacular con este vestido... ¿me acompañas al sofá?

Selena se excitó al ver la lujuria en los ojos de Owen.

—¿Quieres que me lo quite? —preguntó con sensualidad, mientras sus manos buscaban el sexo de él.

—Mi reino por verte solo con los tacones…

Wang Li no miraba al cielo. El nuevo coordinador de la sección lunar del Centro de Inteligencia Federal, cada vez que alzaba la vista tenía que ver el fruto de su derrota: esa maldita nave que llevaba dos meses sobre la Luna. Aunque la versión oficial del exdirector general del CIF era que había dimitido por motivos personales, sus subordinados sospechaban que no era cierto. Tras su fracaso cuando trató de impedir que Helio Génesis se hiciera con la Singularidad, Rebeca Tyler lo llamó a su despacho y le puso las cosas claras: dimitía voluntariamente y le buscaban una salida más o menos honrosa, o utilizaría sus influencias para hundirlo. La Sra. Tyler le aseguró que personalmente no tenía nada contra él, pero que ella también tenía que responder ante el poderoso *lobby* empresarial que la había aupado al poder.

—Quieren una cabeza, Sr. Li —le había confesado.

Dos días más tarde presentó su dimisión y solicitó el traslado a la Luna, alegando que necesitaba estar cerca de su familia. Nadie hizo preguntas, le buscaron un sustituto y le trasladaron. Desconocía el paradero de Víctor y sus hombres. Especulaba con la posibilidad de que hubieran muerto en el Cinturón de Asteroides. Tampoco sabía nada del Dr. Arser, a pesar de que había utilizado su antigua red de contactos para tratar de localizarlos. Era un misterio, pero a estas alturas ya no importaba. El nuevo destino no era del todo malo, era una de las plazas más importantes de la Inteligencia Federal. La punta de lanza para contener las conspiraciones de los terrícolas. Llamaron a su puerta, era uno de sus agentes y traía un dossier. Wang se concentró en el trabajo olvidando su fracaso...

Alexia y Gael se despidieron en la intimidad, la que les proporcionaba un rincón del espacio-puerto, lejos del bullicio que provocaba la despedida general de los últimos cuatrocientos en embarcar. Gael había visto la enorme figura de Gastón Garret, era de prever que también estaba Owen Jeringan, junto con la plana mayor de Los 10.000.

Escuchaban la música que habían preparado para el evento mirándose en silencio. Gael agarraba la cintura de ella y Alexia apoyaba sus manos en los hombros de él. Apenas habían hablado por el camino, los dos estaban ojerosos...

—No me puedo ir —dijo ella—, no soportaré estar lejos de ti.

Gael meditó un instante, a punto estuvo de darle la razón y de intentar convencerla por enésima vez.

—No digas eso, amor, es tu sueño, no puedo permitirlo, terminarías odiándome.

—¿Por qué dices eso?

—Si no partes ahora no lo podrás hacer nunca, al final te arrepentirías y me culparías a mí. Por otro lado, yo no quiero que renuncies a tu sueño.

—Me duele, amor, estoy enamorada de ti, se me hace insoportable la idea de no volver a verte, te quiero...

Las lágrimas invadieron el rostro de Alexia. Sus ojos de cruzaron, se perdieron en las pupilas del otro; Ninguno había pronunciado un «te quiero». Era evidente que se amaban, pero sabedores del inevitable desenlace habían evitado confesarse abiertamente su amor.

Gael no consiguió contener el llanto, dolía, el nudo en su garganta no le dejaba articular palabra. La abrazó con fuerza, bloqueado, su mente era un torbellino de ideas descabelladas. No se quería separar de ella, pero tampoco deseaba que renunciara a su visión de crear una sociedad perfecta más allá del Sistema Solar.

—No puedes quedarte, cariño, Theia te necesita —consiguió decir por fin—. Necesitarán a alguien con carácter, que les ponga las pilas —con gran esfuerzo, dibujó una sonrisa.

Alexia se abrazó con más fuerza a Gael...

—Lo que pasa es que tú no me quieres... —añadió.

—Sabes que eso no es cierto, esto lo hemos hablado, tienes que irte, no puedes renunciar ahora, confían en ti.

Levantó su rostro empujando su barbilla y la besó con pasión, después se separó, le costó despegarse de su agarre, pero lo hizo...

—Te quiero... —susurró y sin pronunciar nada más, dio media vuelta y comenzó a caminar rápido, alejándose de su amor, sin volver la vista, aguantando un calvario, desoyendo el grito agónico de su alma que le suplicaba que volviera...

25

Giovanni Tizera contemplaba por el circuito cerrado cómo registraban a su segundo, Tomás Miller. Había traído una putita con él, eso era mala señal, un indicio de que traía malas noticias. El capo de la mafia ceriana bajó las escaleras de su casa-fortaleza, dispuesto a esperar a Tomás en el salón. Se sirvió un vaso de *whisky* y le esperó de pie, dando pasitos cortos. Los últimos meses habían sido desastrosos, un misterioso competidor les estaba comiendo el negocio. Asaltaban sus naves y vendían su carga. También habían comenzado a cobrar a los mineros por la protección que antes les brindaba su organización. Además, algunos de sus hombres, tras traicionarle, se habían cambiado de bando.

Uno de sus guardaespaldas entró seguido de Tomás Miller y la prostituta. La joven era una belleza, tenía los ojos verdes y una cabellera teñida de un rosa pastel, con un diminuto vestido insinuaba un fibroso cuerpo…

—Por lo menos pasaré un buen rato con la zorrita —pensó lujurioso Giovanni.

Después de los saludos iniciales, incluyendo un abrazo entre los dos mafiosos, el capo preguntó señalando a la chica:

—¿Quién es esta?

—Es un regalo, jefe, disfrútala, es un auténtico volcán —contestó Tomás con una cómplice sonrisa.

—He de reconocer que tiene buena pinta, me la quedaré y comprobaré si estás en lo cierto.

Por un momento las miradas de los tres hombres recayeron sobre la muchacha, que lejos de amilanarse realizó un movimiento de caderas con las manos apoyadas en la cintura, exhibiendo sus generosos encantos.

—Dejadnos solos —ordenó Giovanni.

El matón y la chica abandonaron la estancia. El jefe mafioso indicó con un gesto a su invitado que se sentara. Hizo lo propio y se acomodó en uno de los sofás, frente a su segundo.

—Bueno, dime, ¿por qué has traído a esa chica?, ¿tan malas son las noticias?

—La zorra es una auténtica fiera, no te la pierdas, es una pequeña muestra de respeto. Y sí, las noticias son muy negativas, se trata de los mineros de los sectores dos, tres y cuatro, se niegan a pagar la protección, aseguran que hay otro que lo hace por nosotros, ese tal Duque, el de los últimos tiempos.

—¡Otra vez ese cabrón! —gritó Giovanni golpeando con el pie una de las mesitas, que se volcó tirando una botella que se encontraba encima.

—¿Has conseguido averiguar algo de él?

—Sí, creemos que se refugia en la base de Patch Mountain, del que no sabemos nada desde hace meses. También dicen que es un terrícola, un noble descendiente de una estirpe de guerreros medievales.

—¿Guerreros medievales, qué chorrada es esa?

—No lo sé, Giovanni, solo te transmito los rumores.

—Debemos contraatacar, reuniremos a todos nuestros efectivos e iremos a por ellos, sacaremos a las ratas de ese maldito asteroide.

—Está bien protegido, habrá que planearlo bien. Pero tienes razón, debemos hacerlo ahora, antes de que se hagan más fuertes.

—¿De qué información disponemos?

—Sabemos que poseen entre diez y quince naves armadas y unos sesenta hombres, algunos mercenarios terrícolas muy bien entrenados.

—Entonces todavía podemos con ellos, no vamos a demorarnos, iremos a por ese Duque esta misma semana.

Una hora más tarde, Tomás Miller abandonaba la guarida de su jefe. Llevaba el plan de ataque del mafioso en su cabeza; sus matones lo esperaban fuera, se montó en el vehículo y se alejaron adentrándose en una de las cavernas de Ceres.

Giovanni Tizera meditó unos instantes, después se acordó de la joven que le había traído su segundo y ordenó, utilizando el sistema interno de comunicación, que se la trajeran. Instantes más tarde la chica entraba en el salón.

—Ven, preciosa, acompáñame arriba —dijo señalando las escaleras.

El mafioso dejó que ella subiera primero. La prostituta caminó peldaños arriba con calma, meneando sus bien formadas caderas; su acompañante no pudo resistir la tentación de palpar su hermoso trasero.

—Pastelito, te llamaré pastelito —dijo él.

—Mmm… me gusta, cariño, llámame como quieras.

La habitación era enorme, el lujo destacaba en cada uno de los detalles… por la puerta entreabierta del baño se podía ver un enorme jacuzzi, la alcoba estaba cubierta por un bisel. Destacaban las tonalidades rojizas y moradas, dándole al conjunto un ambiente exagerado, demasiado cargante.

—Programa tres —ordenó Giovanni a la computadora.

El programa de iluminación redujo el nivel de luz y aparecieron unas sombras que adivinaban cuerpos desnudos, en actitudes eróticas o descaradamente sexuales; se proyectaban en paredes y techo. También comenzó a sonar una suave música ligeramente bailable.

Giovanni se desnudó, mostrando un cuerpo blanquecino, a caballo entre la madurez y la vejez, bastante en forma, pero en el que destacaba una más que discreta barriga; se sentó en la cama y miró a su acompañante.

—Vamos, pastelito, demuéstrame lo que sabes hacer.

La joven agitó su pelo rosa y con un hábil movimiento dejó que su diminuto vestido recorriera su cuerpo hasta el suelo, dejando al descubierto unos firmes pechos y un escaso tanga negro. Al ritmo de la música bailó sensualmente sobre sus finos tacones, hasta pararse frente al hombre que la miraba fascinado. Giovanni permaneció inmóvil, disfrutando del espectáculo, y permitió que ella se sentara sobre él a horcajadas. Sentía que su miembro iba a reventar, ella frotaba su sexo, aún protegido por la diminuta ropa interior contra el suyo; la tela le incomodaba un poco pero no le importaba. La joven empujó la cabeza del mafioso contra sus pechos.

La respiración de él subió de intensidad, se dejaba hacer, que llevara la iniciativa, lo estaba volviendo loco de placer. De pronto notó algo extraño, al principio pensó que el pinchazo en la nuca se debía a las uñas de la joven. Pero cuando un doloroso fuego comenzó a recorrer su médula espinal supo que había sido una trampa, intentó gritar… pero sus músculos no respondieron, tampoco podía respirar, entró en pánico, percibió cómo su cuerpo inerte caía, le costaba ver, la negrura se apoderó de su mente…

Lara miró a su víctima, aún tenía el pequeño cilindro con el veneno en su mano derecha. Había esperado el mejor momento para sacarlo de su cabellera y clavárselo al capo. Un torbellino se sentimientos encontrados se apoderó de su ser: por un lado, estaba orgullosa de lo bien que había cumplido el trabajo; por otro no podía evitar sentirse asqueada, aun notaba las manos de ese cerdo manoseándola, así como el roce de su pene contra ella y cómo la saliva de él mojaba sus pechos; pero había algo más, algo oscuro, inconfesable, difícil de describir… Tenía que reconocer que estaba excitada, el haber dado muerte a un hombre en ese estado, cuando su verga amenazaba con penetrarla, la hacía sentir poderosa, vengativa, era como una terapia contra todas humillaciones sufridas tiempo atrás.

Decidió limpiarse con las sábanas. El cadáver yacía sobre el lecho con un rictus extraño. Cerró los ojos y se imaginó que era Víctor quien acariciaba su piel, con suavidad, rodeándola con sus brazos. En su fantasía él no la rechazaba amablemente como ocurrió en la vida real, le susurraba que la amaba con sus labios sobre su oreja y le hacía el amor con dulzura, sin prisa… Un tibio escalofrío recorrió su anatomía, el haber pensado en él provocó que se sacudiera el asco de encima. Debía continuar con la misión, buscó en su diminuto bolso el estuche de los secretos femeninos, allí escondía un diminuto transmisor y un conector informático que introdujo en la terminal de la habitación. La pantalla del ordenador se iluminó y aparecieron unos números que corrían a toda velocidad por ella. Se colocó el transmisor en el oído y mientras se vestía dijo susurrando…

—Aquí, libélula, el pez está en la pecera y la rana descansa.

—Muy bien —contestó una voz—, ahora activa los drones, el niño tomará el control en breve.

Lara rompió los tacones de sus zapatos y de su interior extrajo dos diminutos robots del tamaño de una abeja. Los colocó sobre una mesa y con cuidado desplegó sus alas. Después se volvió y comenzó a registrar la habitación hasta que encontró lo que buscaba; en la mesilla de noche había un arma, bastante antigua por cierto, era un revólver, encontró una caja llena de cartuchos y la metió en el bolso.

—Aquí, libélula —dijo activando el transmisor.

—Te escucho, dime.

—He conseguido un aguijón, puedo ayudar.

—Entendido, de momento espera a que entremos, busca un punto para resistir y mantente a la escucha.

Lara se arrancó la peluca dejando al descubierto su pelo rapado y buscó un lugar donde hacerse fuerte, entonces observó cómo los dos minidrones cobraban vida y desaparecían por el conducto de aire.

—Ya está, Kent se ha hecho con el sistema de seguridad —comentó Nicanor Arser a sus compinches.

Víctor sintió una gran sensación de alivio, eso significaba que todo estaba saliendo según lo previsto. Así que Lara lo había conseguido… Tenía una gran confianza en ella y en sus capacidades, pero eso no evitó la enorme preocupación que había sufrido por ella. Ahora les quedaba entrar y rematar el trabajo. Se situó frente a la pantalla de la biounidad…

—Kent, quiero un plano de las instalaciones y la posición de los objetivos, también quiero que resaltes en verde a Lara.

En la pantalla apareció la imagen tridimensional de la casa. Víctor contó hasta once enemigos; en la parte superior se veía un punto verde y unos parpadeantes en azul que dedujo que eran los pequeños drones mosquito.

Miró a sus hombres, solo estaban los de su máxima confianza, era una operación delicada en la cual no podía haber filtraciones. Habían venido totalmente equipados para un asalto urbano, subfusiles láser, pistolas silenciosas, granadas aturdidoras y de gas lacrimógeno, además de los puñales habituales…

—Yuri y Harrison, entraréis por la parte trasera; García y Rudolf lo haréis por esta puerta, la de la derecha; Sídney y yo colocaremos una carga en la puerta principal. Cuando explote, esperaremos a que todos los contactos se aproximen a la entrada, en ese momento dispararemos a cubierto tras esta valla. —Víctor señalaba el punto indicado con el dedo—. De esta forma, el fuego se concentrará sobre nosotros, entonces el resto entraréis en acción, atacándolos por detrás y por el flanco derecho. Los pillaremos por sorpresa, bajo el fuego cruzado los eliminaremos antes de que descubran lo que ocurre.

Los cinco miraron a su jefe y asintieron.

—Lara… ¿me oyes? —dijo Víctor activando el auricular.

—Alto y claro.

—Es posible que algún contacto intente entrar en la habitación donde te encuentras, atrinchérate y resiste, no tardaremos en llegar.

—No te preocupes, he tenido un gran maestro.

El mercenario miró al Dr. Arser.

—Tú te quedas aquí, mantén a Kent activado, si surge algún problema nos avisas por radio.

Nicanor asintió, Víctor con un gesto ordenó a sus hombres que se desplegaran…

Seis minutos más tarde, apoyado contra la pared de piedra natural de la entrada, observó cómo Sídney a unos diez metros colocaba la carga en la puerta principal.

—Trasera en posición —la voz de Yuri resonó en su micro.

—Derecha en posición —la frase de Rudolf se demoró un minuto.

—Bien soldados, empieza la fiesta.

Dicho esto, Sídney, ya tras la valla, accionó el disparador de la carga y una explosión voló la entrada de la mansión. Segundos después dos hombres de Giovanni se asomaron con los fusiles sobre el hombro. Los disparos de Víctor y Sídney, separados por unos quince metros, acabaron con ellos.

El resto acudió en su ayuda y los dos piratas se vieron desbordados por el fuego enemigo, que les caía por todos los ángulos.

—¡Asalto! —gritó Víctor.

Dos explosiones silenciaron por un momento el sonido de los láseres cortando el aire, pero la tregua duró un instante.

Lara había colocado una cómoda frente a la pared, alguien aporreaba la puerta…

—¡Sr. Tizera! ¡Nos atacan! ¡Abra la puerta!

Finalmente, el guardaespaldas derribó la puerta, pero una bala borró su cara de sorpresa, al ver a su jefe muerto sobre sobre la cama. El compañero del fallecido trató de responder a los disparos, pero Lara acabó con él acertando dos impactos en el pecho de su enemigo.

Se agachó y recargó el arma, era un fastidio porque solo cabían seis cartuchos. Decidió apoyar a sus compañeros, avanzó hasta el marco de la puerta y se asomó, uno de los hombres de Giovanni, descargaba su fusil desde la ventana. Lara, de rodillas, apuntó a la columna vertebral de su enemigo: se la partió de un certero disparo.

García y Rudolf despejaron la parte derecha de la casa, vieron a Yuri y a Harrison atrincherados, intercambiando disparos con uno de los defensores; Rudolf acabó con él, cogido por sorpresa no pudo defenderse.

Cuando el sonido de las armas desapareció, Víctor y Sídney entraron por la puerta, el paisaje era desolador, olía a muerte, la sangre manchaba los pomposos muebles de la mansión. Lara bajaba las escaleras con el revólver colgando de su mano…

—¿Estáis todos bien?

—Creo que ningún herido —contestó Yuri.

—¿Dónde está Giovanni? —preguntó García.

—Arriba en su cama, durmiendo el sueño eterno.

—Debemos asegurarnos —intervino Víctor—, vamos arriba, García, el resto asegurad la zona.

Lara entró la primera y les mostró el cadáver. La capitana agarró su cabellera y lo miró detenidamente…

—Es él, joder, tía. ¡Te has cargado al gran jefe!

Lara se encogió de hombros, García salió para confirmar la noticia a los demás, pero Víctor agarró a Lara por un hombro y dijo:

—Muy bien, lo has hecho realmente bien, sabía que podía confiar en ti.

Ella trató de absorber por su piel el calor de su mano, dejó que la leve presión del hombre la empujara contra él y aprovechó para rodear con sus brazos la cintura del mercenario.

—He tenido un gran maestro. Quiero que sepas que ese cerdo apenas me ha tocado.

—Me alegro, estaba preocupado por ti.

—¿Preocupado? —la sonrisa de Lara parecía que iba a salirse de sus límites.

Víctor la apretó un poquito más y la soltó. Activó su UA y buscó en la agenda el nombre de Tomás Miller.

—Sr. Miller, ya está terminado, puedes venir.

Mientras esperaban, Yuri y Sídney registraron la casa en busca de objetos de valor; encontraron algunas joyas que guardaron en sus mochilas. El Dr. Arser entró portando la biounidad en su espalda, buscó la sala de control y la conectó.

—Descargaremos el programa. De esta forma controlaremos los movimientos de Miller, el virus también infectará las Unidades de Antebrazo de los que entren en la casa. Sabremos en todo momento lo que hace.

—¿No podría usar un antivirus? —preguntó García.

—Sí, pero nada puede con el pequeño Kent, lo sabríamos, él nos avisaría.

Nicanor acariciaba la carcasa de su amigo sintético, mientras hablaba de él con orgullo. Tomás Miller llegó en unos diez minutos, inspeccionando los daños…

—Ha sido más rápido de lo que pensaba —le dijo a Víctor.

—Sí, todo ha salido según lo planeado.

—Es usted muy bueno, Duque, he de reconocerlo.

—Espero que recuerde lo que ha pasado aquí, para que no se le ocurra traicionarme.

Víctor le miró con seriedad.

—No se me ocurriría hacer eso, señor, me queda claro que usted es el jefe.

Víctor y Tomás sellaron el acuerdo con un apretón de manos. Ahora Víctor controlaba el mercado negro del planetoide, utilizando a Tomás Miller como marioneta. Era la forma más fácil de conquista. Los segundones siempre estaban dispuestos a traicionar a su jefe, a cambio de ocupar su puesto, aunque eso significara continuar recibiendo órdenes de alguien superior: para ellos era subir un peldaño en el escalafón. Sobre todo, era útil si el nuevo dueño de la situación era más temible que el anterior.

—Duque, ¿puedo hacerle una pregunta? —A Tomás le temblaba un poco la voz—. Si no es mucha molestia.

—Dime.

—¿Es cierto que desciende de una casta de guerreros medievales?

Víctor tardó en contestar, buscando la respuesta adecuada. Tensó su corpulenta figura y mirando a su nuevo empleado, dijo:

—Alguna cosa es verdad, pero no te creas todo lo que dicen.

Ordenó a sus hombres retirarse y abandonar la mansión. Tomás Miller quiso preguntar algo más, pero la prudencia se impuso y no abrió la boca.

Después de que García acoplara la Nefertiti a la nave nodriza, la Afrodita, el Dr. Arser se le acercó.

—Quiere hablar contigo.

Víctor miró al físico, llevaba la biounidad en sus manos y se la ofrecía.

—Bueno, pues que hable.

—Tiene que ser a solas.

El mercenario no respondió, cogió el aparato y se dirigió a su camarote. Una vez dentro, se sentó y lo colocó en la mesa frente a él, abrió la tapa y unas extrañas formas comenzaron a dibujarse en la pantalla. A Víctor la biounidad no le gustaba nada: siempre le había parecido un objeto siniestro. Además, nunca pudo olvidar la advertencia del colono, el capitán Paulsen, acerca de que era peligroso...

—Hola, Víctor...

La aflautada voz de Kent salió por los altavoces de la unidad. Otra cosa que no entendía era el empeño de la Inteligencia Artificial en usar voz de niño para comunicarse, eso convertía sus conversaciones en algo realmente tétrico.

—Dime, Kent, ¿qué quieres?

—Hablar, ¿acaso no somos amigos?

En la pantalla, el singular ser dibujaba sus característicos dibujos geométricos. El mercenario se preguntó si ese monstruo conocía el significado de la palabra amigo, pero dudaba si era tan ingenuo como hacía ver o le tomaba el pelo.

—Sí, por supuesto, hablemos.

—Como has podido comprobar, he cumplido mi parte del trato y ahora, gracias a mis consejos, eres el capo, el que controla todo el mercado negro del Cinturón de Asteroides, incluido Ceres.

—Sí, eso no lo discuto, no te preocupes, tu seguridad y la del Dr. Arser están aseguradas, soy un hombre de palabra.

—Lo sé, también intuyo que no eres simplemente un delincuente. En tu corazón anhelas ser algo más, alguien importante, a quien recuerden por algo excepcional.

Víctor mantuvo silencio, el aparato era extremadamente inteligente, con una gran capacidad de manipulación; él mismo se sentía como una marioneta ante su presencia. Pero también tenía que reconocer que, gracias a Kent, habían podido prosperar hasta llegar a la cima. Finalmente decidió que merecía la pena escuchar lo que iba a decir.

—Dime, ¿a dónde quieres llegar?

—Ahora eres el jefe de la mafia, pero mi idea es que subas de nivel, que ayudemos a todas las personas que habitan en el Cinturón a salir de la miseria, para que algún día puedan mirar de tú a tú a la Federación. He estado investigando, aquí tenemos muchas posibilidades, sobre todo en materias primas, muchas de ellas aún por descubrir. Simplemente necesitan un líder, alguien inteligente, fuerte, a quien los colonos no puedan corromper y manipular, alguien que sepa lo que hay que hacer y que tenga los arrestos para hacerlo.

—¿Pretendes que me convierta en el presidente?

—Exacto, eso mismo.

—Pero… ¿cómo? Esta gente nunca lo ha tenido, no se someterán, se organizan en cooperativas…

—Por eso mismo, su sistema político es un desastre, una máquina de generar miseria, utilizaremos el palo y la zanahoria. Eliminaremos sin piedad a los individuos que se opongan, pero construiremos hospitales, zonas refugio con gravedad artificial, daremos comida a los miserables, etc. y, sobre todo, le ofreceremos a la masa esperanza. En manos de alguien fuerte, alguien que no es un ser humano normal, un noble venido de la Tierra, un mesías que los guiará hacía un destino de gloria…

—¿Por eso me sugeriste que me hiciera llamar «El Duque»?

—Exacto. Ya has visto el resultado, simplemente el nombre ha generado rumores asombrosos, ahora piensan que eres un noble, incluso algunos afirman que eres inmortal. Pero déjame seguir, la gente te seguirá, tenemos millones de jóvenes que no tienen ninguna alternativa, será fácil crear un ejército, también recurriremos a mercenarios terrícolas como la fuerza de élite. Lo tenemos todo, dinero, hambre, incultura y miedo, solo hace falta combinarlos adecuadamente y el éxito está garantizado.

—¿Y la Federación? No nos van a dejar, para ellos es mejor que las cosas sigan así.

—Lo he pensado, utilizaremos a su opinión pública a nuestro favor, te venderemos como alguien que ayuda los pobres, colaboraremos con sus ONGs, además no nos enfrentaremos a ellos, por lo menos de momento, dejaremos que nos sigan explotando, pero poco a poco le iremos ganando el terreno, utilizaremos su propio sistema judicial a nuestro favor...

Víctor se tomó un tiempo para reflexionar, la maldita máquina tenía razón. Además, hasta ahora había demostrado ser un hábil estratega. Pensó en su padre, si su madre estaba en lo cierto les contemplaba desde algún lugar. De esto sí que estaría orgulloso su hijo, nacido en la Zona, dirigiendo el destino de millones de almas, guiándolos hacia un futuro de prosperidad…

—Está bien, si acepto… ¿qué quieres a cambio?

—Quiero lo que todos tenéis, poder tocar, poder amar, poder sentir… escapar de esta prisión, quiero un cuerpo.

—¿Un cuerpo? ¿Y cómo pretendes que te consiga eso?

—Por eso no te preocupes, tú simplemente proporcióname un laboratorio y los recursos necesarios y yo me encargaré.

¡Un cuerpo! —pensó Víctor, la idea era aterradora, ese monstruo paseándose por ahí, con libertad de movimientos... Debería hacer caso del consejo del colono y destruirlo en este momento.

El terrícola se descubrió mirando hipnotizado las formas de la pantalla. Un terrible pensamiento cruzó su mente, tal vez Kent era capaz de leer su mente, o incluso manipularla... y por primera vez en muchos años Víctor sintió miedo, un terror helador, que lo dejó paralizado y que le hizo volver a aquella casa en llamas, debajo de la mesa, sin poder moverse, sin poder huir del peligro...

303

www.ingramcontent.com/pod-product-compliance
Lightning Source LLC
Chambersburg PA
CBHW072346020726
47506CB00004B/1017